Collection dirigée par

La Dame aux ronces

DU MÊME AUTEUR

Romans

Le Chien du Seigneur (Plon-Julliard).
L'Immeuble Taub (Gallimard). *Prix populiste.*
Les Convoités (Gallimard).
Le Fils de Tiberio Pulci (Laffont).
Le Péché d'écarlate (Laffont-Julliard). *Prix de l'Académie du Vernet. Prix Jean Cibié.*
La Foi et la Montagne (Laffont). *Prix des Libraires.*
La Garance (Laffont).
Des chiens vivants (Julliard).
Le Point de suspension (Gallimard). *Prix de l'humour noir Xavier Forneret.*
Une pomme oubliée (Julliard). *Prix Eugène Le Roy. Prix Aimé Coulaudon.*
Le Tilleul du soir (Julliard).
Un front de marbre (Julliard).
Le Voleur de coloquintes (Julliard).
Un temps pour lancer des pierres (Julliard). *Prix Maupassant de la ville de Cannes.*
Le Tour du doigt (Julliard).
La Saga des Pitelet : Les Ventres jaunes. La Bonne Rosée. Les Permissions de mai (Julliard).
Le Pays oublié (Hachette).
La Noël aux Prunes (Julliard). *Prix des bibliobus du Cantal.*
Les Bons Dieux (Julliard).
Avec flûte obligée (Julliard).
Les Mauvais Pauvres (Laffont-Julliard).
La Combinazione (Julliard).

Biographies

Sidoine Apollinaire (Volcans-Horvath).
Hervé Bazin (Gallimard).
Pascal l'insoumis (Librairie académique Perrin).

Essais

Les Greffeurs d'orties (La Palatine).
Grands mystiques (Pierre Waleffe).
Solarama Auvergne (Solar).
Drailles et burons d'Aubrac (Le Chêne).
L'Auvergne que j'aime... (Sun).
La Vie quotidienne dans le Massif central au XIXe siècle (Hachette). *Couronné par l'Académie française.*
La Vie quotidienne contemporaine en Italie (Hachette).
La Vie quotidienne des immigrés en France de 1919 à nos jours (Hachette).
Histoire de l'Auvergne (Hachette).
Les Grandes Heures de l'Auvergne (Librairie académique Perrin).
Clermont-Ferrand d'autrefois (Horvath).
L'Auvergne et le Massif central d'hier et de demain (Éditions Universitaires).
Auvergne (Fernand Nathan).

Divertissements

Riez pour nous ! (R. Morel). *Prix Scarron.*
Célébration de la chèvre (R. Morel).
Cent clés pour comprendre le feu (R. Morel).
Les Zigzags de Zacharie (CREER).
Jean Anglade raconte... (Le Cercle d'Or).
Les Singes de l'Europe (Julliard).
Fables omnibus (Julliard).
L'Auvergnat et son histoire, B.D. (Horvath).
Mes montagnes brûlées (A.C.E.).

Traductions de l'italien

Le Prince, de Machiavel (Le Livre de Poche).
Le Décaméron, de Boccace (Le Livre de Poche).
Les *Fioretti* de saint François d'Assise (Le Livre de Poche).

Poésie

Chants de guerre et de paix (Le Sol Clair).

Théâtre

Le Cousin des îles, d'après les Bons Dieux. Scénario en 3 temps.
Grand-père Samuel, multispectacle.

Film de télévision

Une pomme oubliée, réalisation de Jean-Paul Carrère.

Cassettes

Mes montagnes brûlées (La Gentiane).
Contes et légendes d'Auvergne (Fernand Nathan).

Jean Anglade

La Dame aux ronces

PRESSES DE LA CITÉ

DANS LA MÊME COLLECTION

Les Naufragés de la liberté, Louis Bourgeois (LYON)

A paraître

Le Pain rouge, Marie-Paul Armand (NORD)
Les Volontaires du Roi, Arnaud de Lagrange,
Bernard Lugan (BERRI)
La Mâove, Jean Mabire (NORMANDIE)
Et les lys refleuriront, Patrick de Gmeline (BRETAGNE)
Les Vendanges de brumaire, Michel Suffran (GIRONDE)
Les Revir-couette, Raynal Secher (VENDÉE)

ISBN : 2-258-02719-5

Yet, Freedom! yet thy banner, torn but flying,
Steams like the thunder-storm against the wind,
Thy trumpet voice, though brocken now and dying,
The loudest still the tempest leaves behind...

Pourtant, ô Liberté, pourtant! ta bannière déchirée flotte encore, et ses glorieux lambeaux remontent contre le vent comme l'orage, et ta voix de clairon, quoique brisée et mourante à présent, sonnera plus haut que jamais après la tempête.

Lord Byron
(Le Pèlerinage de Childe Harold)

1

Le chemin peu roulable qui, de Chanonat, montait au milieu des vignes vers Jussat, formait avant de l'atteindre un brusque coude vers la gauche, comme un repentir, pour s'écarter de ce village d'ivrognes. Car chacun savait que sur les trois cent cinquante âmes qu'il comptait, au moins deux cent soixante étaient des âmes buveuses. Y compris les femmes, et les enfants au-delà de leur première communion. Boisson détournée de sa fin indispensable qui était de payer les cens, les dîmes grandes ou menues, la taillc et les accessoires : droits de garde, de geôlage, de fournage. Sans oublier les percières que devaient les friches dès que Pierre ou Guillaume s'avisait de les cultiver. La production de vin toutefois était si forte, en année normale, sur ces coteaux ensoleillés, que la vente rapportait peu. Aussi les propriétaires en payaient-ils leurs journaliers, qui se gardaient bien de revendre ce salaire : ils le buvaient et le faisaient boire à leur famille. Les vieux y étaient les plus assidus, toujours en campagne avec un « bousset », ce tonnelet de deux pintes, un peu aplati afin de bien trouver sa place sous l'aisselle.

Les gens de Chanonat, au contraire, étaient des vertueux. En se saluant, ils s'appliquaient une triple bise, au nom du Père, du Fils et du Saint-Esprit. Ils assistaient en masse aux offices divins. S'il leur arrivait de vider quelque chopine au-delà de leur nécessité, c'était toujours en cachette, au fond du cuvage. Les moines Hospitaliers qui assuraient la police des rues, de même que les cochons les nettoyaient des immondices, ne toléraient point qu'un homme ivre se montrât en public. A cause du spectacle lamentable qu'il offrait. Et parce que, dans ces circonstances, il rotait des blasphèmes et des injures qui fermentaient depuis longtemps au fond de ses pensées et que l'ivresse débondait. S'en prenant aux seigneurs, à l'Église, au prieuré, aux collecteurs, à la milice, aux institutions les plus saintes. Sitôt donc qu'un pochard leur était signalé, deux convers larges d'épaules venaient le cueillir et lui offraient l'hospitalité dans leur Commanderie. Il y restait jusqu'à ce que la malice lui fût sortie du corps.

Les Chanonatois buvaient d'ailleurs moins de vrai vin que de piquette : leurs terres produisaient peu de vigne, à la différence des pentes jussatoises, mais plutôt du seigle, de l'avoine grise, de la blanche dite pied de mouche, du sarrasin, des pois, des fèves, des choux, de grosses raves violettes qu'ils appelaient « rabioles »; du chanvre pour l'huile et pour la fibre. Ils élevaient quelques vaches pour le travail, quelques chèvres pour le lait, des brebis pour la laine, des porcs pour le lard. Nourris d'ordures errantes, de châtaignes véreuses et de glands, les cochons n'étaient cependant jamais bien gras; du moins offraient-ils deux jambons, le plus charnu et le plus apprécié de leur personne. Les paysans se les interdisaient à table aussi longtemps qu'ils le pouvaient, se contentant de les garder suspendus aux poutres de leur salle en guise de décoration. Chaque année, ils en ajoutaient une nouvelle paire. La collection s'accroissait de la sorte, inentamée, jusqu'au jour où enfin, à l'occasion d'une famine ou d'un mariage, il fallait bien y porter le couteau.

Entre le village d'en haut et le village d'en bas, distants à peine d'un quart de lieue, aucune sympathie n'avait jamais couru. Jussat méprisait Chanonat qui le lui rendait bien. Leurs habitants ne se rencontraient qu'aux foires et aux marchés, dans les auberges de Saint-Amant, d'Aubière, de Billom. Mais si quelque Jussatois osait y dire *bip*, il se trouvait toujours un Chanonatois pour répondre *bop*. De là, on en venait très vite à d'autres mots :

– Culs-Blancs! criaient les seconds.

– Culs-Noirs! ripostaient les premiers.

Respect que je vous dois. Surnoms nés du terrain : Jussat est blotti au pied d'une falaise formée de couches blanches empilées, comme des draps dans l'armoire, et creusées de cavernes. On ne sait qui jadis y trouva refuge, au temps des Normands, des Anglois, des écorcheurs : en témoignent des placards, des éviers, des rayons taillés dans la roche. On n'atteint ces grottes qu'après une difficile escalade. Pour peu qu'on s'y asseye, on en revient le derrière blanchi. Les vignes sont truffées de pierres blanches. Et blancs sont les murs, avec, çà et là, un moellon de basalte noir, sous les toits de chaume. A l'inverse, autour de Chanonat, la terre est sombre, collante aux sabots, aux mains, aux postérieurs; mais les maisons – du moins les plus cossues – sont faites d'un grès doré, dit pierre de Montpeyroux, qu'il faut aller prendre à quatre lieues de là. D'où les sobriquets.

Entre ces culs de couleurs opposées, l'accord était impossible. Le chemin qui se hissait d'une paroisse à l'autre, non point une route ferrée comme celle qui courait vers la Roche-Blanche d'un côté ou Varennes de l'autre, mais une sente défoncée par les charrois, faisait donc un écart à l'approche de Jussat. Or dans ce coude se dressait, en pierre de volcan, la statue d'une femme couronnée, les bras pendants, les mains ouvertes, le pied droit foulant une couleuvre. On aurait pu avoir quelque hésitation sur la reine ainsi représentée si deux mots latins, gravés dans le socle, ne l'avaient nommée : *AVE MARIA*. De plus, un auget circulaire entourait la base, formant un bénitier que les pluies seules se souciaient de remplir; le vieux curé l'oubliait. Les enfants du village vigneron, petits mécréants comme leurs pères, la mêlaient à leurs jeux, l'escaladaient, l'affublaient de fleurs, d'épis, de raisins. Les amoureux s'y rencontraient la nuit secrètement : « Rendez-vous ce soir à la Dame », se disaient-ils. Elle devait entendre leurs soupirs, assister à leurs étreintes. Ainsi se trouvait-elle désignée dans les deux paroisses : la Dame de Jussat. Ou la Dame tout simplement.

C'est à ce coude que les deux jumeaux se quittèrent. Ils se bénirent d'abord l'un l'autre, puis ils s'embrassèrent.

– Bien des choses vont nous séparer, dit Christophe : la distance, nos fonctions, les temps difficiles. Que Dieu garde nos cœurs, du moins, proches l'un de l'autre.

– *Amen*, dit Raymond.

Le chartreux se hissa sur le cheval qu'il tenait par le licou, disposa sur la selle avec décence les plis de sa robe blanche. Sous les bords paraissaient des bottes éperonnées. Puis il s'éloigna le long de la montagne de Risolles. Les fers du cheval s'imprimaient dans la terre. Quand il fut environ à cent pas, il se retourna, vit, près de la Dame, son frère immobile, dans sa soutane verdâtre. Il leva la main pour un dernier salut.

Quoique nés des mêmes entrailles et le même jour,

ils n'étaient pas de vrais jumeaux et ne se ressemblaient pas plus que des frères ordinaires. Peut-être moins; comme l'ajasse et le coucou, dit-on en Limagne. L'un brun, retenu, mélancolique; l'autre roux, plein de sève, toujours prêt à bouillir. Mille différends avaient séparé leurs deux enfances. Ils ne riaient pas en même temps, ne pleuraient pas des mêmes choses. Du moins s'accordaient-ils sur un point : ni l'un ni l'autre ne ferait carrière dans la chicane comme leur père Augustin Fortunat, petit procureur en la ville de Riom, qui en comptait une bonne cinquantaine. Que de rejetons à sa table, huit garçons et quatre filles! Souvent, il s'agenouillait au Marthuret devant l'image de Notre-Dame et gémissait :

– Mais pourquoi, Sainte Vierge, m'avez-vous donné une épouse si féconde? Ah! l'on voit bien que vous ne savez pas, vous qui n'avez eu qu'un seul enfant, ce que c'est que les familles nombreuses!

Raymond et Christophe étaient venus au monde les derniers. Pour pouvoir nourrir sa progéniture, le procureur avait transformé sa maison en cabaret, il servait des chopines aux plaideurs.

Un jour, il réunit sa douzaine autour de lui, ils s'échelonnaient de dix-huit à trois ans, et procéda à la distribution des rôles :

– Toi, dit-il à l'aîné des mâles, tu hériteras de ma charge et seras procureur.

Puis, continuant :

– Toi, qui es d'un tempérament chamailleur, je te destine au métier des armes. Toi, ma grande fille, tu épouseras un avocat : j'ai déjà ton gibier en vue. Toi, mon troisième fils, je te veux forestier, car tu aimes la campagne.

Il arriva ainsi à la queue de la liste, aux jumeaux :

– Quant à vous, les derniers, vous serez prêtres. Parce que, ayant payé les études des dix autres et versé les dots des quatre filles, je serai usé jusqu'à la corde. Je veux donc vous placer dans des écoles qui vous accepteront gratis.

C'est ainsi que Christophe le roux et Raymond le brun firent leurs études à bon compte chez les pères oratoriens, parmi trois cents autres externes. Leur collège n'acceptait que les « forains ». S'ils venaient de loin, parfois de trente lieues en Forez, en Marche ou en Bourbonnais, ils devaient trouver vivre et couvert dans une famille locale. Beaucoup de Riomois gagnaient à cet hébergement un complément de ressources. Mais un père leur faisait des visites régulières pour vérifier la moralité et les conditions de l'accueil. Ceux qui, comme les jumeaux Fortunat, ne pouvaient payer l'enseignement reçu, s'en acquittaient en pratiquant après les cours des besognes de balayage, d'astiquage, d'époussetage.

De la mi-octobre à la fin août, les élèves affluaient chaque matin par la rue Hellénie, où fréquentaient aussi vaches, poules, cochons. Ils franchissaient le porche roman, longeaient la cour d'honneur, carrée et profonde, entre ses quatre murs, comme une citerne. A sept heures sonnantes, ils passaient sous le linteau de leur classe respective, marqué d'un numéro de la sixième à la seconde.

Les classes supérieures avaient droit à des devises latines : *Rhetorica – Pleno se fundit copia cornu.* (Que la corne d'abondance répande ses trésors.) *Philosophia sapientia vivendi.* (La philosophie est la science de vivre.) Chacune des salles était placée sous la surveillance d'un crucifix noir. Les régents, soutane, camail et petit collet, bénissaient les enfants : *In nomine Patris.* A quoi leur chœur répondait : *Jesus Maria.* Pour tout meuble, ils disposaient d'un banc sans dossier ni pupitre; ils écrivaient sur leurs genoux.

Ils étudiaient les belles-lettres, les pères n'ayant

garde de leur laisser ignorer les auteurs contemporains, même les plus scandaleux : La Bruyère, Bayle, Fontenelle, Lesage, Montesquieu. Apprenaient les langues mortes ou vives, la mathématique, la musique, le dessin, le blason, l'histoire générale et l'histoire locale, les sciences de la nature. Pour illustrer ces dernières, ils sortaient en groupes, s'en allaient herboriser dans la campagne environnante, sur les rives de l'Ambène, les plateaux de Champ-Grillot et de Chante-Corneille. Ils se baignaient dans la rivière, y capturaient des truites. Pratiquaient la course, le saut, la lutte libre, l'escrime.

A l'inverse de leurs collègues jésuites de Clermont, de Billom, de Murat, les Oratoriens respectaient la personnalité des élèves, au lieu de la contraindre dans un moule unique. Ils développaient la vivacité de l'esprit et du langage aussi bien que celle du corps. Plusieurs fois par an se déroulaient des tournois publics auxquels étaient conviées les familles et les notabilités riomoises. Le programme imprimé annonçait : *Tel jour... à telle heure... en la grande salle de notre Collège, les élèves de sixième répondront aux questions qu'on voudra bien leur poser conformément aux matières ci-dessous énumérées : Histoire de l'Auvergne. Divisions de cette province, sa situation, son étendue. Description de la Limagne. Quelles sont les montagnes les plus hautes? Quel a été autrefois son gouvernement? Combien y a-t-il d'évêchés? Par qui sont administrées les finances?...*

Le moment venu, rassemblée sur une estrade, la classe en corps faisait face à la salle, prête à l'affrontement. La première question appartenait à l'hôte d'honneur : M. le Président du présidial... M. le Trésorier du Roi... M. le Receveur des épices... Après lui, venaient les autres interrogateurs, par ordre de préséance. Le professeur d'histoire désignait l'élève qui devait fournir la réponse, non point comme au catéchisme, récitée d'un trait, mais d'une voix posée, avec juste ce qu'il fallait d'hésitation pour qu'on sût qu'elle ne tombait pas de la seule mémoire. Applaudissements. Une comédie écrite et jouée aussi par les élèves achevait la cérémonie. Ainsi les parents pouvaient-ils juger eux-mêmes des résultats obtenus.

Le procureur cabaretier Augustin Fortunat ne jugea pas plus haut que la seconde ses deux jumeaux, car il mourut d'apoplexie l'hiver 1751, laissant à sa femme six enfants encore inaptes à se nourrir. Christophe et Raymond poursuivirent leurs études gratuites orientées vers la prêtrise.

Ils eurent vers ce temps-là l'occasion de voir se balancer à la potence, au carrefour des Taules, le corps d'une particulière qui avait volé plusieurs fois du vin à son maître, juge au présidial. Un autre jour, au milieu des rires et des huées, ils assistèrent à la promenade de la grande Jeanne, montée sur un âne, la tête tournée vers la queue et portant sur l'estomac l'écriteau: *Maquerelle publique*. Les Oratoriens n'hésitaient pas à commenter devant leurs élèves ces exécutions; à réprouver ce qu'ils appelaient « les désordres de la justice humaine », rappelant que la vie est un don de Dieu et que lui seul, par conséquent, peut en disposer; citant même l'opinion de Blaise Pascal : « Punir un assassin de mort, c'est ajouter un crime au crime. » Que dire alors d'une voleuse de vin?

Certains de leurs enseignements avaient odeur de soufre aux narines des autres ecclésiastiques qui disaient les Oratoriens encore entichés de jansénisme, malgré les condamnations innombrables dont la secte avait fait l'objet. L'évêque de Clermont, Mgr de La Garlaye, tomba un jour chez eux au milieu d'un cours de théologie.

– Continuez, Monsieur, dit-il au professeur qui s'était interrompu. Faites comme si je n'étais pas là.

Après une hésitation, le régent poursuivit le récit commencé :

– Un jour, un curé de campagne vint solliciter un secours pour ses pauvres. Il attendit à sa porte, car personne ne se trouvait là pour le recevoir. Or l'évêque en question, sortant de son bureau, fut surpris de voir cet ecclésiastique en attente. « Vous avez tort, lui dit-il. Entrez chez moi chaque fois que vous trouverez la clé sur la porte. Mais j'ai tort également : ma porte aurait dû être largement ouverte, comme l'était celle de saint Ambroise, afin qu'on pût à toute heure librement lui parler. »

– De qui donc entretenez-vous vos élèves? s'écria M. de La Garlaye, qui prit cette leçon pour lui-même, car nul n'ignorait en son diocèse combien sa porte était dure à ouvrir.

– Je raconte la vie de Jean Soanen, évêque de Senez.

– Pour quelle raison évoquez-vous ici cet hérétique?

– Monseigneur, il fut élève et professeur en ce collège, et nous nous proposons d'étudier ses *Sermons* prononcés devant le roi Louis XIV.

– Mais il sombra ensuite dans le jansénisme le plus noir. Je vous interdis de le présenter à vos élèves.

Quelques jours plus tard, Mgr de La Garlaye signifia à ces apprentis théologiens de quitter l'Oratoire s'ils voulaient entrer au grand séminaire de Clermont.

– Si on nous les enlève, répondit le prieur, nous cesserons de prêcher et de confesser. Nous limiterons aux seules prisons notre ministère.

Onze élèves sur quinze abandonnèrent le cours de théologie; Raymond fut du nombre, Christophe persista. Ce fut leur première séparation de corps. Leurs esprits étaient depuis longtemps séparés :

– Tu es de l'espèce moutonnière, dit le roux. Né pour obéir.

– Et toi de l'espèce canine, dit le brun. Né pour mordre.

– Un prêtre ne doit obéir qu'à Dieu et qu'à sa conscience.

– Tu tiens le langage de l'orgueil. Oublies-tu l'Église constituée, le pape, les évêques, les conciles? Je ne me sens pas assez de certitudes pour désobéir à tant de penseurs éminents. Toute ma vie, je ne veux être qu'un soldat de deuxième classe.

Avec de telles dispositions, Raymond entra au séminaire clermontois, proche l'église Saint-Ferréol, où il fut tonsuré en 1761 des mains mêmes de Mgr de La Garlayc. N'ayant d'autre ambition que de catéchiste, il fut curé de campagne à Saint-Hilaire-en-Bourbonnais, pays de collines, de forêts et d'herbages, parmi une population de brassiers abrutis par la misère, les maladies, l'ignorance. Seuls se sauvaient ceux qui abandonnaient la terre pour se livrer au faux-saunage. C'est que le système de la gabelle était si absurde que le sel, article de monopole, ne valait guère plus que la poussière des routes dans les provinces franches – Bretagne, Flandres, Artois – mais se vendait au prix de l'or dans les régions de grande gabelle. Ainsi, il se payait soixante livres le quintal en Bourbonnais, et six fois moins en Auvergne. D'où l'avantage de le transporter clandestinement de l'une à l'autre. Les brigades qui harcelaient les faux-sauniers ne s'attaquaient guère à eux quand ils circulaient armés jusqu'aux dents par convois de trente hommes et de soixante chevaux, suivant impunément les routes ordinaires; elles préféraient s'en prendre aux petits groupes qu'elles fusillaient à coup sûr. Souvent, le curé de Saint-Hilaire recevait le corps d'un de ces contrebandiers. Il lui fournissait un cercueil et l'enterrait, inscrivant sur son registre : *Aujourd'hui, quatorzième de mars, j'ai inhumé un inconnu accusé de faux-saunage et homicidé par la brigade de Buxières...*

– Mes frères, recommandait-il à ses paroissiens, si le sel du devoir ne suffit pas à vos jambons, n'achetez pas le sel de contrebande. Peut-être a-t-il coûté le sang d'un homme. Employez plutôt le salpêtre de vos caves, qui est gratuit.

Ainsi, par de beaux sermons, les aidait-il à supporter les injustices inhérentes à la condition humaine, dans l'attente des consolations célestes. Lui-même et ses trois vicaires vivaient dans les modestes commodités que leur assuraient les revenus de l'église. Après vingt-cinq ans de ces prédications, il fut muté à Chanonat, paroisse d'un millier d'âmes établie à quatre lieues de Clermont-Ferrand, dans une vallée abritée des vents par les montagnes de la Serre, d'Opme, de Risolles et de Jussat. La rivière sautait de moulin en moulin, à huile ou à farine, et baignait une dizaine de châteaux : Tordes, la Bâtisse, le prieuré des Hospitaliers, la Condamine, Viallevelours, la Varvasse, Julhat, avant de se jeter près de Cournon dans l'Allier couvert de gabarres.

Pendant ce temps, Christophe choisissait la solitude. Le 6 octobre 1761, il faisait profession à la chartreuse de Cinq-Fontaines. Jour consacré à saint Bruno, fondateur de l'ordre. Celui-ci avait recommandé de s'établir loin des villes, dans le désert des montagnes et des forêts. Au commencement, la vie des chartreux était faite de silence, de prière, de travail, d'austérité. *Ils sont les plus pauvres de tous les moines*, écrivait Pierre le Vénérable. *La vue seule de leur apparence effraie. Ils portent un rude cilice, affligent leur chair par des jeûnes presque continus, ne mangent que du pain de son en maladie comme en bonne santé; ils ignorent l'usage de la viande et ne connaissent le poisson que quand on leur en donne. Le dimanche et le jeudi, ils vivent d'œufs et de fromage; d'herbes bouillies les mardis et samedis; de pain et d'eau les autres jours de la semaine.*

La chartreuse de Cinq-Fontaines était bien située à l'écart de toute agglomération, sur le plateau raviné qui s'étend des monts Dômes jusqu'aux Combrailles, au plus creux d'une gorge. Mais son territoire, limité d'abord par les cinq sources baptismales, s'était étendu à travers les siècles grâce à la générosité des seigneuries environnantes. Cela commença par un don gracieux de Robert, évêque de Clermont; puis chaque comte, vicomte ou baron y alla de sa terre, de sa forêt, de sa chapelle. Les moines n'eurent plus besoin de mendier le poisson; la Sioule, le Sioulet et leurs nombreux étangs en fournirent à revendre. Ils achetèrent à leurs voisins de Montfermy le droit de détourner les eaux de la Sioule pour abreuver leurs prairies. Leur site humide et ombreux étant peu propice à la viticulture, ils acquirent des terrains ensoleillés autour de Prompsat. Ils investirent leurs économies dans des maisons de rapport, à Riom, à Saint-Gervais, à Pontgibaud. En même temps, ils agrandissaient leurs propres bâtiments, ce qui les conduisit à posséder des carrières à Volvic.

Vers le milieu du siècle, chaque solitaire disposait d'une cellule carrelée. Rien n'y manquait à la satisfaction des besoins du corps et de l'esprit : ni la cheminée, avec pelle, chenets et pincettes; ni le lit pourvu de paillasse, matelas, couvertures de catalogne, chevet de plume, courtepointes de damas, rideaux de cadis; ni les chaises (six ou huit) pour recevoir des visiteurs. Car si les chartreux étaient dans leur ensemble condamnés à la clôture, rien ne leur interdisait de se fréquenter les uns les autres. *Item*, un petit bureau, une étagère pour leurs livres, une lampe d'étain, une pendule à réveil. *Item*, des verres, couverts, bouteilles pour les repas montés des cuisines; ils ne se réunissaient au réfectoire que deux fois la semaine; ils y étaient astreints à boire de l'eau, mais pouvaient, modérément, boire du vin dans leur particulier. *Item*, un petit oratoire avec prie-Dieu garni de velours. Des estampes égayaient les murs, représentant la vie de saint Bruno et d'autres saints recommandables. Quelques-uns avaient partagé leur cellule au moyen d'une cloison, et disposaient ainsi d'un petit atelier où ils pratiquaient des travaux de menuiserie, de serrurerie, de reliure. En outre, chacune s'ouvrait sur un jardinet privatif; le chartreux pouvait s'y livrer à une méditation ombragée ou à la culture des roses. Ces logis entouraient une pelouse rectangulaire, avec bassin et jet d'eau. C'était le *pré du cloître* où l'on entretenait des animaux de compagnie, biches en cage, chèvres au piquet, oiseaux de volière.

Sur le devant, les bâtiments principaux de la « chartreuse monacale », coiffés d'ardoise : salle du chapitre, réfectoire, logements du prieur et du procureur, chapelle, cimetière, bibliothèque riche de deux mille volumes, cabinets de repos. Au couchant, la « chartreuse agricole » : jardin potager, prés, chenevières, verger, basse-cour, étables, écuries, porcheries, granges, pressoir à huile, remises. A l'orient, la « chartreuse étrangère » : parloir, chambres des visiteurs, ou retraitants, des domestiques (une trentaine) et des frères lais (huit ou dix). Au sous-sol, la « chartreuse invisible » : cuisines, cave voûtée pouvant contenir trois cents pièces de vin, réservoirs à poisson, barberie, distillerie, buanderie, fosses d'aisance. Une forte tour d'observation dominait l'ensemble, l'étage supérieur renfermant les archives. Les bâtiments comprenaient même une prison pourvue de trois cachots qui flanquaient la chapelle, disposés pour que les prisonniers pussent recevoir par leur guichet quelque écho de la messe.

Venant d'Ambur ou de Comps, on accédait à la chartreuse par une allée pavée, bordée de tilleuls. On arrivait à un portail voussuré dont le blason représentait cinq sources surmontées d'une croix: *Stat crux dum volvitur orbis.* (La croix se dressera aussi longtemps que tournera le globe.) Les moines de Cinq-Fontaines jouissaient bon an mal an, dîmes et récoltes confondues, d'un temporel de 70 000 livres qu'ils faisaient fructifier par l'entremise des notaires. Ils prêtaient au denier 18, qui était la plus honnête usure du monde, ayant pour clientèle la bourgeoisie riomoise et clermontoise. Forts en agriculture, habiles dans le commerce, ils se montraient non moins experts dans l'industrie. Tandis que leurs collègues alpins, portant tablier à ventre de sarigue, se promenaient sur les montagnes à la cueillette de savoureuses plantes dont ils distillaient ensuite une liqueur renommée, ceux d'Auvergne, devenus apothicaires, faisaient bouillir ensemble le sulfure d'antimoine et le carbonate de chaux pour produire le kermès médicinal, souverain contre la toux. Ainsi appliquaient-ils à la lettre la parabole des cinq talents, *car on donnera à celui qui possède, il sera dans l'abondance et il entrera dans la joie de son maître; mais à celui qui ne possède point, on enlèvera même ce qu'il paraît avoir.*

Cela ne les empêchait pas, servis par une quarantaine de domestiques laïcs ou convers, de goûter les délices de la solitude; d'étudier les Pères de l'Église et les maîtres du droit canon; de lire même quelques auteurs de leur temps. Ainsi Rousseau était entré dans leurs cellules; ils se passaient *le Contrat social* de l'un à l'autre avec de petits gestes effarouchés, comme on fait au jeu de petit-bonhomme-vit-encore avec un bâton enflammé, jusqu'à l'instant où le dernier s'y brûle les doigts.

Leur désert était d'ailleurs tout relatif, car la vastité de leurs domaines les mettait en relation avec plusieurs paroisses. Beaucoup de paysans des environs venaient en leur chapelle, à laquelle ils avaient accès par une porte spéciale. Certains se faisaient soigner gratuitement à la pharmacie de la chartreuse qu'ils appelaient la « Chartrousse ». Les pauvres bénéficiaient régulièrement de distributions alimentaires. Les moines contribuaient ainsi à réduire une misère qu'ils avaient créée par leurs accaparements et leurs privilèges.

Tel était l'état de Cinq-Fontaines lorsque Christophe y fit sa profession en 1761 et y devint dom Fortunat. Sept ans plus tard, il fut promu sacristain. Non point celui qui allume les cierges et balaie la sacristie, soins laissés à un frère convers, mais celui qui administre la chose sacrée, c'est-à-dire le produit des cens, des dîmes, des commerces. Cinq-Fontaines fournissait en vin de messe un grand nombre de cures et monastères environnants; en vin de table les bourgeois de Miremont, Pontgibaud, Chapdes, Saint-Georges, Saint-Gervais. Des charrois continuels partaient de l'abbaye et y venaient, porteurs de fûts, de sacs, de bois de corde, de fagots, aux regards envieux des misérables.

Dom Fortunat soutint plusieurs années ces fonctions de trésorier, premier échelon de la hiérarchie cartusienne. Il fut ensuite élu procureur, chargé des problèmes administratifs et judiciaires. Cela lui donnait l'occasion de sortir souvent. Il profitait de ses chevauchées pour rendre visite à sa kyrielle de frères et sœurs établis en Auvergne et en Bourbonnais. L'une d'elles, Guillette, mariée à un médecin vétérinaire, vivait à Chapdes-Beaufort qui n'était qu'à une demi-lieue. Il entretenait avec son jumeau une correspondance régulière, lui donnant des conseils et lui en demandant.

« J'admire, lui répondait Raymond, cette agitation

que tu t'imposes au service d'un ordre immobile. Pour moi, je reste planté dans mon lopin, peu conscient et peu soucieux de ce qui se trame dans le monde. Je baptise, je confesse, je communie, je marie, j'enterre mes paroissiens comme cela s'est toujours fait. Ils ne m'en demandent pas davantage. Chacun d'eux mange à sa faim, boit à sa soif, eau claire, petit-lait ou petit vin. Ils se satisferaient de leur existence sans les maudits pieds-poudreux qui viennent leur vendre certains écrits imprimés en Suisse ou en Hollande par des huguenots qui leur mettent en tête des idées extravagantes. Celle, par exemple, de ne plus devoir payer dîme, taille ni gabelle. De quoi vivraient alors les pauvres serviteurs de Dieu? Ou celle d'arracher des terres à leurs propriétaires légitimes et de les distribuer à ceux qui en sont dépourvus. Le Ciel nous garde, comme disaient nos pères riomois, de ces désordres de la justice humaine. »

Pendant que les deux frères remplissaient ces fonctions, Mgr de La Garlaye mourut. Il fut remplacé par Mgr François de Bonal, venu d'Agen avec la réputation d'être plus raide encore que son prédécesseur, tout os et sans jointures, ce que beaucoup prenaient pour de la sainteté. Et qui peut-être en était. Il fut nommé le même jour que Mgr de Boutteville, homme brillant et enjoué, à l'évêché de Saint-Flour. On se rapportait dans les sacristies ce mot du jeune roi Louis XVI :

« Aujourd'hui, j'ai envoyé le Saint-Esprit en Auvergne : le saint à Clermont et l'esprit à Saint-Flour. »

A peine installé dans son palais épiscopal, Mgr de Bonal reçut diverses délégations. Parmi elles, un groupe de collégiens qui avaient ensemble rédigé un compliment. Il commençait ainsi : *A vous dont les vertus sont aussi belles que le nom...*

– N'allez pas plus loin, mes enfants, les interrompit le prélat. Vous me feriez commettre le péché d'orgueil.

– C'est que, Monseigneur, avoua l'élève en rougissant, ces premiers mots ne sont pas même de nous.

– Et de qui donc?

– D'un homme de lettres célèbre en la ville à qui nous avons soumis notre texte pour correction.

– Comment s'appelle-t-il?

– M. Georges Couthon.

– Vous le complimenterez aussi de ma part. Mais restons-en là.

En 1777, dom Fortunat devint prieur. Il dut quitter Cinq-Fontaines, où il vivait depuis seize ans, pour aller diriger la chartreuse de Vauclaire, en Périgord, proche la riante vallée de l'Isle. Il y vécut d'autres années fort occupé par les devoirs de sa charge, mais l'âme en paix. Jusqu'au jour où une rencontre humaine vint bouleverser sa vie, celle de Geneviève de Puyguilhem.

– Mon père, dit-elle, je viens à vous au nom de Dieu.

A travers la grille du parloir, il examina ce visage jeune et pâle, enveloppé d'une mantille sombre.

– Madame, qui êtes-vous?

– Je me nomme Geneviève de Puyguilhem. Mais mon nom, ma famille n'ont aucune importance. J'appartiens à la famille humaine. Le jour de ma première communion, j'avais neuf ans, c'était dans l'église de Sigoulès, je me sentis transportée par un accès d'amour merveilleux. Et j'entendis une voix dire dans mon cœur: « Quitte la maison de ton père et de ta mère. Va parmi les hommes en inconnue et en mendiante. Je veux par une simple fille réduire plusieurs grands de ce pays et remédier aux maux de l'Église de France. »

– Mais, Madame, vous êtes donc Jeanne d'Arc!

– Ne vous moquez pas, mon père. Attendez pour me juger et pour me croire.

– Êtes-vous partie tout de suite?

– Je ne suis pas encore partie.

– Quel âge avez-vous aujourd'hui?

– Trente-deux ans, je crois. Mon père est déjà mort. Ma mère ne peut tarder. Bientôt, je serai libre. Jusqu'à présent, ils m'ont retenue. Ils ont essayé de me marier et j'eus plusieurs prétendants, car il paraît que j'étais belle. Si bien qu'un jour je décidai de détruire la beauté de mon visage. Je me confectionnai un masque en carton, le remplis de chaux vive, me l'appliquai un soir sur la figure, le gardai toute la nuit. Le lendemain, je courus à mon miroir, et constatai avec tristesse qu'il n'avait subi aucun dommage. Dieu sans doute ne l'avait pas permis. Je mortifiai mon corps de toutes les façons, me coupant les cheveux, m'alimentant de nourritures de rebut, parsemant mon lit de cailloux. Quand j'eus vingt ans, j'allai raconter au curé de Sigoulès mes tourments et la mission divine que j'avais reçue. Lui aussi se moqua de moi et me conseilla d'aller passer quelque temps dans une communauté religieuse : « Tenez-vous, me dit-il, entre les mains de Dieu. S'il a réellement besoin de vous, il saura vous mettre en marche, l'heure venue. » Il me plaça chez les Ursulines de Périgueux, qui me reçurent comme une sainte, car mon nom et ma piété étaient parvenus jusqu'à elles. Elles voulurent me faire prendre le voile. Je m'y opposai; ma mission m'appelait ailleurs.

– Mais enfin, quelle est donc cette mission?

– D'aller dire aux prêtres de France de se réformer.

– Oh! les réformes! Il y en a eu tellement!

– Aucune comme celle que Dieu leur demande à présent.

– Et que leur demande-t-il?

– De renoncer à leurs privilèges.

– De quels privilèges parlez-vous?

– Dans ce pays, les plus pauvres donnent tout ce qu'ils ont au roi, au seigneur, au curé ou à l'abbé. Les plus riches ne donnent rien. Il faut que nos ecclésiastiques retournent au dénuement de saint François. Ils pensent trop aux biens de ce monde. Sous prétexte de corps, de maisons, de bénéfices, ils mettent la terre à la place du Ciel et eux-mêmes à la place de Dieu. Leurs sermons sont remplis de vérités; mais leurs actions sont mensongères. Personne n'a voulu entendre ma voix; leurs oreilles sont pleines de cire. Voilà pourquoi notre Église sera persécutée, ses serviteurs pendus, brûlés, fusillés, noyés, décapités. Un bain de sang se prépare. Certains bourreaux en seront trempés jusqu'aux genoux. Les temples seront abattus, l'image du Christ profanée, les saints ornements jetés aux ordures. On verra des prêtres retourner à l'état laïc, se marier et avoir des enfants!

Elle ouvrit les bras, pour donner de l'élan à sa prophétie :

– L'aigle noir du malheur plane sur notre pays! Nous touchons le temps où tout prêtre se trouvera au carrefour de deux chemins; gare à celui qui ne choisira pas la bonne route! Les troubles qui affligeront le royaume de France se répandront ensuite sur l'Europe entière. Des rois tomberont de leurs trônes, leurs peuples se gouverneront sans tuteurs. Dans chaque pays, il y aura une double société, l'une composée d'hommes, l'autre de femmes; les secondes cesseront à jamais d'être les serves des premiers. Pour moi, je marche dans la lumière, car je sais ce que j'annonce, l'ayant appris d'une voix divine.

Là-dessus, Geneviève replia ses ailes et tomba agenouillée, le visage dans les mains. Dom Fortunat ne riait plus. Il demanda :

– Pourquoi vous adressez-vous à moi?

– Parce que, étant allée ailleurs, j'ai été repoussée de tous. On me renvoyait du prêtre à l'archiprêtre, du grand vicaire à l'évêque. Mgr de Périgueux s'est dit malade pour n'avoir pas à me recevoir. J'ai mis par écrit mes annonces; je les ai envoyées à l'archevêque de Bordeaux qui s'est empressé de les jeter au feu. On m'a traitée de folle. Tout ce qu'on me proposait, c'était un internement religieux. Mais vous, qui êtes étranger au pays, vous devriez m'entendre.

– Les prophètes reconnus, aussi, ont été accusés de folie; les terribles événements qu'ils annonçaient se sont produits quand même. Relevez-vous. Je veux réfléchir à tout cela.

Il la congédia dans le plus grand trouble.

Elle revint plusieurs fois. Elle envoyait aussi des lettres prophétiques : *Les temps approchent... Je vous vois mêlé à la grande cohue... Vous aurez à souffrir et à vous réjouir... Vous y perdrez votre habit, mais point votre âme...*

En 1787, le prieur de Cinq-Fontaines vint à mourir. Le R.P. Général désigna dom Fortunat pour le remplacer. Ainsi retourna-t-il dans sa cinquante et unième année diriger le monastère où il avait exprimé sa profession de foi, presque à la date où son frère jumeau quittait Saint-Hilaire-en-Bourbonnais pour la paroisse de Chanonat en Basse-Auvergne. Comme un effet nouveau de leur gémellité.

Christophe lui avait raconté par le menu les prophéties de Geneviève de Puyguilhem.

– Les religieux périgourdins, avait conclu Raymond, ont bien jugé; cette fille est folle. Notre Église se trouve bâtie sur la pierre, comme l'a voulu le Christ. Elle est inébranlable. Les tempêtes peuvent abattre ses clochers, démolir ses sanctuaires, toujours elle se relèvera de ses ruines. Car la pierre en question n'est pas faite que de roc, mais de notre foi fondamentale. Il n'y a pic ni marteau qui puisse rien contre elle.

Dans le modeste presbytère, propriété personnelle du curé, rachetée au prédécesseur, ils s'étaient longuement entretenus de ces choses en buvant du vin chaud, les pieds tendus vers les flammes de la cheminée. A cette heure-là, les Chanonatois pelaient des châtaignes grillées qu'ils retiraient des braises. La douceur de l'automne enveloppait les campagnes et les maisons. Il était impossible de croire à ces sacrilèges, à ces carnages annoncés.

Le lendemain, ils se quittèrent au carrefour de la Dame.

2

Lorsque l'abbé Raymond Fortunat prit possession de sa paroisse, ses deux vicaires, MM. Lenègre et Auzenat, lui en firent cette présentation :

– Elle comprend un millier d'habitants formant deux cent cinq feux.

– Comment va le casuel?

– Un mariage se paie six livres, y compris les fiançailles et la bénédiction du lit. Un enterrement, huit livres pour les adultes et trois pour les enfants.

– Voilà qui est honnête.

– Ce le serait davantage si nos gens pouvaient payer. Mais la plupart ne peuvent pas. Sur nos deux cent cinq feux, retranchez-en une vingtaine de mendiants professionnels et cinquante qui sont à la mendicité à la moindre maladie.

– Reste cent trente-cinq dîméables.

– Déduisez seize seigneurs, hauts justiciers, décimateurs directs ou commanderies dont nous ne tirons rien, avec leurs familles. En tout soixante-cinq personnes.

– Reste une centaine de feux.

– Dont une douzaine de petits propriétaires. Le demeurant ne possède rien que ses bras, ses récoltes quand il en lève sur des terres affermées. Il faut néanmoins que ce demeurant paye. Par bonheur, nous avons la congrue que nous verse le Commandeur, propriétaire de la moitié des sols en culture.

– Le montant de cette congrue?

– Cela dépend de l'année, des pluies, de la sécheresse. En moyenne, cinq cents livres annuelles.

– Pour moi seul?

– Pour nous trois.

– Diable!

Les deux vicaires éclatèrent de rire, puis se signèrent. Ces jeunes gens étaient des prêtres filleuls, c'est-à-dire ordonnés et tonsurés dans les règles, mais continuant de vivre dans leurs familles; celles-ci faisaient partie de la douzaine de petits propriétaires. Fortunat avait eu affaire déjà avec cette sorte de vicaires dans sa paroisse bourbonnaise, où ils étaient quatre à lui manger dans la main. L'un d'eux, originaire du Mayet-de-Montagne, mécontent de la part qui lui revenait de la congrue, s'était avisé de multiplier les messes basses, de les vendre au-dessous du tarif, de s'en réserver le produit et d'en priver la communauté paroissiale. Comme il demeurait insensible aux raisonnements, il avait fallu que les trois autres le ramenassent vigoureusement à la raison.

Fortunat considéra ses nouveaux auxiliaires et se demanda s'ils étaient de l'engeance qui casse le prix des messes.

– Que peut-on faire pour augmenter nos ressources?

– Il y a le jardin. Votre prédécesseur tressait aussi des paniers qu'il allait vendre à Saint-Amant, les jours de foire.

– Des paniers? Je ne saurais pas. Mais je suis capable de rempailler les chaises. J'ai appris cela, dans mon enfance, avec un grand-père.

– Fort bien. Vous rempaillerez.

– Comment sont les gens?

– Pauvres, mais heureux. Autant qu'il nous paraît. Comme dans les contes, puisqu'ils ont beaucoup d'enfants. Même s'ils en perdent plus de la moitié.

– De quoi meurent-ils?

– De ce que la nature leur envoie.

– A Saint-Hilaire, c'était principalement du gros ventre.

– Ici, c'est plutôt de la petite vérole. Et de la nouure. Et de la faim.

– Que peut-on pour leur soulagement?

Les vicaires ouvrirent leurs mains vides.

– Nous sommes aussi pauvres qu'eux. Je porte la même soutane depuis cinq ans, dit l'un.

– Et la mienne depuis sept, dit l'autre.

– Sont-ils au moins tous bien baptisés?

– Aucun n'y manque.

– La santé du corps vaut de l'argent. La santé de l'âme vaut de l'or.

Les deux prêtres filleuls opinèrent.

Cependant, à Chanonat, un homme de la classe sans privilèges vivait bien, le notaire Baptiste Murent. Il rédigeait les contrats de mariage, les testaments, les actes de vente, les baux de fermage. Autant dire que, sans lui, rien d'important ne se faisait dans la paroisse. Chaque année, en novembre, à la sortie de la messe, il claironnait sous la « ganivelle », c'est-à-dire sous le porche de l'église :

– Demain, dans mon étude, à deux heures de relevée, je mettrai aux enchères à l'accense les prunes de M. de Vichy... Ou les glands de M. de la Bâtisse... Ou le foin de la marquise de Lignères...

A l'heure dite, ils étaient vingt pères de famille assis sur des bancs comme à la messe, dans son grand bureau dont la fenêtre donnait sur l'Auzon, au-dessus des anciennes murailles. Devant lui, dans un coffret, une collection de courtes chandelles de la grosseur du petit doigt, qu'il fixait l'une après l'autre dans un bougeoir approprié :

– Le temps que se consume la chandelle, vous pouvez surenchérir. Mise à prix : douze livres pour les prunes de M. de Vichy, dans ses vergers, sur les deux rives de l'Auzon, depuis le chemin du Crest jusqu'à la limite inférieure de son domaine. Douze livres. Qui dit mieux?

Les amateurs se considéraient à la muette. On percevait l'odeur et le grésillement du suif. Si personne n'avait ouvert le bec avant la consommation de la chandelle, il fallait faire le décri; en allumer une seconde et repartir de plus bas. Les prunes étaient de bonne vente au marché; elles servaient à la table, aux confitures, au tonneau, aux cochons; mais que de choses pouvaient contrarier la récolte à venir, gels tardifs, pluies intempestives, orages de grêle ou de vent, maladies!

A bon compte ou à mauvais, le dernier à parler devenait pour un an l' « accenseur » desdites prunes : il n'avait plus qu'à donner l'argent et à signer, ne fût-ce que d'une croix. Les pommes, les glands, le foin, les noix s'en allaient de même.

Les terres à culture s'attribuaient de gré à gré, par métayage ou par baillage. Là encore, le notaire avait son mot à dire et à écrire, étant, avec le curé, l'homme le plus instruit de la paroisse. En outre, il recevait chaque semaine par le messager de Clermont une publication, la *Feuille hebdomadaire pour la province d'Auvergne*, qui le tenait informé des nouvelles. Il n'hésitait pas à en faire profiter les Chanonatois et se tenait assis, l'après-dînée du dimanche, sous la ganivelle, les lisant et commentant à haute voix.

– « Nous apprenons que cinq paratonnerres ont été installés sur le château épiscopal de Beauregard par un prêtre venu de Rochefort en Aunis, qui a fort étudié cette protection contre la foudre inventée par M. Franklin, le célèbre savant et diplomate américain actuellement en résidence à Philadelphie...

« Au lieu d'être éclairé à la chandelle, le carrefour de Saint-Genès à Clermont vient de recevoir un réverbère à quatre faces contenant une lampe à huile pour y être allumé toutes les nuits comme le sont les réverbères de Paris...

« Le sieur Valane, expert-dentiste, continue d'offrir les secours de son art au public clermontois tant pour la conservation des dents, si nécessaire à la trituration des aliments, que pour procurer un bel ordre à celles des enfants. Il remet des dents artificielles, si artistement qu'elles paraissent naturelles, avec lesquelles on peut manger! Et que l'on n'est pas obligé de quitter. Il est aussi l'inventeur de l'eau des Nymphes contre les taches de rousseur. Il est logé chez le sieur Dessayne, rue de l'Écu-de-France...

« Le sieur Gaffion, maître d'hôtel chez M. le comte de Montboissier, est le seul et le premier qui ait fait en cette province l'authentique Kirschenwasser : la bouteille d'une pinte se vend 4 livres. On en trouvera en gros et en détail au Pont-du-Château...

« Le quarton de blé qui valait 35 sous l'année dernière est passé à 45 sous en cet été 1788 à cause de la mauvaise récolte...

« De terribles orages se sont abattus sur plusieurs paroisses autour de Clermont. La Commission du Bien Public, issue de l'Assemblée provinciale, présidée par le vicomte de Beaune, a décrété des secours en argent qui seront versés aux familles éprouvées, sur leur demande déposée entre les mains du curé chargé de vérifier son bien-fondé... »

Chanonat avait souffert des colères du ciel; plusieurs personnes étaient intéressées par ce secours.

– Venez, disait Murent, me trouver en mon étude. Je rédigerai votre demande. Il vous en coûtera deux sous pour la feuille et six sous pour l'écriture, payables quand vous aurez obtenu satisfaction.

La récolte de 88 s'annonce plus mauvaise encore que la précédente. Dans la généralité des cas, le printemps est ici la saison de la faim parce que les provisions touchent à leur terme. On est même tenté de manger les semences. On se retient en empruntant du grain aux privilégiés, en cuisinant des soupes d'herbes, en sacrifiant les jambons suspendus. Les enfants s'accommodent mal de ce régime et portent la disette sur leur figure. Il en meurt beaucoup. Toutes les croix ne sont pas aux chapelets. Pour trouver ailleurs un peu de pain, les pères de famille partent vers la Limagne. On les emploie à bêcher, faucher, moissonner. D'autres vont dans les villes comme ramoneurs, porteurs d'eau ou décrotteurs, ou comme simples mendiants. D'autres encore franchissent les mers et très souvent sont perdus pour les leurs.

On mange un pain noir, gluant, mêlé de balle, parfois d'épis. L'avoine se consomme en bouillie. Une plante nouvelle commence à se répandre, que certains nomment la « truffe », d'autres la « pomme de terre ». Un arbuste haut de quatre pieds, fort en tiges, lourd en feuilles. Il craint terriblement la gelée si bien que les laboureurs doivent encore en apprendre la culture.

Août est le temps des moissons, toutes faites à la faucille, excepté les avoines dont la paille courte et molle préfère la faux. Le sarrasin, plus court encore, est abandonné aux femmes. Alors paraît la figure maudite du dixmier. Recruté par la Commanderie hors de la paroisse, accompagné de deux serviteurs, d'un char et d'un cheval, il prélève une gerbe toutes les douzaines, fait charger son butin et s'en va sans remercier personne. Toutes les récoltes sont réduites de la même façon. Viennent ensuite les fermages ou métayages dus au seigneur, la taille royale versée en argent au collecteur. Ce qui reste des gerbes est dressé en pignons qu'on laisse sécher au soleil trois ou quatre jours. L'avoine seule reste éparse sur le sol parce que la rosée la fait grossir. On les rentre ensuite dans les granges où elles seront battues aux fléaux, dont le joyeux tintamarre remplira le village cet hiver. On garde en gerbes seulement le grain de la semence, afin qu'il s'échauffe et sue dans sa balle.

Une fois dans le grenier, la récolte nourrit d'abord un nombre incalculable de souris, rats, mulots, charançons et vermines. Pour la protéger, on l'enfume d'ellébore, on y enfouit des poireaux et autres plantes malodorantes, le curé la couvre de bénédictions, les enfants la harcèlent de couplets :

Sortez de là, souris, mulots,
Ou je vas vous briser les crocs!

Les blés de consommation sont portés à l'un des quatre moulins de l'Auzon. Ils appartiennent aux seigneurs, mais sont baillés à ferme; de sorte que leurs fermiers cherchent aussi à faire suer le grain des autres. Ils en gardent pour la façon une livre sur vingt-cinq, avec quoi ils se nourrissent et alimentent une quantité de volailles. Ils emploient deux meules et deux tamis : une espèce produit la farine blanche, l'autre la grise. Si l'on considère qu'ils possèdent également des terres et des vignes, ils peuvent être tenus pour une autre sorte de privilégiés : quelles que soient les circonstances, ils ont le privilège de ne jamais souffrir de l'estomac.

Chaque ménage, une fois par mois, cuit son propre pain. A mesure que les semaines s'écoulent, il devient dur et bleuâtre : on en mange moins. Chanonat dispose d'un seul four, propriété de la marquise de Lignères; le fournier encaisse un droit de quatre sous par tête et par an. Et l'on apporte ses fagots.

Après la moisson, chaque paysan confie ses cinq ou six moutons au berger communal qui pousse cette « barbialhe » sur les éteules, qu'elle broute et qu'elle fume. Viennent ensuite les labours à l'araire au mancheron unique; il passe en tous sens, non pas une, mais trois ou quatre fois selon les prescriptions du bail. Chaque pierre doit être enlevée, portée en bordure du champ où elle forme, de génération en génération, une façon de muraille ruinée qui laisse croire qu'il y eut là, jadis, on ne sait quel édifice, château, rempart, pyramide. En certains endroits où l'araire ne peut passer, et aussi dans les jardins et chenevières, c'est la bêche qu'il faut prendre : toute en bois, excepté son arête coupante.

On sème, et l'on sème épais, en prévision des gels, du pillage des oiseaux, de la semence avariée. Les Chanonatois ignorent la herse que connaissaient les Romains : pour enfouir leurs graines, ils promènent dessus une sorte de peigne hirsute formé de branches d'épine fichées dans une traverse; ils le nomment *balharsou*. Il ne reste plus qu'à laisser faire la terre, la pluie et le soleil de Dieu. Le blé somnole tout l'hiver. Il forme au ras du sol de petites flammes jaunâtres comme celle de la chandelle quand passe un courant d'air. On tremble pour sa santé. Mais en mars il s'éveille et désormais ne cesse de grandir sous les regards du collecteur des tailles qui surveille sa crue et semble compter chaque tige. Il devient marmot, drôlet, adolescent, jeune homme, adulte achevé. Il est enfin comble de sa maturité. Le blé ne connaît pas la vieillesse, la décrépitude lui est épargnée : aussitôt mûr, il est temps de mourir. La faucille le couche enfin, tout palpitant. Et le cycle heureux recommence. Et le collecteur des tailles se frotte les mains, disant :

– Vous allez me payer ce que vous devez à notre Roi.

Car les choses sont ainsi absurdes; le collecteur puise à deux mains le beau seigle, la bonne orge, la belle avoine; et de cela le Roi ne recevra qu'une pincée.

Alors se présente le cas du laboureur dont la grêle ou les inondations ont gâté la récolte; il ne peut s'acquitter. Après diverses menaces, le collecteur lui envoie les « garnisaires », soldats ou gendarmes retirés du service. Ils arrivent à cheval tout fumants de colère, armés d'un sabre, d'un pistolet et d'une moustache de croque-mitaine. Ils brandissent la « contrainte », rouleau de papier par lequel il est enjoint au nommé Untel d'avoir à payer sur-le-champ les sommes dues au receveur des tailles. *Faute de quoi, il sera fait saisie de ses meubles non indispensables aux besoins de la vie selon l'inventaire qu'ils en dresseront incontinent en présence du taillable susnommé. Et ils s'installeront à son domicile où ils recevront nourriture et coucher, avec indemnité de 25 sous par jour chacun jusqu'à enlèvement desdits meubles opéré par l'huissier royal et ses aides.*

Voici donc les garnisaires installés, buvant, mangeant à ventre que veux-tu, sous les yeux terrorisés des enfants et des femmes. La nuit, dormant dans le fenil, la main sur la garde de leur sabre, par précaution. Cet état de choses dure une semaine. Arrive la charrette de l'huissier : elle emporte le linge, la moitié de la vaisselle, les rideaux, le peu de blé qui restait. Les soudards lèvent le camp. Comme ils n'ont pas touché leurs vingt-cinq sous quotidiens, ils se sont prémunis en saisissant d'abord qui le dernier jambon, qui une paire de draps. Voici le laboureur réduit à la mendicité. Souvent même, il n'a pas la ressource d'aller se pendre : l'huissier a saisi toutes ses cordes.

Raymond échoua dans Chanonat au milieu de l'année 1787. Recevant l'essentiel de sa nourriture du Prieuré, il voulut aller rendre hommage au Commandeur, M. de Tourniol. Celui-ci n'était pas facile à rencontrer, vivant ailleurs le plus souvent. On ne savait où. A Rome, à Malte, à Marseille, à Versailles. Du moins était-il représenté par un remplaçant et cinq ou six frères servants. Ils appartenaient à l'ordre des Hospitaliers de Saint-Jean de Jérusalem, qui se trouvait réparti en huit langues, c'est-à-dire huit nations à travers l'Europe : Italie, Aragon, Castille, Allemagne, Angleterre, France, Provence et Auvergne.

Ils portaient une robe noire marquée d'une croix blanche, et l'épée au côté s'ils devaient combattre les infidèles; ce qu'ils n'avaient pas besoin de pratiquer dans ce village où chacun croyait dur comme fer. Leur mission locale était seulement de donner assistance aux pèlerins, aux proscrits, aux malades. Mais, disposant de vastes bâtiments, ils accueillaient les voyageurs de passage, et d'Hospitaliers devenaient hôteliers.

Le prieuré s'étendait de l'Auzon à la limite septentrionale du village, ceint d'une muraille à créneaux, tours, courtines et mâchicoulis. Il comprenait des cellules et des salles nombreuses, un réfectoire voûté, des cuisines, une chapelle intérieure et une église extérieure inemployée depuis longtemps. Une pension-école – la seule de la paroisse – y logeait également, dirigée depuis un demi-siècle par l'abbé Lelong. Les enfants mâles des bourgeois, marchands, petits propriétaires, y apprenaient les lettres et les chiffres, fouettés de verges quand il le fallait; mais l'abbé Lelong lui-même, d'un tempérament plutôt doux, employait seulement pour taper sur les têtes une longue cuillère à pot.

Le sous-prieur reçut Fortunat dans sa cellule agréablement meublée, sous un tableau qui montrait saint Augustin recevant la règle des mains du pape Ferdinand IV. Après les compliments d'usage, il rappela au curé quelles seraient ses obligations :

– En ce qui concerne la dîme, nous avons nos propres dixmiers. Vous n'aurez donc pas, Monsieur, à vous en mettre en peine. Laissez-nous le soin du matériel et souciez-vous des âmes. Nous sommes un ordre militant et veillons à la police des mœurs. Dénoncez-nous les manquements à l'ordre public, tous ceux qui peuvent nuire à la sûreté de l'Église et de l'État. Annoncez dans vos prônes les grands événements heureux ou malheureux, tels que nous vous en informerons : guerres, paix, naissances ou décès princiers, impôts exceptionnels. Donnez le signalement des malfaiteurs recherchés par les brigades. Vérifiez les rôles de la taille royale établis par les collecteurs, pour voir s'ils correspondent aux facultés connues des taillables. Refusez votre absolution à ceux qui s'en acquittent mal. Ou du moins menacez-les de ce refus. N'oubliez rien. De notre côté, nous n'oublierons pas de vous servir votre congrue.

Le curé se prosterna.

– A vos ordres, mon Révérend Père. A vos ordres.

Le sous-prieur le régala de sa bénédiction, tandis qu'il se retirait à reculons, comme l'écrevisse.

Le dimanche suivant, Raymond dit en chaire :

– Mes très chers frères, je vous informe que je suis en mesure de rempailler vos chaises. Si donc vous en avez quelques-unes qui le demandent, veuillez me les apporter avec la paille de seigle qu'il faut, je n'en produis point. Il vous en coûtera quarante sous l'une, ce qui est moins cher qu'une messe et fera presque autant d'effet à vos âmes, puisque ce sera une œuvre de charité. Faites-le savoir autour de vous.

Il en récolta deux les jours qui suivirent; une autre, la semaine suivante. Et ce fut tout. Il renouvela son appel :

– Aidez-moi à vivre, mes chers frères, je vous aiderai à bien mourir.

Peine perdue. Ses paroissiens s'asseyaient sur du dur plutôt que sur du mou; et ils étaient capables de réparer eux-mêmes. Comme ils savaient faire face à toutes leurs nécessités, cuire le pain, filer le chanvre et la laine, confectionner leurs meubles, hardes, outils. Alors, Raymond fabriqua des chaises neuves qu'il fit porter par ses vicaires à Saint-Amant. Il s'en vendit quelques-unes.

M. Lenègre, un matin, vint lui dire :

– Monsieur, nous n'avons plus d'huile pour le luminaire.

– Eh bien! nous ne dirons plus qu'une messe éclairée; elle le sera par la lumière naturelle du jour.

– Pourquoi, Monsieur, n'établiriez-vous pas, comme le curé de Ceyrat, le sou des communions? A Pâques, chaque fidèle y est tenu de verser un sou en communiant.

– Nous ne pouvons faire payer la sainte eucharistie!

– Nous faisons bien payer les mariages et les enterrements.

– Et cela marche, à Ceyrat?

– Fort bien. Une fois l'an, personne ne refuse son obole.

Ils tentèrent l'expérience aux Pâques de 88. Le résultat fut que la moitié des confessés manquèrent à l'autel durant la semaine sainte. La seconde moitié prit la communion les jours ordinaires où le pain de Dieu était resté gratuit.

– Il faudrait, suggéra M. Lenègre, réclamer un sou à toutes les communions!

– J'aime mieux, dit Raymond, que nous nous passions de cierges. Chaque fidèle se contentera de sa petite lumière intérieure.

Pour les défendre contre leurs divers maîtres, les Chanonatois élisaient à chapeaux levés un « corps commun » et un « syndic » qui parlait au nom de tous. Celui-ci, l'an 88, était Jean Cannée, un laboureur des plus « commodes », c'est-à-dire des plus aisés. Il recevait, par le messager de Clermont qui passait chaque semaine, les ordres écrits de l'intendant et des autres puissances. Les faisait lire en chaire par le curé. C'est ainsi qu'en septembre Fortunat eut à dire :

– Son Excellence, M. de Chazerat, intendant d'Auvergne, vous rappelle que vous êtes en dette à l'égard de la milice d'une recrue désignée au printemps dernier par le tirage au sort. Ici, chacun la connaît, même si depuis elle a disparu de la région. Son Excellence vous fait donc savoir que ladite recrue doit se présenter à Clermont avant le 30 septembre au bureau de la maréchaussée. Faute de quoi, il sera procédé à un nouveau tirage, sans parler des poursuites contre le déserteur qui peuvent le conduire aux galères. A moins que sa famille ne préfère payer un remplaçant.

Voici celle-ci dans les triples transes; elle est sans nouvelles du disparu, peut-être à présent bûcheron, ou contrebandier, ou mangé par les loups, et elle craint les poursuites. Enfin, elle risque la haine et les querelles d'une autre famille si un nouveau tirage au sort désigne une autre recrue. Elle vient trouver le curé :

– Monsieur, sauvez-nous! Désignez vous-même un remplaçant pour notre fils.

– Avez-vous l'argent?

– Des gueux comme nous! Il en faut un gratuit.

– Où le dénicher?

– Nous en savons un. Au prieuré. Un Limousin, maçon de profession, mais sans travail. Il suffirait de le sermonner. De lui faire comprendre son devoir et son intérêt. Faites cela pour nous, Monsieur, nous vous en supplions.

Fortunat s'en fut à la Commanderie où il trouva l'étranger devant sa soupe.

– Oui, dit cet homme, je suis maçon limousinant, de Peyrelevade. Réduit à la mendicité, comme un bon à rien, en ce pays damné!

Le curé lui expliqua qu'il rendrait un fameux service à la paroisse et se rendrait service à lui-même s'il acceptait de remplacer le déserteur. Il énuméra les avantages qu'il en retirerait : bel habit avec grenades brodées, tricorne galonné, solde régulière, possibilité de gagner les épaulettes comme Fanfan la Tulipe, considération générale et tout spécialement – il dit cela avec un clin d'œil – celle des « personnes du sexe ». Bref, il en dit tant que le Limousin finit par accepter l'honneur d'aller servir le Roi à la place de l'Auvergnat en fuite. Il exigea seulement un pécule de cent sous pour ses premiers frais. Informés, les parents du déserteur purent réunir la somme. Deux gaillards vigoureux l'accompagnèrent jusqu'à Clermont pour le retenir de s'égarer.

Un soleilleux dimanche d'octobre, le notaire Murent étala sur ses genoux la *Feuille hebdomadaire* :

– « Gloire à notre Roi Louis XVI! Quel monarque plus que le nôtre a eu souci du bonheur de la France? Le premier acte de son pouvoir fut un trait de générosité envers ses peuples : il rappela les ministres de Thémis dans le temple de la justice. Puis il ordonna la liberté du commerce des grains; il affranchit les serfs; il réforma sa maison; il ranima le crédit de la nation; il détruisit les vils suppôts de l'usure; il soulagea les malheureux dans les hôpitaux; il réforma les abus horribles des prisons, abolit l'usage barbare de la question préalable. Gloire à notre Roi Louis XVI! Gloire aussi à son auguste Compagne qui rend aimable la majesté du Trône!... »

Le notaire releva la tête pour prendre souffle.

– Gloire à notre Roi Louis XVI! reprirent plusieurs voix comme à la messe au *Kyrie.*

– Ce n'est pas tout, dit Murent. Voici le plus important. « Par un effet exceptionnel de sa bonté, Louis a l'intention de réunir prochainement ses États Généraux où seront envoyés des représentants de tous ses sujets, grands ou petits, riches ou pauvres, clercs ou laïcs. Il désire qu'en cette occasion lesdits représentants soient porteurs d'un cahier dans lequel leurs mandants auront exprimé en toute franchise leurs plaintes et remontrances afin que Sa Majesté soit mieux informée des maux qui peuvent accabler ses peuples et qu'elle y porte remède... »

Murent eut à fournir des explications sur ces États Généraux et les intentions royales. A mesure qu'ils comprenaient, les croquants poussaient des cris de stupeur, puis d'émerveillement, puis de bénédiction :

« Quel grand Roi nous avons! Comme il nous aime!... » Ceux qui savaient un peu épeler voulurent voir ces choses imprimées noir sur blanc. Des femmes pleuraient, des hommes s'embrassaient, des vieillards se faisaient répéter, des jeunes filles baisaient la *Feuille hebdomadaire* comme le célébrant baise l'*Évangile*.

– Notre représentant irait donc parler de Chanonat au Roi Louis XVI?

– Pourquoi pas?

– Est-ce que le Roi connaît seulement le nom de notre paroisse?

– Le Roi connaît toutes les paroisses de son royaume!

Et la foule : « Quel bon Roi! Quel Roi merveilleux! »

– Quand commençons-nous?

– Sitôt que nous aurons reçu l'avis officiel. En attendant, parlez-en entre vous. Choisissez vos délégués.

Ainsi, la ganivelle et le cimetière, son prolongement, servaient de lieu de réunion.

Les moines de Cinq-Fontaines, au milieu de leur faux désert, ne vivaient pas dans l'ignorance de ces inquiétudes et de ces espoirs. Chaque jour, pour la raison qu'il possédait presque tout à une lieue à la ronde, le monastère était assailli par une horde de gueux, barbus, affamés, puants, vociférants, à qui il fallait jeter du pain. Pour eux seuls, le boulanger de la chartreuse cuisait une fournée chaque semaine. A la saison des fruits, les moines devaient payer des gardes à mousquets pour défendre leurs vergers et leurs vignes. Néanmoins, les mendiants trouvaient toujours quelque chose à piller; ils dévastaient les poulaillers, les jardins, épuisaient les étangs, exterminaient le gibier. Le pire était la messe dominicale, quand ces coquins se rassemblaient dans l'église, s'y querellaient, importunaient les femmes, mettaient la main dans la bourse des quêtes en disant : « Dieu vous le rendra. » Leur impiété gagnait comme une peste les paysans ordinaires, jadis si religieux, si dociles. Quand le prieur devait sortir à cheval pour quelque affaire, au lieu de lui tirer leur chapeau, ils lui montraient le poing.

On sentait bien qu'il se préparait quelque immense changement, comme l'annonçait Jean-Jacques Rousseau, comme le prophétisait Geneviève de Puyguilhem : *Le grand deviendra petit, le riche deviendra pauvre, le monarque deviendra sujet. Nous approchons de l'état de crise.* Et Voltaire de son côté : *Tout ce que je vois jette les semences d'une révolution qui arrivera immanquablement et dont je n'aurai pas le plaisir d'être le témoin. Les jeunes sont bien heureux : ils verront de si belles choses.*

Sans doute les auteurs profanes pénétraient-ils trop librement dans la chartreuse, et contaminaient-ils les esprits. Dom Fortunat en eut un jour la certitude par la bouche des frères Peschier et Bonnet. Non point des béjaunes, mais des moines quadragénaires :

– Mon Révérend Père, nous désirons être débarrassés de nos vœux et de notre costume, et retourner à l'état laïc.

Tout d'abord, le prieur fut suffoqué moins par la pensée que par les mots, par ce « débarrassés » outrageant. Il demanda :

– Vos raisons?

– Je ne puis plus, dit frère Peschier, supporter ce que je vois, les chartreux vivant en paix, s'engraissant à l'abri de leurs livres comme des rats, élargissant leurs domaines sans cesse au milieu d'une population misérable. Je vois dans cette situation trop d'injustice.

– Et moi, dit frère Bonnet, je suis surtout scandalisé par la terre. Cette terre qui fut donnée par Dieu à tous les hommes au commencement du monde, et qui de nos jours n'appartient plus qu'à quelques-uns. Et rarement à ceux qui la cultivent. Où cela nous mènera-t-il, mon Révérend Père?

– Et moi je vous demande: si vous quittez votre état, que ferez-vous ensuite?

– Nous travaillerons de nos mains comme Jésus à Nazareth. Peut-être deviendrons-nous des misérables à notre tour. Du moins ne serons-nous plus les complices de ces iniquités.

Quelques jours plus tard, ridicules dans leurs culottes et leurs bas de futaine, MM. Bonnet et Peschier franchirent pour la dernière fois le portail de la chartrousse. Tous les religieux rassemblés les regardèrent partir, les uns avec colère, les autres avec envie, tous avec regret. Ils montèrent la côte, arrivèrent à la croisée des chemins. « Vont-ils se retourner? » se demandait dom Fortunat dans son cœur. Mais non. Ils prirent sans hésiter la voie de gauche, en direction du soleil couchant. Leur ombre était derrière eux, très longue, comme si elle eût voulu rester avec les autres frères.

Vint le dernier Noël de paix.

Jamais tant de monde à Chanonat n'avait voulu entendre les trois messes dans l'église trop petite, illuminée pour une fois de torches et chandelles dont la fumée montait vers la voûte ronde peinturlurée de bleu, semée d'étoiles blanches. La plus dense cohue se pressait autour du bénitier où chacun voulait tremper le bout des doigts; il offrait aussi sur son flanc une tête d'ange qui avait réputation de guérir les coliques de la faim; aussi se trouvait-il usé par les frottements. Les seigneurs de la Varvasse, de la Commanderie, de Viallevelours, de la Bâtisse, de Tordes, de Chagourdat n'étaient point venus : ils célébraient la Nativité dans leur propre chapelle. Ici, rien que de la roture. Encore les plus « commodes » ne se mêlaient-ils pas aux marmiteux : ils avaient leurs places dans les stalles du chœur, sous la croisée d'ogives. La seconde porte était obstruée par la crèche, où les petits croquants voyaient l'enfant Jésus sur un lit de paille tout pareil au leur, entouré de ses parents et de son cheptel, âne, bœufs, moutons. M. Lenègre leur fit entonner un noël français :

Allons, bergers, levez-vous,
L'ange vous appelle.
Un Seigneur est né pour vous :
L'heureuse nouvelle!
Apportez en ce beau jour
Vos fifres, votre tambour,
Qui bat fla, fla, fla,
Qui bat tron, tron, tron,
Qui bat fla, qui bat tron,
Qui bat les trompettes,
Tambour et musettes.

Ce qui les enchantait le plus dans ces saintes paroles était les *fla* et les *tron*. Le second couplet s'adressait aux dames :

Marion, pour l'emmailloter,
Fournira des langes.
Jeanneton un agnelet
Frisé comme un ange.
Louise apportera du lait,
Le plus beau, beau, beau,
Le plus gros, gros, gros,

Le plus beau, le plus gros,
Le plus beau fromage
De tout le village.

En même temps, il leur était recommandé de déposer un fromage dans la corbeille prévue à cet effet. Les hommes, eux, portaient une bûche que l'officiant bénissait en fin de cérémonie. Chaque famille rentrait chez elle, contemplant en chemin les vraies étoiles dans le vrai ciel, dont la brillance leur fournissait des présages. Une fois dans la chaumine, on ajoutait au feu la bûche bénite, pour qu'elle se consumât lentement et durât plusieurs veillées. Ses cendres étaient soigneusement recueillies et répandues sur les champs qu'elles protégeaient des chenilles.

On réveillonnait d'une soupe mitonnée. Chacun avait le droit d'en prendre trois écuelles.

3

Le Jour de l'An 1789 ne fut pas non plus différent des autres. Froid et sec, à peine saupoudré. Les corbeaux entrelaçaient dans le ciel gris leurs vols noirs en criant famine. Les roues des moulins étaient prises dans les glaces. Sous les sabots, la terre dure sonnait comme une cloche. Les enfants de Chanonat allaient de maison en maison, heurtant aux portes et criant dès l'entrée :

– *Bono anado a treytou!* Bonne année à tous!

Ils en étaient payés d'embrassades, d'une pomme, de quelques noix, d'une poignée de nèfles. Chez M. de Vichy, à la Varvasse, ils recevaient un sou de bronze; chez M. Girard de Chasteauneuf, à la Bâtisse, un demi-sou avec, en supplément, cette recommandation :

– Mets cela dans ta boîte à Perrette.

Mais ils ne possédaient point de tirelire, n'ayant rien à y déposer les jours ordinaires. En fin de journée, ils remettaient les six ou huit sous de collecte à leur mère qui en achetait des objets de grand luxe : chandelles, ciseaux de Thiers, images de Notre-Seigneur.

Cette année-là commença donc comme les précédentes. Beaucoup de blés gelèrent et il fallut prévoir de les ressemer en mars. Vers la mi-février, arriva l'avis officiel des États Généraux. Murent, le notaire, se proposa d'écrire le cahier de doléances sous la dictée de tous. On en avait beaucoup parlé dans les chaumières. Il s'agissait maintenant de mettre tout cela au propre, noir sur blanc, car paroles s'envolent mais papier chante.

Vint le jour de la première réunion, un dimanche après vêpres. Qui sous le porche, qui parmi les tombes descendant doucement vers l'Auzon en troupeau, comme pour s'y abreuver. Tous le chapeau sur la tête, car ils n'étaient point venus honorer les morts.

– Par quoi commençons-nous? demanda Pierre Veysse qui exerçait, comme la plupart, plusieurs professions, mais deux principales, laboureur ou charron selon les circonstances.

– Je propose, dit Murent, que l'on commence par remercier le Roi.

– Oui, oui! Dites notre respect! Notre reconnaissance! Notre amitié!

– Je le ferai. Ensuite, que lui écrivons-nous?

Dix voix s'élevèrent en même temps :

– La taille! La dîme! Le cens! La percière! Le fournage! La corvée!

– Voilà bien, résuma Veysse, ce qui nous blesse le plus, tout cet argent que nous donnons aux uns et aux autres. Sans qu'on sache même où il va.

On posa la question au curé :

– Où va l'argent de nos dîmes?

Et lui :

– Une petite part m'en revient, sous forme de congrue. Le reste s'en va à l'étranger : à Malte, à Rome, dans les caisses du pape qui en nourrit ses cardinaux, ses fonctionnaires, son armée, en embellit les églises italiennes.

– Il ferait mieux, suggéra le notaire, de vous verser une congrue moins incongrue.

– Je n'y serais pas opposé.

– Il y a aussi, dit un autre, ces maudits collecteurs qui nous tombent sur l'échine comme des éperviers. J'ai dû scier mes noyers pour payer ma taille et ma retaille. Je réclame qu'ils soient recrutés parmi les hommes du pays, de façon qu'ils connaissent bien notre situation.

– Nous ne voulons plus de milice!

– Plus de garnisaires! Plus d'huissiers!

– Plus de fournage! Plus de taille! Plus de percière!

– Plus de cens! Plus de dîme!

Maître Murent prenait bonne note de ces réclamations, au milieu des jurements, des appels, des malédictions fusant de partout. Après des heures de criailleries, il s'enfuit, disant:

– Il faut à présent que je mette tout cela au net. Je vous en ferai lecture dimanche prochain.

Tous furent présents à l'heure dite. Il leva au-dessus de sa tête une belle feuille double en papier de Chamalières, haute d'une coudée, large d'un empan, où l'on voyait par transparence une grappe de raisin. Il en commença la lecture:

– « La paroisse de Chanonat, animée du même désir que tous les fils et sujets de Sa Majesté de concourir au grand œuvre qui va s'opérer et d'en rendre les effets salutaires, présente ses doléances pour en être fait article dans le cahier général de la province. Elle veut que les États Généraux s'occupent, avant toute chose, d'asseoir d'une manière forte et invariable la Constitution de l'État... »

– Expliquez! crièrent ceux qui ne comprenaient point.

– Cela veut dire que les intendants et les ministres ne seront plus libres d'inventer des impôts nouveaux sans l'avis de nos représentants.

– Bravo! Continuez!

– « … Des sommes considérables sont recueillies par les décimateurs et partent en Italie pour que le pape et les cardinaux en fassent des bulles qui ne servent à rien. Aussi demandons-nous un meilleur système fiscal… L'établissement d'un impôt unique prélevé par un collecteur unique originaire de la commune et y habitant, qui prendra en considération les biens de chacun sans nulle exception de noblesse ni de clergie, et qui aura la terre pour seul livre de l'impôt. »

– Très bien! Très bien! C'est fort bien dit! Ajoutez aussi qu'il faut réparer nos chemins, si mauvais qu'ils retiennent les marchands de venir nous voir.

– Et la fontaine qui pisse partout et inonde la place.

– Et l'église qui menace ruine d'un côté.

Murent ajouta ces revendications nouvelles à son rôlet.

– Est-ce bien tout? s'enquit-il.

– Vous n'avez pas mis le principal. Vous n'avez pas parlé suffisamment de la terre. Dites qu'elle appartient pour les trois quarts de sa surface, et spécialement les meilleurs fonds, aux diverses seigneuries. Dites que le peu qui reste aux laboureurs ne peut produire assez de fruit pour couvrir les charges…

Le notaire écrivit : « Le pauvre laboureur perd presque toujours ses travaux à cause de la légèreté du terrain, de son aquosité dans certaines parties et des gels d'hiver ou de printemps. Située entre deux collines parsemées de roches et de buissons, la terre est ravinée ou entraînée par les pluies et les prés ensablés. La misère est portée au point qu'il arrive souvent que les femmes sèvrent leurs propres enfants très jeunes pour prendre des nourrissons afin de gagner de quoi s'alimenter. Cette méthode nuit singulièrement à la population et à la santé des malheureux individus qui en sont les victimes et qui paient souvent de leur vie cette privation du lait maternel. D'autres personnes du sexe masculin quittent le printemps et l'été notre campagne ingrate pour aller gagner ailleurs une partie de l'impôt à payer. Et l'hiver ils souffrent cependant avec leur triste famille les douleurs de la faim. »

Arrivé à ce point, le notaire questionna :

– En mettons-nous encore?

– Parlez de mes noyers!

Et lui d'écrire : « Les noyers enradiqués dans nos meilleurs héritages ont été arrachés pour payer la taille et ses accessoires. »

– Ai-je omis quelque chose?

– Il faut bien s'arrêter.

– N'oubliez pas, suggéra le curé, de remercier notre Roi.

Et Murent de finir : « Nous vous remercions très humblement d'avoir réveillé notre nation sur ses vrais intérêts, de nous avoir rendu solennellement tous nos droits qui avaient été suspendus pendant plusieurs siècles, d'avoir permis à la France de former, sous votre présidence, des règlements durables et non équivoques qui entretiendront une flatteuse harmonie entre vos sujets. »

– Dites, cria un des frères Martin, notre respect et notre zèle.

« Et le respect et le zèle de vos sujets pour le meilleur et le plus grand de tous les rois. »

– Demandons-lui pardon d'avoir prononcé des paroles aussi fortes.

« Sire, prosternés à vos pieds, nous vous prions de nous excuser si, dans nos doléances, nous nous sommes servis de quelques termes déplacés et trop peu réfléchis. Si nous l'avons fait, c'est involontairement. Nos sentiments sont vraiment purs, sincères et respectueux. Tous nos vœux sont de vous plaire et de vous obéir. Et c'est ainsi que nous serons toujours, avec tout le respect que nous devons à un monarque aussi digne de régner, vos fidèles enfants de la commune de Chanonat. »

Murent présenta la feuille aux signatures. Le syndic Cannée y apposa d'abord la sienne. Suivi par ses collègues du corps commun : Gaudy, Baugé, Vasson, Fortunat. Étienne Martin signa pour lui-même et ses deux frères, qui, du geste, lui en déléguaient le pouvoir. D'autres encore s'y appliquèrent, tournant entre leurs gros doigts la plume, cet outil trop léger, et s'y reprenant à plusieurs fois après les ratés inévitables.

Bizarreries administratives, Clermont, à la tête de cent dix-sept paroisses, ne devait élire que quatre députés; tandis que Riom, quatre fois moins peuplé, mais riche de six cents paroisses, en nommerait une vingtaine.

De même, la paroisse de Jussat, celle des Culs-Blancs, respect que je vous dois, appartenait, non point à la sénéchaussée de Clermont-Ferrand comme sa voisine, mais à celle de Riom; ses délégués durent donc entreprendre un long voyage, franchir une montagne escarpée, traverser plusieurs rivières. Les Chanonatois se rendirent plus tranquillement à Clermont. S'y mêlèrent aux douze cents électeurs qui grouillaient par les rues, en soutanes, en vestes brodées, en souquenilles; éberlués de ce qui leur arrivait, étourdis de leur pouvoir, grisés de leurs espérances. Au cours de l'assemblée plénière qui se tint dans l'église des Carmes, ils subirent un discours du sénéchal en personne, le marquis de Bosredon :

– Il est enfin passé, ce temps désastreux où des ministres, substituant leurs caprices au langage des lois, gouvernaient arbitrairement les provinces et foulaient les peuples par des impôts aussi exorbitants que mal répartis. Qu'il est flatteur pour moi, Messieurs, d'être chargé de vous notifier les ordres du Roi qui, soumis comme nous aux lois fondamentales de la monarchie, ne veut plus désormais conserver de son autorité que ce qu'elle a de bienfaisant et de paternel.

On applaudit. Après quoi, les délégués des trois ordres se réunirent séparément; le clergé dans la chapelle épiscopale, la noblesse dans l'auditoire de la sénéchaussée, le tiers dans la grande salle du collège, parée de fresques représentant d'un côté les vertus cardinales, de l'autre les neuf Muses. Seules présences féminines dans cette réunion de mâles. Après huit jours de délibérations, les nobles élurent leur représentant, le comte de Montboissier-Canillac, dont le maître d'hôtel s'était spécialisé dans la distillation du véritable Kirschenwasser. Au clergé, l'évêque du diocèse, Mgr de Bonal, fut choisi par acclamations. Mais il fit le difficile, exigea un scrutin écrit, qui confirma le précédent. Les suffrages du tiers état se portèrent sur Gaultier de Biauzat, originaire de Vodable, et sur Jean-Antoine Huguet, Billomois, tous deux avocats en la ville.

A Riom, les votes furent moins rapides. Il se produisit un incident préliminaire lorsque, au moment de la vérification des pouvoirs, il se trouva un jeune homme qui se prétendit le délégué d'Orcet.

– Votre nom, Monsieur? interrogea le sénéchal, M.de Langeac.

– Georges Couthon.

– Orcet n'est point de mon ressort. Allez représenter à Clermont votre paroisse.

L'autre insista, produisit de mauvaises raisons, il fallut l'expulser par la force.

Dom Fortunat, délégué de son ordre, était le seul

chartreux parmi un troupeau d'ecclésiastiques. Venus, pour la plupart, du fond de l'échelle, ils donnèrent leurs voix, non point à de hauts dignitaires, mais à cinq modestes curés de paroisse : Bonnefoy, de Thiers; Boyer, de Neschers; Labastide, de Paulhaguet; Mathias, d'Égliseneuve-d'Entraygues; Brignon, de Dore-l'Église. Parmi eux, aucun moine. Protestation du prieur de Cinq-Fontaines :

– Vous ne pouvez, mes chers collègues, ignorer les prêtres réguliers. Personnellement, je suis prêt à les représenter. A titre d'arrhes sur mon action future, je veux même verser la somme de cinquante louis pour secourir les pauvres laboureurs de la Limagne.

Sa candidature, son geste d'équivoque charité produisirent mauvaise impression. Comme les deux tiers des votants s'étaient déjà retirés, il réussit néanmoins à regrouper le petit tiers demeurant :

– Vous n'avez pas nommé les suppléants!

– Trop tard, nous n'avons plus le quorum.

– Mais les remplaçants sont indispensables! Tant de choses peuvent arriver aux titulaires!

– Eh bien, soyez candidat à la suppléance, et nous vous y bombardons!

– S'il le faut... Si vous considérez... Si c'est mon devoir...

Cela se fit à bras levés, avec beaucoup d'éclats de rire. C'est ainsi que, venu de Cinq-Fontaines pour élire, Christophe Fortunat y retourna demi-élu.

La noblesse choisit le sénéchal lui-même, M. de Langeac, le général de La Fayette revenu d'Amérique, et trois nobliaux. Ces gens-là se connaissaient bien et leurs discussions furent assez brèves. Les plus grandes longueurs se produisirent au tiers état; personne ne se connaissait.

Dans les auberges où les délégués étaient descendus, les candidats à la députation venaient les assiéger sur place, les persuader qu'ils étaient les seuls à pouvoir bien défendre la cause du peuple, puisqu'ils étaient avocats, avaient l'habitude des procès difficiles. Laissaient entendre qu'une fois élus ils obtiendraient du Roi tous ces menus travaux qui remplissaient les cahiers de doléances, églises à réparer, chemins à refaire, fontaines à canaliser, cloches, toitures, murailles, robinets. Allaient jusqu'à leur mettre dans la main un bulletin de vote rempli à leur nom. Ainsi s'explique que sur les dix élus riomois, huit appartinrent à l'avocature.

Avant de regagner leurs domiciles respectifs, les représentants reçurent une instruction écrite du Roi, transmise par les deux sénéchaux. Elle ordonnait qu'ils eussent à se rendre en la ville de Versailles pour le 4 mai au matin. Ceux du clergé porteraient les vêtements correspondant à leur ancienne fonction; ceux de la noblesse culotte blanche, veste de pourpre et tricorne à plumes; ceux du tiers frac noir, culotte de même, petite perruque à queue pendante.

Le 30 mars, Mgr de Bonal réunit au palais épiscopal les élus de son diocèse, ainsi que les délégués qui avaient rempli des fonctions d'écriture (Raymond Fortunat était du nombre) afin de leur impartir ses recommandations personnelles :

– Bonnes ou mauvaises, ces élections sont achevées. Que Dieu les conduise aux espérances que le royaume en attend. Qu'Il protège, dans les débats qui se tiendront, les intérêts sacrés de notre sainte Église. Que ce soit votre premier, sinon votre seul souci; l'Église étant sauve, la France le sera également. En ce qui concerne les pouvoirs du Roi que beaucoup remettent en cause, que la Providence nous préserve du despotisme d'un seul, aussi bien que du despotisme de la multitude. Je compte sur votre charité, votre esprit de sacrifice pour que ce double malheur nous soit épargné.

Il prit ensuite en particulier chacun des élus, fit remarquer à dom Fortunat que sa nomination se trouvait entachée d'irrégularité.

– Il ne s'agit, Monseigneur, que d'une suppléance. Je ne suis que la cinquième roue du char.

En cette occasion, Raymond et Christophe se revirent quelques instants.

– Eh bien! dit le premier, nous voici plus faux jumeaux que jamais! Tu vas quitter ta chartreuse pour te mêler aux combats politiques; cependant que je continuerai de paître paisiblement mes brebis.

– Rien n'est certain encore. Je n'entrerai en lice que si un député renonce à ses fonctions ou s'en trouve empêché. Mais si je devais devenir représentant titulaire, nous resterions moins séparés que tu ne penses; tous deux sur le même navire, l'un aux rames, l'autre aux agrès.

Ils ne poussèrent pas plus loin les comparaisons et se quittèrent, comme à l'accoutumée, sur des bénédictions réciproques.

A Chanonat, la *Feuille* de Maître Murent apportait les dernières nouvelles :

– « ... L'usage prévaut à Paris d'opposer la Nation et le Royaume, alors que ces deux termes s'enrichissent et se complètent mutuellement. La Nation est, au sens originel du terme, l'ensemble des personnes qui sont *nées* sur un territoire et parlent un même langage. Mais ce territoire peut être divisé en plusieurs États, comme on voit la Nation italienne qui forme de nombreux royaumes, républiques ou principautés. Il existe même une Nation sans territoire, qui est celle des Juifs dispersés à travers le monde. Aussi préférons-nous à ce vocable équivoque celui de Royaume : le Royaume de France, c'est en même temps la Nation française, le territoire qui lui a été affecté par le hasard des armes et l'autorité du Roi, garantie de paix et d'unité entre ses diverses provinces... »

C'est ainsi que les Chanonatois firent connaissance avec ce mot de *Nation* qu'ils avaient jusque-là peu pratiqué. Il entra dans les chaumières, fut connu des hommes d'abord, puis des femmes, puis des enfants; peu à peu, chacun apprit à s'en servir comme d'un outil nouveau. Murent expliquait que les députés étaient les représentants de la *Nation* française, même s'ils parlaient plutôt le breton ou l'auvergnat. Que la volonté de la *Nation* avait prééminence sur celle du monarque. Venue de Dieu, celle-ci? Sans doute, comme tout ce qui existe dans l'univers, la pluie, la grêle, la peste. Mais à bien y regarder, le Roi Louis XVI était le descendant d'une longue lignée qui, de numéro en numéro, remontait à un premier roi nommé Clovis, élu par ses soldats pour les commander. Ces soldats furent alors les délégués de la *Nation* franque, d'où naquit la française. De sorte que Louis XVI aussi devait son trône à la *Nation*. Certes, le mot *Royaume* était doux à prononcer, il remplissait la bouche, il pesait sur la langue comme le noyau, la bouillie, la mouillette; mais le mot *Nation* remplissait mieux l'esprit, il évoquait des millions d'hommes associés, il possédait une force invincible.

Et chacun, sous la ganivelle, de commenter l'un et l'autre. La Nation par-ci, la Nation par-là, c'était pire que le *Je vous salue*.

Vint le mois de mai, que les enfants allèrent chanter sous les fenêtres : *Joli mois de mai, ma mie, mois des fleurs et du beau temps...* Celui-là, nul ne l'ignorait, promettait la plus belle des quatre saisons. Or Chanonat fut détourné plusieurs jours de cette pensée; il vint un carrosse qui s'arrêta sur la place dans un grand tin-tin de grelots. De toutes les échoppes qui entouraient le lieu, boucherie, boulangerie, mercerie, apothicaire, sortirent des personnes éberluées. Elles virent paraître un soulier à boucle d'argent, un mollet gainé de soie, puis le reste du porteur jusqu'à la perruque poudrée à frimas. L'homme se mit au beau milieu de la place, avança un pied, leva une main et se mit à déclamer, d'une voix sonore:

– Ô riant Chanonat! Ô fortuné séjour! Ton moulin, ta cascade et les prés d'alentour! Ce ruisseau dont mes jeux tyrannisaient les ondes, rebelles comme moi, comme moi vagabondes! Ce jardin, ce verger, dont ma furtive main cueillait les fruits amers, plus doux par le larcin!

A mesure qu'il débitait ces paroles de miel, il montrait de l'index ces objets visibles ou invisibles. L'assistance n'en croyait ni ses yeux ni ses oreilles.

– Et l'humble presbytère! Et l'église sans faste! Et cet étroit réduit que j'avais cru si vaste! Où, fuyant le bandeau de l'aveugle au long bras, je me glissais sans bruit et ne respirais pas! J'entends rouler tes chars qui traînent l'abondance, et le bruit des fléaux qui tombent en cadence, et le coq du voisin qui chante au point du jour. Ô riant Chanonat! Ô fortuné séjour!

Il s'arrêta, promena sur son visage en sueur un mouchoir de batiste. «Qui est-ce?» se demandaient les Culs-Noirs, respect que je vous dois. Quelque marchand, peut-être, venu vendre des fripes ou de la vaisselle? Mais il était un peu trop bien vêtu. A moins que ce ne fût un comédien? Mais comment savait-il le nom du village? Ou l'un de ces fariboliers qui s'en vont par les foires, armés d'une baguette et d'un tableau sur lequel ils déroulent leur histoire, qui peut même être celle de Jésus-Christ? Mais où était sa pancarte? L'homme à la perruque regarda autour de lui et, voyant qu'aucun applaudissement ne s'élevait, il remonta dans sa voiture qui se dirigea vers le prieuré.

Le lendemain, chacun sut le nom du visiteur : M. Jacques Delille, abbé, quoiqu'il n'en portât point l'habit, et poète de profession.

– Mais qu'est-ce qu'un poète?

– Une espèce de fou qui enfile des mots comme des perles, expliqua Murent. Celui-ci, né à Clermont, a été nourri dans son jeune âge à Chanonat, pensionnaire de M. Martin Lelong, aujourd'hui retiré de la pédagogie. Connu comme le loup blanc en France et à l'étranger. Si important que les princes et les rois l'invitent à leur table!

Le Commandeur, M. de Tourniol, s'était arrangé pour être présent ce jour-là et le recevoir. Lui et une jeune personne que le poète appelait tantôt sa nièce, et tantôt sa gouvernante. On le vit se rendre aussi au logis de M. Lelong qui l'accueillit les larmes aux yeux, le menton tremblant. Delille lui répondit par d'autres paroles rimées :

– Salut, toi qui de la grammaire m'ouvris les sentiers épineux, qui de la syntaxe sévère m'appris à délier les nœuds!

Le lendemain, il déambula seul par les rues boueuses, salua de leur nom quelques vieilles personnes ébaubies, frappa à des portes, suivi par un cortège de gaminaille. Dans l'église, il donna cinq louis à Raymond Fortunat pour ses pauvres. Sur les rives de l'Auzon, il fit des ricochets et voulut adresser une harangue à ses jeunes accompagnateurs :

– Enfants, goûtez ces biens, dont l'image chérie plut tant à mon enfance, âge d'or de la vie...

Mais l'un d'eux, qui était Martin Gaudy, fils du forgeron, agacé par ce langage à échos, cria soudain :

– Vive la Nation!

Ce qui eut pour résultat de couper le sifflet à l'enfileur de mots. Il chercha le visage de Martin, demanda sans colère :

– Est-ce toi qui as crié « Vive la Nation »?

L'autre rentra la tête dans les épaules, comme s'il redoutait de recevoir un coup de cuillère à pot; déjà ses compagnons le dénonçaient :

– Oui, oui! C'est lui! C'est Gaudy!

– Pourquoi as-tu crié « Vive la Nation »?

L'enfant fit une grimace d'ignorance. Le poète enfonça deux doigts dans son gousset, en sortit une pièce blanche :

– Je te donne vingt sous si tu cries « Vive la Nation et vive le Roi. »

– Vive la Nation et vive le Roi!

Et tous les drôles de crier de même « Vive la Nation et vive le Roi » dans l'espérance des vingt sous. Mais déjà l'homme à la perruque s'éloignait et c'est au milieu de ces clameurs intéressées qu'il rentra dans la Commanderie.

Malgré cette sorte de largesse, son passage, en définitive, ne porta point bonheur au riant Chanonat. A peine se fut-il éloigné du village qu'il tomba des pluies inopportunes; il plut à la Saint-Georges, il plut à la Saint-Médard, il plut à la Saint-Barnabé. Se remémorant par la suite l'événement, les vieillards ne dirent point :

« Vous savez bien, ce fut l'année que M. Delille vint nous rendre visite. »

Mais : « Vous savez bien, ce fut l'année que les cerises furent si rares qu'on dut manger les noyaux avec. »

4

Versailles, ce lundi 11 juillet 1789

« Mon cher frère,

« Quand nous nous quittâmes, chez Mgr de Bonal, un peu brusquement, je n'imaginais pas que j'allais être si tôt mêlé à la cohue. Je pensais demeurer longtemps encore dans notre couvent, dans l'attente éventuelle d'une suppléance. Or certains amis m'ont convaincu que je devais sans délai me rendre à Versailles comme les députés en titre afin de suivre leurs travaux.

« Laissant le soin de l'abbaye entre les mains vertueuses de dom François Bertrand, j'ai donc fait le voyage et me voici dans cette ville qui est bien plus peuplée que Clermont : le château royal et ses dépendances y hébergent seuls dix mille personnes qui composent une ville dans la ville. Comme il n'existe ici point de chartreuse, j'ai pensé descendre chez les Récollets; ils m'ont témoigné quelque répugnance à recevoir un " moine politique " et " renégat de son vœu de solitude "; j'ai donc trouvé ailleurs le couvert, rue de la Pompe, près le pavillon des sources, où tu peux m'écrire chez la dame Chatin qui se montre, au contraire, fort honorée de ma pratique. Elle me nourrit de ces racines blanches à peau grise qu'on nomme pommes de terre. Elle les accommode de deux façons : en tranches plates, étouffées dans la poêle, ou toutes rondes, ébouillantées; c'est la seconde que je préfère, avec un peu de sel pilé au coin de mon assiette. Si ces pommes de terre se répandaient abondamment dans nos campagnes, je suis sûr qu'elles en chasseraient pour toujours la disette.

« Je veux à présent, mon cher frère, te faire un résumé des événements auxquels j'assiste depuis six semaines. Afin d'entrer un peu en connaissance avec la ville, je me suis fait promener dans une brouette, sorte de placard capitonné contenant un siège, le tout muni de deux roues et de brancards. Quand tu t'y es installé, quand il a refermé sur toi la porte-fenêtre, l'homme qui s'y attelle te présente les curiosités remarquables; ici les grandes écuries, ici le manège, ici le chenil, ici le réservoir, car, quoique Auvergnat de naissance comme toi et moi, cet animal de trait connaît Versailles comme sa poche. D'autres préfèrent être véhiculés en chaise bleue, en carrabas ou même en pot-de-chambre; celui-ci transporte quatre personnes à la fois et il n'en coûte que douze sous.

« Le 4, grande procession. Précédés par des gardes suisses, séparés de la foule par des gardes-françaises, nous avons solennellement défilé depuis l'église Notre-Dame qui montre un dôme en forme de saupoudroir jusqu'à la cathédrale Saint-Louis. Chacun tenant son cierge à la main comme les âmes du Purgatoire. Beaucoup de flammes s'éteignaient, mais on se passait du feu de l'un à l'autre. Les nobles devant, sous leurs plumes d'autruche; le clergé derrière, parmi lequel ma robe blanche faisait grand effet; la masse sombre du tiers en queue. Tous chantant *Veni*

Creator Spiritus; mais à chaque instant la foule criait "Vive la Nation!" A un si grand événement, elle pleurait de bonheur. Dans Saint-Louis, nous avons entendu une messe concélébrée par douze évêques et un cardinal; et chanté un *Te Deum.* Le premier d'une série que je vois longue; depuis que j'habite Versailles, j'en suis à mon huitième.

« Le 5, enfin, ont commencé les choses politiques, comme dit le supérieur des Récollets. Cela s'est déroulé dans l'hôtel des Menus Plaisirs qui contient une salle de théâtre, avec colonnes cannelées, sous une frise de lyres, de masques, de carquois. Le Roi en chapeau a pris place sur la scène, dans un fauteuil doré, la Reine à sa gauche, les Princes debout autour d'eux, les Ministres au parterre. Vis-à-vis, en fer à cheval, les députés assis, par classe. Dans les galeries latérales, la foule tumultueuse, grignoteuse de ciboulettes. Chacun attendait le discours du Roi. Mais celui-ci, sans se lever, a fait signe au garde des Sceaux, M. de Barentin, de parler à sa place. Pour dire que les États Généraux se trouvent convoqués afin de fournir à Sa Majesté les subventions nécessaires. Pour suggérer l'égalité de tous devant l'impôt. Pour ordonner que les députés aient à se réunir et à voter par ordre, et non par tête. Après lui, M. Necker en a dit long sur le déplorable "déficit", mot qu'il prononça bien huit fois, et peu sur les moyens d'y remédier.

« Le lendemain, en effet, chaque ordre se réunit dans sa salle particulière. N'étant point titulaire, je vais de l'une à l'autre, ce qui me vaut d'être consulté par beaucoup d'élus : "Mon père, ne croyez-vous pas que les curés de campagne devraient se séparer des évêques?... Sommes-nous seulement venus pour régler l'affaire du déficit?..."

« Cinq semaines se passent en bavardages d'avocats. Ce qu'il en ressort de plus clair est que ces messieurs du tiers cherchent à prendre le dessus en se baptisant d'un nom qui frappe les esprits. Ils s'accordent d'abord sur « Assemblée des Communes », puis ils préfèrent « Assemblée Nationale », ce qui place le Roi en face d'un pouvoir nouveau bien décidé à faire pièce au sien. Cela advient le samedi 17 juin. Or le lundi suivant, pour ne pas se sentir tenus hors de la Nation, plusieurs députés du clergé se joignent à ceux du peuple. Quelques-uns de la noblesse viennent à leur tour, laissant au vestiaire leurs chapeaux à plumes. Il paraît que le Roi, informé de ces mouvements, s'est laissé convaincre par son entourage qu'il devait piquer une violente colère. Il s'y efforce, annonce une prochaine « séance royale » où il dictera sa volonté. En attendant, il fait cadenasser le théâtre des Menus Plaisirs.

« Le mardi 20, voici donc nos avocats attroupés devant la porte, sous la pluie, et fort embarrassés. Où trouver une autre salle? Quelqu'un suggère le jeu de courte paume. Les députés s'y rendent, tout mouillés, dans le plus grand désordre, remplissent l'espace où se tiennent habituellement les paumiers, vaste rectangle aux dalles blanches, aux murs noirs, au plafond bleu parsemé de fleurs de lys, éclairé de hautes baies à petits carreaux que des filets protègent contre les balles. Sur un balcon extérieur, se tiennent des spectateurs qui, en temps ordinaire, engagent des paris comme aux combats de coqs. D'autres remplissent la galerie qui court de plain-pied, en appentis, sur trois côtés de la salle et dont la toiture inclinée procure aux balles des rebonds. C'est là, dans ce « tripot » (telle est son appellation courante) d'où montent cris, fureurs, tempêtes, qu'un certain président nommé Bailly, de sa profession savant astronome, obtient un peu de silence et fait une proposition : « Nous, membres de cette Assemblée Nationale, prêtons serment de ne jamais nous séparer tant que la Constitution du Royaume ne sera pas établie et affermie sur des fondements solides. ” On l'acclame, on jure le bras levé, chacun inscrit son nom au bas du texte.

« Le 23 a lieu la “ séance royale ”, aux Menus Plaisirs, tous ordres confondus. A force de se forcer, le Roi y paraît en colère pour de bon. Il débite pas moins de trois discours, interrompus par des secrétaires qui lisent les catalogues de ses désirs. Il résulte de tout cela que Sa Majesté nous considère toujours comme ses États Généraux et rien d'autre; qu'elle ordonne aux trois ordres de regagner leurs salles respectives. Quelques députés de la noblesse et du clergé obéissent, mais ceux du tiers état invitent son porte-parole à s'aller faire lanlaire, ce qui n'est pas chose à dire, même avec courtoisie. Chacun s'attend à voir entrer les baïonnettes des gardes suisses. Et rien. La colère royale n'a produit que du vent.

« Les jours qui suivent, les élus déserteurs reviennent par petits paquets. D'abord les curés de campagne, puis quelques évêques. Celui de Langres, M. de Luzerne, fait une proposition qui pourrait arranger tout le monde. On établirait deux chambres, l'une formée du clergé et de la noblesse, l'autre du tiers augmenté de ses sympathisants venus des autres ordres. Ainsi, les pouvoirs partagés se tempéreraient; d'un côté, la frénésie, de l'autre, la prudence.

« On en est là. Aujourd'hui même, 9 juillet, l'Assemblée s'est rebaptisée “ Assemblée Nationale Constituante ”. Cela me paraissait sous-entendu.

« Pendant ce temps, de grands tumultes se produisent. On dit que vingt mille soldats étrangers, aux ordres du comte d'Artois, frère de Louis XVI, sont rassemblés autour de Paris, prêts à marcher sur Versailles. Où cela nous conduira-t-il?

« A Chanonat, vous n'avez pas de ces craintes.

Comment s'annoncent les moissons? Ici, le pain est rare et cher; il est monté à cinq sous les deux livres. Heureux prêtres chanonatois qui n'avez pas à l'acheter puisqu'on vous l'apporte tout cuit sur votre table! Les privilèges ont du bon. Mais dureront-ils encore longtemps?

« Que Dieu vous garde la paix. Pensez à moi dans vos prières. Ton frère affectionné,

« Christophe Fortunat. »

Lorsque cette lettre atteignit Raymond Fortunat, douze jours après son expédition, le village était déjà informé des désordres parisiens. Il savait que les prisons avaient été ouvertes, quelquefois même démolies, notamment l'une d'elles appelée Bastille; qu'il en était sorti une foule de scélérats qui s'étaient joints aux émeutiers, répandus dans les campagnes, brûlant, pillant, assassinant. Des troupes prussiennes, anglaises, espagnoles, aux ordres d'un frère de Louis XVI, sous prétexte de les combattre, faisaient razzia sur les récoltes et les troupeaux. Deux femmes se précipitèrent à la cure :

– Monsieur, il faut sonner le tocsin!

– Pour quoi faire?

– Pour tenir les brigands à distance. Pour qu'ils sachent que nos hommes sont prêts à les recevoir!

Il céda à leur prière. Pendant une semaine, du matin au soir, le sacristain se pendit à ses cloches. Beaucoup de paroissiens vinrent se confesser. Certaines mères s'enfuirent avec leurs enfants sans savoir même où elles couraient. L'une d'elles avait enfilé l'une sur l'autre les trois seules robes qu'elle possédait. Des laboureurs cachèrent leurs jambons sous le fumier. D'autres s'armèrent de fourches, de faux, de haches, de bâtons et montèrent la garde. On sut qu'à Thiers, à Issoire, tous les hommes campaient sur les toits. Que les Riomois avaient dressé des barricades aux entrées de la ville. Que Clermont avait mis huit canons en batterie devant la cathédrale. Sur la montagne de la Serre, on voyait courir des individus, sans qu'on pût savoir s'il s'agissait d'honnêtes gens ou de bandits.

Le 25, un gars échevelé déboula sur la place :

– Ils arrivent! Ils sont à Ceyrat! Ils sont deux mille! Je les ai vus!

Aussitôt, tous les hommes valides s'arment et se mettent en route. A leur tête, l'abbé Fortunat, prêt au martyre. Aux abords de Jussat, ils passent devant la Dame et lui lancent des regards qui veulent dire : « Tu en laisses faire de belles! » Des gens d'Opme se joignent à eux. Leur troupe inquiète, poudreuse, suit le chemin qui descend vers Ceyrat le long de l'Artière, sous l'œil rugueux du Mont-Rognon. Tous ces sabots font sur la terre un tambourinement mou. On franchit le ruisseau à une gondole, c'est-à-dire un gué, on remonte vers le village. Les Ceyratois ont chez les Culs-Noirs, respect que je vous dois, réputation de niaiserie. Un chien déposa sa crotte, un jour, sur le parvis de leur église; le curé fit déplacer son église de trente pas pour qu'elle n'en fût plus polluée. Or voici que ces jean-foutre font maintenant alliance avec les brigands étrangers!

– Ah! vauriens! Ah! malfaisants! s'excitent les Chanonatois.

Tout à coup, sort de Ceyrat une horde armée comme eux d'instruments aratoires, qui profère les mêmes injures. Non point anglaise ni espagnole, mais aussi auvergnate qu'il est possible.

– Où sont vos brigands étrangers?

– Où sont les vôtres?

Il y a erreur. On finit par s'embrasser. Les Ceyratois entraînent leurs voisins dans les caves. La fraîcheur du vin les restaure.

– Reste plus qu'à se rentourner, disent-ils en se suçant les moustaches. Si vous passez par Chanonat, venez nous voir.

Le lendemain, le corps commun, présidé par le syndic, décida, pour faire face à toute attaque éventuelle, de former une milice communale. Clermont avait déjà la sienne, aux ordres d'un colonel.

– Nous nous contenterons d'un commandant, dit Jean Cannée.

– Je propose M. de la Bâtisse; il a longtemps combattu sous les drapeaux du Roi, dit le curé.

Le jour même, une délégation s'en fut le trouver. C'était un homme d'une stature remarquable, qui avait perdu le bras gauche dans on ne savait quelle campagne. Il accepta sans cérémonie, jugeant qu'il valait mieux avoir la milice avec soi que contre soi. Les jours qui suivirent, il rassembla dans la cour de son château les deux centaines de volontaires de tous âges – il y en avait de seize ans et d'autres de soixante – qui se présentèrent. En sabots. Comme on n'avait pas encore de fusils, il leur enseigna le présentez-armes et le garde-à-vous avec des bâtons. Le plus difficile était de les faire marcher du même pas; les plus jeunes confondaient leur pied gauche et leur droit. Aussi recourut-il à une ancienne ruse, chacun bourra de paille son sabot droit, et de foin le gauche. Ce qui lui permit de scander énergiquement :

– Paille! Foin! Paille! Foin! Paille! Foin!

Néanmoins, certaines recrues se firent remarquer par leur intelligence : elles furent galonnées. Si bien que dès les premiers jours du mois d'août, la milice chanonatoise se trouva composée de trois compagnies fortes de soixante hommes, aux ordres de cinq officiers. De Clermont, vint une charretée de fusils, de baïonnettes et de sabres courts appelés « briquets». Vinrent aussi des uniformes, en nombre insuffisant; on se les répartit : qui obtint la tunique, qui les culottes, qui les guêtres, qui le tricorne. Chacun compléta comme il put son habillement. M. de la Bâtisse leur apprit à bourrer le fusil, à placer la baïonnette à douille, à tirer des deux façons : en «joue», la crosse à l'épaule; et en «seringue», la crosse à la hanche.

Le dimanche 9 août, applaudie de tous, la milice participa à la procession.

– A présent que le calme est revenu, mes bien chers frères, dit Fortunat dans son homélie, après avoir agi, essayons de réfléchir. De ces brigands étrangers qui devaient surgir de partout, nous n'avons pas même vu la culotte. Ils ne sont par conséquent rien d'autre qu'une pure invention destinée à troubler les esprits, imaginée par les ennemis du peuple. Loin d'atteindre les buts perfides qu'elle visait, elle aura provoqué le recrutement d'une milice communale, gardienne de la paix. Grâce à elle, s'il doit y avoir une révolution, celle-ci s'accomplira dans l'ordre. Comme la révolution de la Terre autour du Soleil.

Afin de rendre plus jolies ces prémices révolutionnaires, le corps commun recommanda d'épingler aux coiffes, aux chapeaux, aux drapeaux, aux maisons des cocardes bleu-blanc-rouge : le Roi lui-même en avait accepté une des Parisiens qui entendaient y associer leurs deux couleurs à la sienne. Quelques Culs-Noirs, sauf votre respect, assurèrent qu'ils l'adoptaient d'autant plus volontiers qu'ils y voyaient les couleurs de ce qu'ils aimaient le plus au monde : le bleu de la fourme, le blanc du pain et le rouge du vin. D'autres y virent la noblesse, le clergé, le tiers état. Bref, chacun y mit ce qu'il voulut. Les femmes en confectionnèrent avec des ronds de toile blanche, qu'elles teignaient en bleu au jus d'airelle, et en rouge en les faisant bouillir dans de l'urine de vache, respect que je vous dois, avec de l'orseille, un lichen de montagne. Les colporteurs en vendaient aussi de quatre, huit ou dix deniers suivant les dimensions.

Un autre bonheur arriva peu avant Notre-Dame d'août; on sut que les représentants venaient de supprimer tous les privilèges et droits féodaux. Que les paysans pourraient aller chasser dans les forêts et pêcher dans les rivières sans craindre le plomb des gardes. Qu'ils seraient en droit de protester contre les pigeons seigneuriaux si ces volatiles venaient piller leurs blés. Que la justice serait rendue gratuitement. Que tous les citoyens pourraient être admis dans tous les emplois, militaires ou civils, pourvu qu'ils en eussent les capacités. Fortunat expliqua longuement ces merveilleuses réformes.

– Et la taille, est-elle aussi supprimée? demanda Veysse, le charron, qui réfléchissait trop, et pas toujours dans le bon sens, comme les miroirs fendus.

– La taille, non. Réduite, mais pas supprimée. Il faut bien que l'État lève un impôt; vous l'avez admis dans votre cahier de doléances. Mais tout le monde la paiera.

– Et la terre? Va-t-elle demeurer entre les mains des propriétaires actuels?

– Doucement. Tout ne peut se faire à la fois.

Beaucoup pensaient qu'une révolution qui ne donne pas la terre à ceux qui la cultivent n'est pas une bonne révolution.

Paris, ce 18 septembre 1789

« Mon Vénérable Père,

« Quels effets merveilleux devait avoir cette nuit du 4 août dernier! Jamais plus belle nuit n'a succédé à tant de jours d'affliction. Nous connaissions les mouvements des peuples dans les villes et les campagnes. Le garde des Sceaux fit devant nous un tableau effrayant des désordres publics : châteaux envahis, personnes injuriées, biens détruits ou incendiés. Votre lettre me confirme toutes ces tristesses, puisque autour de notre chartreuse Ambur et Roche-Briant ont subi ce triste sort. L'exaspération des Jacques est à son comble; ils ont trop de revanches à prendre, trop d'appétits à satisfaire. Le danger est partout. Que faire pour calmer tant de fureurs? Un député noble a osé dire : " Nous n'avons pas la force. Ayons la générosité. Renonçons à tous ces droits qui faisaient partie de notre héritage, mais qui permettaient des abus et des oppressions... " Peu à peu, l'enthousiasme emporte tous les cœurs. Nuit blanche, nuit magique, nuit terrible, nuit merveilleuse. A l'aube, l'Assemblée avait fait table rase de presque tout.

« Sauf du droit de propriété, imprescriptible et sacré. Inhérent à la nature humaine et inscrit parmi les Commandements de Dieu. Voilà ce qu'il vous faut bien faire entendre, mon Vénérable Père, aux populations qui entourent Cinq-Fontaines. Avec douceur cependant. Sinon, il vous en mésarrivera. Expliquez à nos fermiers, à nos métayers qu'ils doivent, comme précédemment, verser les cens et vous remettre votre légitime part de récolte. Traitez-les amicalement, ne brandissez pas la foudre. S'ils vous demandent quelque délai pour les versements, accordez-les après un peu de marchandage. Ne sous-estimez jamais la valeur de leurs produits.

« Je vous conseille aussi de brûler dans nos cheminées tous les livres de comptes, rentes, cens, dîmes, etc., sur lesquels pouvait s'établir l'évaluation de nos facultés; veillez à ce qu'il n'en reste pas trace et dispersez les cendres.

« Contentez-vous de faire deux fournées de pain

par semaine et n'acceptez plus d'en vendre au-dehors, c'est trop dangereux. Il vaut mieux le donner, par quantités réduites, que de laisser croire à des provisions excessives. Achetez-en même quelque peu aux boulangers d'Ambur ou de Comps pour laisser entendre que vous manquez de farine. Je vous recommande, enfin, de garder dans notre maison le moins d'argent possible. Confiez-le à des personnes sûres, à Riom ou ailleurs, qui vous en donneront reçu. A la rigueur, dissimulez-le dans certaines cachettes connues seulement de vous et de votre coadjuteur. J'ai ouï dire qu'il va être procédé à un inventaire général des biens du clergé : faites-vous plus pauvre que vous n'êtes.

« Je compte venir vous voir dès que les affaires de la Nation m'en laisseront le loisir. Je suis à présent député titulaire, depuis la démission de M. Guillaume de Labastide, notre second élu de Riom, ce qui m'a mis en selle à sa place. Je suis même entré au Comité ecclésiastique chargé d'examiner les affaires religieuses, où je suis bien placé pour connaître ce qui se trame.

« Les désordres ne nous sont pas épargnés. Paris passe continuellement des feux de joie aux feux de douleur. Le pain manque et la faim est mauvaise conseillère. La foule s'en est prise à l'intendant des finances, Foullon de Doué, et l'a pendu avec la corde d'une lanterne, près de l'Hôtel de Ville. C'est peut-être le sort qui nous attend tous. Mais qu'importe le supplice si nous y allons dans la paix du cœur. L'Assemblée compte un peu sur la protection de la garde nationale, commandée par deux Auvergnats : à Paris, M. de La Fayette ; à Versailles, M. d'Estaing.

« Je suis, mon Vénérable Père, votre très humble et très dévoué serviteur,

« F. C. A. Christophe Fortunat. »

La crainte des brigands effacée, Chanonat avait retrouvé une tranquillité relative, grâce à la modération de ses habitants et à la sagesse de ses guides. « Je flatte les meneurs, écrivait Fortunat à son frère, et je m'en empare avec quelques précautions de politesse. Le peuple m'écoute et me croit. Par ce moyen, tout reste calme ici quand ailleurs tout est en bouleversement. »

A la mi-septembre, le corps commun reçut un pli scellé au cachet d'un certain Comité permanent de Clermont avec une devise franco-latine : « Vive le Roi! Libertas! » Il contenait un long texte dont la disposition en trois colonnes évoquait les Tables de la Loi reçues par Moïse sur le mont Sinaï, et qui s'intitulait « Déclaration des Droits de l'Homme et du Citoyen ».

Ces droits étaient au nombre de dix-sept. Des figures allégoriques les présentaient : en haut, trois dames tenant à la main un niveau de maçon, une épée et un flambeau; en bas, quatre atlantes barbus portant sur leur dos lesdites tables, en marbre supposé. Une autre dame assise sur un trône, accompagnée d'un coq qui était peut-être un aigle, recevait le serment d'une troupe d'hommes nus. Dans les coins, de petits personnages, des animaux manifestaient leur enthousiasme. Fortunat en fit la lecture complète devant ses collègues, puis critiqua le contenu, article par article.

– La liberté et l'égalité se gênent l'une l'autre. Le maître et le serviteur ne peuvent être égaux dans leurs droits. Les stalles de mon église sont depuis toujours réservées aux grandes familles de la paroisse qui ont payé leur construction; si les paysans, par droit d'égalité, y prennent place, les anciens bénéficiaires ne sont plus libres de s'y asseoir...

– Ils iront sur les bancs, répliqua Noël Gaudy, le forgeron.

– Tous les citoyens, nous dit l'article VI, sont également admissibles à toutes les dignités, places et emplois publics selon leurs capacités. Cela signifie qu'on écartera systématiquement des affaires les classes supérieures, les plus expérimentées mais les moins nombreuses, au profit de la foule ignorante et aveugle.

– Sauf si la foule cesse d'être aveugle et ignorante. Il suffira de l'instruire.

– Vouloir instruire la foule, c'est vouloir que les ânes deviennent des alouettes.

– Tous les hommes du peuple ne sont pas des ânes.

– Ceux-là, élevés au-dessus de leurs pareils, leur donneront du fouet les premiers, comme font aux galères les argousins.

Le corps commun examina et discuta ainsi chaque mot de la « Déclaration ». Les uns la trouvaient trop audacieuse, d'autres trop modérée. En fin de compte, ils s'accordèrent pour estimer qu'elle était dangereuse et que, par conséquent, il était préférable de ne pas la publier.

La *Feuille hebdomadaire* continuait son métier de rapporteuse. C'est par elle qu'on sut, un mois plus tard, que la révolution parisienne venait de tomber aux mains des femmes. Voulant sans doute se revancher d'avoir été oubliées par la « Déclaration des Droits », elles avaient fait à pied les quatre lieues de Versailles pour aller demander du pain au Roi, l'avaient ramené à Paris avec sa famille dans la même journée, accompagné de miches embrochées au bout des piques. « Bon appétit, Mesdames! » concluait la *Feuille*. Et ce furent à peu près ses derniers mots; après cela, elle cessa de paraître. Chanonat resta longtemps sans abonné et ne sut les nouvelles du monde qu'avec beaucoup de retard, selon les caprices de la poste et des colportages.

« De toute manière, se disaient les ci-devant privilégiés, elles ne peuvent être que mauvaises. » Aussi plusieurs renonçaient-ils à les attendre. La marquise de Lignères déménagea discrètement de son château de Tordes, le confiant à son régisseur, quitta le sol français, alla s'installer en Savoie, terre étrangère. D'autres partirent pour l'Allemagne, l'Angleterre, la Hollande. M. de Chazerat, intendant de la province, obtint un congé pour raison de santé et songea de quitter Clermont pour son château de Ligones, près de Lezoux; mais au passage du Pont-du-Château, un coup de pistolet qu'essuya son carrosse le convainquit de courir jusqu'à Genève. Ces nobles seigneurs ne faisaient qu'imiter le comte d'Artois, frère de Louis XVI, qui, ayant appris qu'à quiconque apporterait sa tête on donnerait cent mille écus de récompense, avait pris depuis longtemps la poudre d'escampette. La Commanderie, comme à l'ordinaire, était vide de son Commandeur. M. de la Bâtisse restait claquemuré, excepté lorsqu'il devait passer en revue la garde communale.

Paris, ce 14 décembre 1789

« Mon Vénérable Père,

« Je comprends bien vos inquiétudes, quoique vous vous troubliez mal à propos. Vous ne savez plus à quel saint vous vouer, puisque, m'écrivez-vous, saint Bruno lui-même semble accepter la disparition de Cinq-Fontaines. Nous n'en sommes pas là, mon Vénérable Père. Sans doute l'Assemblée a-t-elle décrété il y a six semaines que tous les biens du clergé appartiennent désormais à la Nation, mais c'est une mesure difficile et longue à appliquer, ce qui nous laisse du temps pour nous prémunir. Faisons la part du feu afin que l'incendie épargne le gros de la forêt. Je suis intervenu récemment à la tribune pour faire d'abord la proposition suivante : " J'abandonne à la Nation toute l'argenterie de mon couvent non indispensable à la décence du culte. Cela formera diverses pièces dont je fournis l'état : calices, patènes, clochettes, burettes, chandeliers, encensoirs, le tout s'élevant à un poids d'environ 150 marcs. " Je vous avais demandé précédemment, mon Vénérable Père, d'enfouir ces objets. A présent, je vous prie de les faire transporter à l'hôtel des Monnaies de Riom contre un double récépissé dont vous m'enverrez un exemplaire. Dans le cas seulement où il resterait de l'argenterie au-delà des 150 marcs prévus, veuillez la mettre en sûreté, à Cinq-Fontaines ou dans des maisons amies. Répandez les charités autour de vous, parce que Jésus le veut ainsi, et que c'est la meilleure façon de nous faire bien-vouloir.

« Un décret du 2 novembre dernier ordonne que chaque maison religieuse présente la déclaration de ses biens mobiliers et immobiliers avec leur estimation détaillée. Veuillez entreprendre ce travail sans hâte excessive; je m'efforcerai d'obtenir des délais.

« Mais votre souci le plus grand – et c'est aussi le mien – touche le sort qui doit être fait à nos religieux, soit qu'ils désirent demeurer dans leur état, soit qu'ils veuillent en sortir. Vous me dites que cela provoque à Cinq-Fontaines une fermentation scandaleuse; que le diable y souffle le feu de la discorde; que notre sainte chartreuse risque de devenir prochainement un pandémonium. Il y a longtemps que les choses seraient réglées sur cette question sans les entraves qu'y apporte Mgr de Bonal, toujours raide comme l'injustice. Pour moi, voici trois propositions que j'ai soumises dans le susdit discours :

« 1. que notre Assemblée assure à tout religieux persistant une existence honnête – il recevra une pension proportionnée à ses fonctions antérieures;

« 2. qu'elle désigne un nombre suffisant de monastères pour accueillir ceux qui voudront continuer de vivre selon leur règle;

« 3. qu'elle autorise les autres à se séculariser dès à présent, sur simple demande écrite – ils vivront ensuite par tous moyens à leur convenance.

« Je dois dire, mon Vénérable Père, que mon intervention a obtenu un succès considérable. Certains députés du clergé ont même voulu me porter en triomphe. Mon texte fera l'objet d'une impression officielle qui sera envoyée à tous les ecclésiastiques de France. Le président a tenu à me répondre en ces termes limpides : " L'Assemblée reconnaît dans les offres d'argenterie et les propositions successives les sentiments généreux d'un Ordre qui a toujours pratiqué avec tant de ferveur les vertus de son état et qui a appris dans la méditation les vérités éternelles dont la sereine philosophie se concilie avec la morale patriotique à laquelle nous adhérons tous si étroitement que nul n'est en droit de reprendre, et c'est pourquoi je vous applaudis avec une chaleur dont aucune n'égale, etc. " Filtrez ce bouillon, mon Vénérable Père, vous y trouverez quelques légumes.

« L'Assemblée n'est plus en résidence à Versailles. Depuis que le Roi a été bouclé aux Tuileries, elle s'est installée tout proche, dans un monastère de Feuillants. J'ai donc quitté ma dame Chatin. Écrivez-moi à mon nom, suivi de *Député de la Sénéchaussée d'Auvergne* à l'Assemblée Nationale, à Paris. Votre très humble, très dévoué et très affectionné confrère,

« F. C. A. Christophe Fortunat. »

Six mois de Révolution finirent par modifier la vie chanonatoise.

Les récoltes de blé avaient été médiocres, mais, pour la première fois de mémoire d'homme, le collecteur ne s'était pas montré, noir et raide sur son cheval comme un cavalier de l'Apocalypse. Le curé ne menaçait plus dans ses homélies de refuser l'absolution aux mauvais payeurs de taille. Les frères lais de la Commanderie ne promenaient plus leurs silhouettes comminatoires. Les croquants marchaient à présent droits et fiers sous leurs chapeaux, et crachaient en public ce qu'ils avaient sur le cœur. Le fournier avait déserté le four banal. On avait vu revenir des garçons qui s'étaient enfuis pour échapper à la milice; ils racontaient comment ils avaient vécu dans les forêts, mendiant, volant, se mêlant aux faux-sauniers. Tout en rinçant leur linge dans les eaux de l'Auzon, les femmes s'offraient le plaisir d'assener de grands coups de battoir, en précisant leur destinataire :

– Tiens donc pour Tourniol!... Pour la dame de Lignères!... Pour Ducrochet!... Pour la Bâtisse!... Pour Vichy!

Certaines mêmes allaient jusqu'à dire : « Pour le Roi!... Pour la Reine!... Pour les Princes! » Et d'autres n'allaient pas chercher si loin, car il ne fallait oublier personne :

– Pour Cannée! disait dame Cannée.

– Pour Gaudy! disait dame Gaudy.

– Pour Rixain! disait dame Rixain.

Tout cela au milieu de grands éclats de rire.

Si cette Révolution était bien faite, peut-être les femmes seraient-elles mieux traitées. Serves des serfs, elles avaient en lot le plus dur, le plus sale, le plus ingrat de l'existence : laver l'ordure de la famille; soigner les malades; donner la becquée aux enfants et aux vieux; préparer la pâtée des hommes, des poules et des cochons; manger debout au coin du feu; moissonner seules le sarrasin qui est trop tendre, trop court et ne mérite pas la faucille des mâles; tasser le foin dans les fenières; lier les gerbes pleines de chardons qui vous mettent les bras en feu; tirer parfois l'araire à côté de la bourrique. Et, naturellement, défourner chaque année un marmot durant vingt-cinq ans, et en porter en terre deux sur quatre.

Le dimanche, la garde communale continuait de défiler dans ses costumes disparates; grâce aux efforts de son commandant, les hommes à présent distinguaient bien leur pied droit de leur gauche, les tambours ne confondaient plus le *fla* et le *ra*. Les progrès de la Révolution sautaient aux yeux. Toutefois, la population se divisait en deux partis : les tenants de l'ancien régime, derrière les trois abbés, le syndic et le notaire; les champions du nouveau, menés par Jean Couly, tisserand, et Noël Gaudy, forgeron.

Au début de décembre vint un décret ordonnant de remplacer le corps commun par un conseil général, dirigé par un maire, un procureur, un greffier. Mais seuls participeraient à l'élection les citoyens actifs, ayant au moins vingt-cinq ans d'âge et payant une taille supérieure à trois journées de travail, évaluées à trente sous pour Chanonat. Ainsi se trouvèrent écartés les mendiants et les pauvres, qui constituaient les quatre cinquièmes de la population. La liste de ces actifs serait établie par l'ancien syndic et lue en chaire. Les citoyens passifs grognèrent un peu :

– Et pourquoi donc sommes-nous laissés de côté comme des bâtards?

– Parce que, leur expliqua Cannée avec patience,

le futur conseil général se propose de bien administrer les intérêts de la commune. Et quels intérêts avez-vous à administrer, vous qui ne possédez rien?

– Vous avez raison. Tout bien réfléchi, votre bulletin de vote, vous pouvez vous le mettre où nous pensons. Sauf votre respect.

Le changement allait ainsi son train raisonnable. Mais un jour, Jussat crut bon de tremper sa queue dans la marmite de Chanonat. Car ceux d'en haut étaient déjà informés, d'on ne sait où, du texte de la « Déclaration des Droits »; ils savaient maintenant qu'ils étaient nés libres, égaux, souverains, etc. Alors que ceux d'en bas n'en avaient pas encore la moindre odeur.

Un jour de rencontre au moulin de Birrat, le meunier en informe le boulanger chanonatois, qui fait circuler parmi sa clientèle la nouvelle toute fumante. Elle atteint deux excités qui s'en vont chez le syndic et lui réclament le texte. Chaude discussion. Pour finir, Cannée leur abandonne le rouleau. Ils le transportent chez le curé. Mais Fortunat ne peut admettre l'article X qui autorise tous les cultes, toutes les hérésies et leurs manifestations publiques; il refuse de le lire dans son église. Il n'en peut empêcher la lecture publique dans le cimetière, qui est terre communale. C'est ce qui arrive le dimanche 27 décembre, à la sortie de la messe. Gaudy grimpe sur le socle de la croix; d'une main, il se retient au fût, de l'autre il brandit la feuille épinglée sur une planche. Son souffle forme devant lui une vapeur.

– Citoyens!

C'est la première fois qu'on les interpelle de ce mot étrange, inquiétant, fascinant.

– Citoyens! Voici le texte d'un décret pris par l'Assemblée Nationale. Il est arrivé ici depuis deux mois, et le corps commun a voulu vous le cacher, craignant que vous n'en fassiez mauvais usage. Jugez-en!

Il voit sous les chapeaux tous ces regards levés vers lui. Il jubile dans son cœur il sait qu'il va répandre la joie sur ces affamés de pain et de justice. Sa voix tremble un peu :

– « Les Représentants du Peuple français, constitués en Assemblée Nationale... »

Comment leur faire sentir toutes ces majuscules? Il s'y efforce en ménageant un court silence devant chacune, et en la prononçant ensuite d'une façon explosive.

– « ... considérant que l'ignorance, l'oubli ou le mépris des droits de l'homme sont les seules causes des malheurs publics et de la corruption des gouvernements, ont résolu d'exposer dans une déclaration solennelle les droits naturels, inaliénables et sacrés de l'homme afin que... »

Les mots sont nombreux, le discours un peu longuet. Beaucoup ne peuvent suivre et commencent à s'ennuyer. D'autres s'éberluent de posséder tant de droits qu'ils ignoraient. Peu à peu, cependant, la lumière se fait dans les esprits, les plus avancés éclairent les retardataires : ils expliquent ce que signifient distinctions sociales, oppression, arbitraire, contribution publique. Oui, oui, ils sont prêts à verser leur contribution, puisqu'il appartient à leurs représentants d'en fixer la quotité et l'assiette. Ils en ont les larmes aux yeux. Jamais impôt ne sera accepté avec tant de bonheur. Toute la journée, le village est en remuement. Chacun s'émerveille à présent des dix-sept articles, chacun veut les voir imprimés.

Dans son église, Fortunat est agenouillé au pied de la croix.

« Pardonnez-leur, mon Dieu, ils ne savent pas ce qu'ils font. La liberté des religions, c'est la liberté des erreurs, la liberté du scandale, puisqu'une seule religion est vraie : la vôtre, Seigneur. Pardonnez-leur. Mais dessillez leurs yeux par votre Saint-Esprit. »

Il prie pour son frère Christophe qui prétend défendre dans l'Assemblée les intérêts de l'Église catholique.

5

Au début de l'année 90, d'autres effets de la Révolution changèrent la face du pays. La France ne fut plus composée de provinces, de généralités, de sénéchaussées, de paroisses, mais de départements, de districts et de communes. L'ancienne Auvergne se trouva dépecée entre trois départements; Puy-de-Dôme, Cantal, Haute-Loire, quelques rognures se trouvant abandonnées aux départements voisins de la Corrèze, de l'Allier, de la Loire. Les petits ramoneurs auvergnats devraient cesser de chanter :

Province, ô ma province,
D'où je suis parti mince,
Sans laine ni chevance,
Pour aller vivre en France...

Mais bien : « Département, ô mon département... », ce qui rime à pas grand-chose.

Le Puy-de-Dôme comprit huit districts : Clermont, Ambert, Besse, Issoire, Billom, Montaigut, Riom et Thiers. Jussat, Varenne et Chanonat formèrent une seule commune. Lorsqu'ils apprirent cette soudure, les Culs-Blancs, respect que je vous dois, descendirent en troupe de leurs grottes et vinrent tempêter devant la maison de Jean Cannée, criant: « Cannée vendu, Cannée Judas, Cannée foutu. » Mais lui, armé de son décret, déclara:

– Faites du tapage tant qu'il vous plaira : je n'ai aucune part en cette affaire. Allez plutôt crier vos injures à Clermont, à Riom ou à Paris. Considérez cependant que vous restez paroisse, que vous gardez votre curé, votre clocher. Pour le reste, chemins, élections, garde communale, c'est Chanonat qui commande.

– Cannée la merde!

– Citoyens, dispersez-vous. Sinon j'envoie quérir la garde!

Les Jussatois lapidèrent comme il faut sa maison; puis ils remontèrent, fort mécontents, vers leur falaise. Ainsi fut consommé le mariage sans amour des Culs-Blancs et des Culs-Noirs. Révérence parler.

Vint l'élection du conseil général, par les seuls citoyens actifs. Cela se fit un dimanche, après vêpres, alors qu'il pleuvait à verse au-dehors. Ce qui servit de prétexte à beaucoup pour ne pas venir. Fortunat profita de l'occasion pour décrier l'égalité trompeuse et glorifier la véritable:

– Rappelez-vous, mes bien chers frères, qu'il n'existe pas aux yeux du Seigneur des citoyens actifs et des passifs. Sa maison, aujourd'hui comme hier, est celle de tous. Il est le vrai défenseur de la vraie égalité.

Sur les mille et cent habitants de la commune, quatre-vingt-dix-huit payaient au moins trente sous de taille. Neuf dizaines vinrent participer au vote, la plupart illettrés jusqu'au bout des ongles. Comment désigner secrètement les douze officiers municipaux? Le problème fut résolu avec la complicité des ténèbres. Les trois prêtres fermèrent les portes; peu de jour tombait des vitraux, tout concentré sur le chœur. La confusion aidant, il était impossible de distinguer qui votait de qui ne votait point, il suffisait de compter les bras levés, MM. Lenègre et Auzenat s'en chargèrent. Au terme de l'affaire, les douze notables se trouvèrent élus. On interrompit le scrutin pour leur permettre, respect que je vous dois, d'aller tomber de l'eau au chevet de l'église, puis ils revinrent se choisir un maire, qui se trouva être Raymond Fortunat en personne, malgré sa résistance. Pour l'assister, Antoine Jaubourg, tailleur d'habits, fut nommé secrétaire. Tout ce monde jura, le dimanche suivant, sous la ganivelle, de « maintenir de tout son pouvoir la Constitution du Royaume; d'être fidèle à la Nation et au Roi; de remplir ses fonctions publiques avec honneur et courage ». Les tambours de la garde citoyenne (car tel était son nouveau titre) sonnèrent, la foule applaudit, excepté un Jussatois descendu mettre du désordre et qui cria : « Fortunat foutu. » Mais il dut déguerpir peu après.

Le plus étonnant fruit de la Révolution vint quelques mois plus tard. Apporté par un chineur de Saint-Jean-des-Ollières qui achetait les vieux chiffons pour en approvisionner les moulins à papier. Il tira de sa bourse un billet qu'il y tenait au chaud, le déplia sous les yeux de la clientèle :

– Savez-vous ce que c'est que ça?... Un papier qui vaut de l'or. Cinquante livres. Voyez, c'est écrit dessus : « La Nation. La Loi. Le Roi. Assignat de cinquante livres hypothéqué sur les Domaines Nationaux, portant intérêt de cinq du cent. *Signé* Taupin. »

– Qui est ce Taupin?

– Le plus haut directeur des finances nationales.

– Et que fait-on de ce papier?

– Vous le portez à Clermont, ou à Riom, à l'Hôtel des Monnaies. Là, on vous donne en échange cinquante pièces de vingt sous. Plus les intérêts, à cinq du cent. Avouez que c'est moins lourd à porter, moins encombrant que cinquante pièces d'argent!

Voilà comment, pour la première fois, l'argent carré montra sa figure. Mais bien peu de personnes dans le pays avaient l'occasion de tenir dans leurs mains cinquante livres d'un coup. Aussi Taupin décida-t-il par la suite d'imprimer des assignats de cinq livres et d'une seule. Il y eut même, plus tard encore, des billets de cinquante sous, de vingt-cinq, de quinze et de dix. Les ouvriers, les paysans préférèrent toujours néanmoins la bonne vieille monnaie ronde, qui faisait sentir dans la bourse son agréable poids.

Fortunat s'efforçait de remplir dignement ses doubles fonctions. Le matin, il célébrait sa messe basse, recevait les pénitents, visitait les malades, soulageait les misérables. A midi, il dînait avec ses deux vicaires, deux jeunes gens pleins de zèle et d'appétit, que Félistine, la servante, nourrissait de soupe, de pain et de légumes. L'après-dînée était consacrée aux affaires municipales. Il recevait les doléances des uns, promettait des secours aux autres, écrivait des demandes, lisait et publiait les instructions qui lui arrivaient du district de Clermont. Le soir, les deux prêtres filleuls ayant regagné leurs familles, il dînait avec la seule servante: soupe à nouveau et châtaignes bouillies. La veillée se passait à travailler aux chaises. Au crépuscule, angélus, complies en tête à tête avec Dieu. Puis il allait se coucher. Soupirait en se déshabillant:

– Mon Dieu, dépouillez-moi du péché, des rêves impurs et de toutes mes tentations déréglées.

Trempant un doigt dans le bénitier, il faisait le signe de la croix sur lui-même et sur sa couche :

– Dieu Tout-Puissant et miséricordieux, bénissez et protégez votre humble serviteur.

Son chat dormait sur ses pieds, boule chaude et remuante.

Le lendemain matin, nouvel angélus. Au déjeuner, soupe encore et pommes cuites. De loin en loin, il écrivait à sa parenté, à sa sœur de Chapdes, à ses frères de Riom, à son jumeau de Paris. Mais chaque dimanche était jour de fête. Chant des cloches, cris des oiseaux et des enfants. Les paysans venaient dans leurs meilleures hardes, les hommes rasés de frais, les femmes odorantes de mélisse, en sabots noircis à la suie de cheminée. Procession à travers le village. Menus cadeaux disposés devant le chœur, comme si les paroissiens ne pouvaient se passer de leur dîme pourtant officiellement abolie : œufs, chèvretons, tourtes de pain frais. En revanche, à certaines solennités, le curé distribuait du pain bénit, mollet comme la brioche. Après la grand-messe, tandis que les enfants restaient dans l'église pour la leçon de catéchisme, les adultes rendaient visite à leurs morts, souvent entassés à dix ou douze dans le même carré, si bien que des os anciens remontaient à la surface. L'après-dînée, vêpres et *Magnificat*. Dispersion : les hommes allaient jouer aux quilles ou boire chopine à l'auberge de Gominard; les femmes rentraient à la maison s'occuper des enfants et des animaux, seules besognes permises le dimanche.

Dans son manteau à collet, retenu par un cordon sur le haut de la poitrine, rassemblé dans le dos lorsque la douceur du temps le rend inutile, les pieds nus dans des sandales, dom Christophe Fortunat prend le coche de Clermont. Il veut aller vérifier si toutes les précautions ont été prises à Cinq-Fontaines, et prendre l'air de sa province. Paris vit en état de perpétuelle ébullition. Chaque matin, les femmes demandent à leur mari: « Qui pend-on aujourd'hui? » Puis l'on va en famille assister à l'exécution place de Grève. La foule crie: « Pendez! Pendez! » Certains spectateurs viennent avec des échelles et les dressent aux murs pour mieux voir. Le soir, comblé du spectacle, on revient en criant: « Vive la Nation! Mort aux traîtres à la Patrie! » Une horde de gueux a cependant été chassée du centre par la garde, boutée hors la ville; souvent, ceux-là mêmes qui ont pris la Bastille.

Dans les campagnes, dans les villes que le coche traverse, la Révolution est partout visible, aux cocardes tricolores, aux châteaux incendiés, aux placards qui pendent à la façade des églises: *Le Roi et la Constitution. Liberté Égalité,* aux prises d'armes, aux défilés, aux drapeaux.

La terre en cette saison se repose; par endroits, néanmoins, certaines friches anciennes sont bêchées ou labourées par un pullulement d'hommes. Des passagers du coche révèlent au chartreux qu'il s'agit de biens appartenant à des nobles émigrés; les paysans se sont jetés dessus comme les mouches sur le miel. Le nombre des mendiants n'a pas diminué, on en voit partout.

A Riom, il couche chez son frère aîné, Marcellin, le procureur. Le lendemain, il rend une visite d'amitié à l'Oratoire, sa vieille école. Le supérieur, M. Le Tacq, lui apprend avec fierté qu'on y enseigne à présent la « Déclaration des Droits » en même temps que l'Évangile.

Un domestique de Cinq-Fontaines vient l'attendre avec deux montures. Ils chevauchent de conserve.

– Que se passe-t-il à la chartreuse?

– Des commissaires sont venus. Ils ont pris note de tout ce que nous possédons. Une honte, mon Révérend Père! Une honte!

Oh! le bon, le brave domestique! Le parfait esclave! Comme il prend bien part aux intérêts de ses maîtres!

Par des chemins boueux, ils atteignent Châtel-Guyon couronné de son château ruiné. Passent sous Chazeron. Montent vers Loubeyrat. Des paysans les saluent du chapeau. D'autres leur montrent le poing ou crachent par terre. Ils dînent à Manzat du pain et du jambon sec apportés par le domestique. Sont à la nuit dans la chartreuse sans lumières, sans cantiques. Comme si elle voulait se fondre dans les ténèbres et le silence. Mgr de Bonal, venu naguère y faire une retraite, l'appela « une Jérusalem des montagnes ». Où sont ses hymnes et ses gloires? Sans tarder, il rencontre son remplaçant, lui demande compte des objets précieux et des fonds liquides. Ses instructions ont été suivies exactement.

– Mais nous? s'inquiète dom Bertrand.

– Hélas, hélas, hélas!

– Que signifie?

– Lorsque j'ai quitté l'Assemblée Nationale, elle venait simplement de décréter la suppression totale des vœux monastiques perpétuels, considérés comme une atteinte à la liberté individuelle. Car, au dire de tel ou tel député, certains d'entre nous ont été tonsurés et internés sans vocation. J'ai protesté de toutes mes forces, jurant qu'en vingt-huit ans de ministère je n'ai rencontré qu'un seul moine dans ce cas : il était fou et abandonné de sa famille.

– Admettons même quelques abus. N'y en a-t-il pas dans tous les établissements sociaux?

– Je le leur ai crié. A l'heure où l'on exige de nous une kyrielle de serments, à la Nation, au Roi, à la Loi, seul le serment à Dieu est prohibé!

– Ainsi, nous devrons sortir de notre couvent?

– Je cherche à obtenir qu'il soit retenu comme maison de retraite. Il pourrait alors garder nos frères qui persistent dans leurs vœux. Mais le recrutement sera tari. Du moins dans les couvents d'hommes; on estime que les services des religieuses dans les hospices et les hôpitaux sont encore utiles à la Nation. Tandis que nous, mon Vénérable Père, sommes des inutiles. « Passe encore pour les curés de paroisse, entend-on dire couramment à l'Assemblée, nécessaires aux sacrements pour qui en veut. Mais nous n'avons que faire de cordeliers, de capucins, d'augustins, de carmes, de dominicains. » Estimons-nous donc heureux, mon Vénérable Père, si l'on conserve quelques couvents. Si l'on nous verse la pension annuelle promise : mille livres jusqu'à cinquante ans, mille deux cents au-delà.

Les deux chartreux demeurèrent accablés, assis devant une cheminée sans feu, dont le contrecœur portait la croix de saint Bruno.

– Savez-vous, reprit dom Bertrand, que nous ne pouvons plus même aller prendre du bois dans nos forêts, parce qu'elles ne nous appartiennent plus? En revanche, nos voisins les pillent à pleins chars. Ils conduisent aussi leurs troupeaux dans nos prés, à notre nez, à notre barbe.

Il caressa la sienne, qu'il portait longue et bifide comme celle de Moïse et qui lui donnait un air de profonde sagesse – sans y trouver le remède à ses disgrâces.

– Je mène, dit Fortunat, avec quelques autres, un combat pied à pied. Mais les avocats sont trop nombreux contre nous, et font surenchère. Nous n'avons pas encore vu le pire.

– Peut-il y avoir pire?

– On veut d'abord nous déshabiller, ce qui est peu de chose.

– Comment cela?

– Nous interdire le port des vêtements religieux hors de nos maisons. Mais d'autres veulent carrément interdire le culte, vider les couvents, abattre les églises.

– Qu'on nous enlève tout. Cela sera clair et net. Nous errerons comme saint Paul parmi les gentils. Nous célébrerons Dieu dans notre cœur.

Le lendemain, la réunion du chapitre ressembla en plus modeste aux séances de l'Assemblée Nationale; même désordre, mêmes vociférations. Les accusations, les insultes plurent sur la tête de Fortunat.

« Renégat!... Antéchrist!... Vous ne nous avez pas défendus!... Nous ne voulons plus vous voir!... Comment osez-vous revenir dans cette maison?... Retournez dans Babylone! Enivrez-vous du vin de sa prostitution!... Mais à la fin l'Agneau vous vaincra, parce qu'il est le Seigneur des seigneurs! »

Christophe d'abord courba l'échine sous cette averse d'injures ecclésiastiques. Puis, quand il put se faire entendre, il sermonna ses frères chartreux :

– N'ayons pas les uns envers les autres des sentiments qui nous éloignent de la charité. Je comprends les angoisses qui vous étreignent en face d'une Révolution qui a gagné comme une peste tout le peuple de France. Vous vivez cependant, ici, sur un terrain qui jouit encore d'un calme relatif. On vous pille, dites-vous? Du moins n'attente-t-on pas à vos vies. La capitale, au contraire, est remplie d'assassinats, le sang coule dans les rues. On pend des hommes sans les juger, souvent sans les connaître, on promène des têtes au bout des piques. Que sortira-t-il de ces abominations? Une vie plus heureuse, ou des malheurs accrus? Comme se le demandent certaines personnes de bon sens, faut-il sacrifier le bonheur de la génération présente pour le bonheur des générations futures? Un seul rempart à tout cela, soyez-en persuadés: l'Assemblée Nationale elle-même. Elle seule est capable de contenir les désordres. C'est dans son sein que je livre mon combat. Car j'ai souvent sa faveur: elle m'écoute, elle m'applaudit, parfois elle suit mes suggestions. Je vous demande donc, mes chers confrères, de me garder encore votre confiance, car je suis votre seul défenseur. Traversons ce temps de trouble comme nous pourrons, sans nous déchirer, en attendant que Dieu nous en envoie un meilleur.

Les chartreux durent se contenter de ces vagues espérances. Dom Fortunat repartit au bout de trois jours, emportant dans ses bagages un peu de l'argent dissimulé.

– Je ne l'emploierai pas à mon propre usage, je vis d'une pomme et d'un morceau de pain à chaque repas. Mais pour oindre les rouages de la mécanique révolutionnaire: je connais le prix de certaines consciences.

Il remonta à cheval et repartit vers Riom en compagnie du fidèle serviteur, sous la pluie qui fouettait. Il reprit le coche de Paris, atteignit cette grande prostituée de l'Apocalypse juste comme on allait pendre le marquis de Favras. De sa chambre, il entendit les clameurs de la foule.

Dom Bertrand lui avait remis la liste des débiteurs, insolvables dans les circonstances présentes, de Cinq-Fontaines; leurs dettes réunies s'élevaient à deux cent mille livres. Que de rouages il aurait pu graisser avec une pareille somme! Il y choisit un certain Laporte, négociant clermontois, qui en devait quarante mille, et décida d'en faire don au corps municipal de sa ville, à qui il adressa une belle lettre: « Messieurs, prieur de la chartreuse de Cinq-Fontaines, j'ai toujours considéré que le superflu d'une maison religieuse appartient aux pauvres.

C'est pourquoi j'ai décidé de faire à l'Hôtel-Dieu de votre ville un don de quarante mille livres dont vous pourrez obtenir le montant en vous adressant à M. Laporte, négociant d'épicerie en votre ville, notre débiteur de cette somme. Vous priant, Messieurs, d'accepter cette petite offrande de notre maison, je témoigne ici qu'elle reste dévouée aux intentions du chef-lieu, du département et de la Nation. J'ai l'honneur d'être avec le plus profond respect, Messieurs, votre très humble et très obéissant serviteur. Christophe Fortunat, prieur de la chartreuse de Cinq-Fontaines. »

L'église de Chanonat possédait un calice d'or et un calice de vermeil. C'était un de plus que nécessaire. Raymond Fortunat enfouit le premier au milieu d'un boisseau de grain, dans sa propre maison. Deux commissaires ceints de tricolore vinrent un jour inventorier les biens ecclésiastiques de la commune, en commençant par le monastère des Hospitaliers. Il leur fallut huit jours pour noter le compte exact des chaises, tables, lampes, touailles, assiettes, livres, encriers. Même arithmétique dans l'église et alentour; un de ces messieurs arpenta la surface du cimetière, tandis que son collègue farfouinait dans le saint tabernacle. Ils repartirent sur cet avertissement :

– Rappelle-toi, citoyen curé, que tout ce que nous avons enregistré appartient désormais à la Nation. Que tu n'as le droit de te dessaisir pas même d'un bouton de porte. Sous peine des plus graves poursuites.

En revanche, ils n'avaient point examiné la cure, qui était propriété privée, Fortunat l'ayant acquise de son prédécesseur pour la somme de mille deux cents livres. Tous les soirs, il montait dans son galetas rendre visite au boisseau, plongeait le bras dans le grain jusqu'à toucher les bords du vase sacré. Sa conscience ne lui reprochait point cette dissimulation. Élu maire de la commune, il plaçait la volonté de son Maître céleste au-dessus des maîtres terrestres qu'il devait aussi servir.

La fête pascale remplit encore la petite église cette année-là. Raymond Fortunat choisit le plus gueux de l'assistance, le fit asseoir au milieu du transept, à la vue de tous, et lui lava les pieds, les essuyant avec un linge blanc. Puis il célébra la sainte cérémonie, but dans le calice de vermeil le sang de la nouvelle alliance. Tous les paysans communièrent, à genoux sur les dalles. Quand les cloches se mirent à lancer vers le ciel leurs alléluias, les jeunes mères balancèrent au même rythme leurs nouveau-nés : cela devait les protéger des chutes. De quelqu'un qui se cassait une jambe ou un bras, plus tard, on dirait que sa mère l'avait mal balancé. La quête rapporta trente-huit sous et six deniers; cela représentait neuf livres de pain, pour quatre personnes pendant une semaine.

Or voici que vint un mandement de Mgr de Bonal qui, de Paris, continuait d'administrer son diocèse par l'entremise de ses vicaires. Il ordonnait aux curés de se débarrasser de tous métaux précieux superflus en les portant à l'hôtel des Monnaies. Fortunat retira donc du boisseau le calice d'or, l'enveloppa d'un linge, l'empocha dans une simple besace; puis, empruntant un cheval à M. de la Bâtisse, il se mit en route pour Clermont, couvert d'une limousine. Quelques paysans l'accompagnèrent jusqu'à Opme, pour le garder des mauvaises rencontres.

Il entra dans le chef-lieu par le chemin de Saint-Jacques, longea l'enceinte ruinée, fut arrêté devant l'église Saint-Éloy par des gardes nationaux :

– Qui es-tu, citoyen? Où vas-tu? Que transportes-tu?

Il expliqua qu'il se rendait à l'hôtel des Monnaies afin d'y remettre un calice d'or. Ils exigèrent de le voir, de le toucher. Après quoi, ils voulurent l'encadrer jusqu'à sa destination. Mais en arrivant à hauteur de la grenette – ou Halle au Blé – ils furent arrêtés par un attroupement de femmes vociférantes, armées de bâtons, mal retenues par un cordon d'autres gardes.

– Qu'est-ce qui se passe? Qui sont ces bougresses?

– Des femmes montées de Montferrand. Elles réclament du pain.

Ce genre d'émeute avait bien réussi aux Parisiennes l'année précédente, mais les Montferrandaises n'avaient ni boulanger, ni boulangère, ni petit mitron à capturer. On les laissa s'égosiller tant qu'elles voulurent; la grenette était vide. Elles durent se disperser enfin, non sans distribuer quelques coups de bâton à certaines boutiques.

L'hôtel des Monnaies – qui n'était réellement qu'une fonderie pour métaux monnayables comme il s'en aperçut par la suite – se trouvait dissimulé derrière Notre-Dame. Il comprenait un bureau-magasin où se tenaient un civil et deux militaires; autour d'eux, des caisses remplies d'objets hétéroclites, chandeliers, lampes, bouquetiers, louches, cuillères, crucifix. Ces hommes regardèrent Fortunat serrant sur sa poitrine la précieuse besace. Il leur dit l'objet de sa visite.

– A la bonne heure! Que voilà un curé patriote! Sois le bienvenu.

– Voulez-vous, dit Raymond qui ne s'habituait pas au tutoiement égalitaire, me donner reçu de cet objet?

Le secrétaire prit la coupe, la déposa sur le plateau d'une balance à fléau, compta les poids de plomb:

– Un marc... une once... deux oboles.

– Qu'allez-vous en faire? demanda le prêtre, les lèvres tremblantes.

Et l'autre, désignant une porte au fond du magasin :

– Le fondre, avec de l'antimoine. On en fera des louis ou des ducats, pour le service de la Nation. Veux-tu assister à notre cuisine?

Tous deux passèrent la porte, descendirent à un étage mal éclairé, puis à un second, éblouissant, comme s'ils avaient atteint déjà le centre de la terre. Là, dans une chaleur infernale, sous la hotte d'une cheminée, fumait un chaudron, autour duquel s'affairaient des diables demi-nus. Le secrétaire leur tendit le calice, disant :

– Le citoyen curé voudrait savoir comment vous procédez.

L'un de ces démons saisit le calice de ses mains pouacres, l'éleva au-dessus de sa tête par dérision, le laissa tomber dans le métal fondu où il s'engloutit en soulevant des gouttelettes de feu. Raymond tomba lui-même à la renverse, rattrapé au vol par les fondeurs. Ils l'étendirent sur la terre nue, lui tapotèrent les joues, le forçant à prendre au bec d'un flacon une tétée d'eau-de-vie.

6

De Paris, dom Fortunat poursuit sa correspondance avec la demoiselle Geneviève de Puyguilhem, prophétesse, en résidence dans le Périgord. Elle continue de souffler autour d'elle, comme des fleurs de pissenlit, ses prédictions, les éparpille à travers les départements, atteint la capitale et même l'étranger. Elle y annonce les bouleversements considérables qui vont se produire dans le royaume, une remise en ordre de la religion catholique par les moyens de la vertu et de la pauvreté, la fin tragique des anciens privilégiés. *Attendez-vous à voir les troubles qui nous affligent en France gagner toute l'Europe. Les rois tomberont de leurs trônes. Les portes des couvents seront ouvertes, les séminaires fermés. Mais ensuite s'établira le culte de l'Être Suprême. La charité des premiers siècles renaîtra parmi nous. Viendra le règne de la paix, de la liberté, de l'égalité.* Elle ose même écrire au pape Pie VI pour l'adjurer de renoncer à son pouvoir temporel sur les terres de France et d'Italie, de se consacrer tout entier au seul gouvernement des âmes. Et elle reçoit des réponses enthousiastes : des abbés, des évêques, des députés lui expriment leur admiration, la consultent sur leur propre avenir.

Mais Christophe Fortunat semble être son premier correspondant parisien, son ambassadeur auprès de l'Assemblée Nationale. Elle se place sous le couvert de son nom et de ses titres. Annonce qu'elle est disposée à se rendre dans la capitale, pour peu qu'on l'y invite.

Le dimanche 13 juin 1790, le député chartreux demande une fois encore la parole pour « fixer l'opinion » de ses collègues représentants sur la demoiselle Puyguilhem. Il s'ensuit un beau tumulte entre ceux qui la lui accordent et ceux qui la refusent.

« Nous avons d'autres chats à fouetter!... Si, si, il s'agit d'une pythonisse de la Révolution. Les grands événements ont toujours suscité des prophéties... Passons plutôt à l'ordre du jour... »

Fortunat ose gravir les degrés de la tribune. Il reste immobile, debout dans sa robe spectrale, jusqu'à ce qu'un peu de silence revienne.

– Citoyens! Il existe dans le Périgord...

– Il n'y a plus de Périgord!

– ... dans le département de la Dordogne une personne nommée Geneviève Puyguilhem, qui me communiqua, il y a onze ans, un ouvrage manuscrit dans lequel elle annonçait la convocation des États Généraux...

– Il n'y a plus d'États Généraux!

– ... de notre auguste Assemblée. La fin des vœux monastiques. La fédération de toutes les communes, de toutes les villes, de tous les peuples de la terre. Ces prévisions furent en leur temps communiquées à l'évêque de Périgueux, qui n'y crut guère et conseilla de les brûler. Cependant, elles se sont toutes avérées. Citoyens, il serait du plus haut intérêt que nous fussions informés de la suite que cette vertueuse fille en a donnée, et du plan de construction d'une société nouvelle qu'elle a établi...

– C'est là notre affaire! Nous n'avons pas besoin de ses plans!

– Si, si! Nous voulons savoir!

– Des sujets plus urgents et plus graves nous sollicitent!

– Citoyens, écoutez-moi!

– Bouffonneries! Carnaval!

– Encore s'il s'agissait d'*un* prophète!

Les clameurs deviennent si fortes que Fortunat doit renoncer à s'exprimer davantage devant cette Assemblée qui n'aime pas que les femmes se mêlent de politique. Il rentre chez lui, rédige le discours refusé, le porte à l'imprimeur Devaux, rue des Boucheries-Saint-Honoré, le distribue lui-même dans Paris, porte à porte, au domicile des députés, des avocats, des notaires, des ecclésiastiques. Il y résume les prédictions de Mlle Puyguilhem, celles qui ont eu leur accomplissement, celles qui l'auront. Il demande qu'elle vienne se faire entendre par une commission de prélats parisiens, « car il peut résulter un grand bien de cette conférence ». « S'il est reconnu après cet examen, termine-t-il, que lesdites prévisions ne sont que des rêveries, on la renverra dans sa Dordogne natale. Mais jusque-là les esprits resteront en suspens. Si ma suggestion est acceptée, j'offre de donner tous les éclaircissements complémentaires dont je dispose. F.C.A. Fortunat, chartreux, député à la Constituante. »

Il convainc un à un plusieurs Messeigneurs, rédige en leur nom à Geneviève une invitation à venir s'expliquer. En attendant, ses écrits circulent, pénètrent dans ce qui reste des anciens salons aristocratiques, et dans les nouveaux de la franc-maçonnerie. Mais Geneviève se laisse désirer, ses admirateurs devront languir dix mois encore.

Il est bien vrai que l'Assemblée Nationale a d'autre pain sur la planche : elle s'engage tout entière dans l'élaboration d'un statut destiné à fonder une religion révolutionnaire, indépendante de tout pouvoir étranger, soumise seulement à l'inspiration de Dieu et à la volonté du peuple. Contre cela, certains députés ecclésiastiques, comme Mgr de Bonal, freinent des quatre fers. Un jour, sous prétexte d'anticorporatisme, un décret autorise les prêtres à quitter leur habit.

– Je ne quitterai le mien, proteste l'évêque de Clermont, que si on me l'arrache du corps.

Au contraire, dès le lendemain, dom Fortunat renonce à sa robe blanche, paraît en habit brun et perruque à queue. Voilà sa calvitie totale dissimulée (la tonsure cartusienne aidant, il a depuis belle lurette perdu toute trace de sa chevelure rousse) et voici un peu couvertes ses tempes creuses où serpentent deux longues veines bleu rose, pareilles à des lombrics. Bref, méconnaissable. La plupart de ses collègues s'en esclaffent. Quelques-uns s'indignent. Toutefois, il proclame hautement qu'il n'a rien déposé de sa foi chrétienne.

– Où en sont tes bonnes relations avec le pape?

– Il reste le maître du dogme. Mais je ne lui reconnais aucune autorité sur notre fonction. Nous ne désespérons pas, d'ailleurs, de le convertir à nos idées de liberté et d'égalité.

Ce dimanche-là, l'abbé Raymond Fortunat et son paroissien Jacques Villedieu étaient convenus de baptiser la petite dernière de ce laboureur, après la grand-messe. Ayant lu les proclamations officielles, le curé s'en revint aux fonts baptismaux où l'attendait la famille, dans ses meilleurs affûtiaux, autour de l'enfant: le père et le parrain en lévite soutachée, guêtres blanches et brodequins; les dames coiffées à l'abat-jour, suivant la mode bourgeoise, tous cocardés de bleu-blanc-rouge. La petite, emmaillotée comme une chrysalide, grouillait faiblement sur les bras de sa marraine. Le prêtre lui mit dans la bouche un grain de sel, qui vaut purification, mais la fit pleurer un peu :

– Consolez-la! recommanda-t-il.

La marraine lui fit quelques balancements qui bientôt, en effet, l'apaisèrent. Écartant les bandelettes qui l'enveloppaient, M. Fortunat lui frotta la poitrine et le dos avec le saint chrême, mélange d'huile d'olive et de baume de benjoin, symbole de force et de douceur, d'où émanent le parfum de la grâce et celui des vertus.

– Quel prénom lui donnez-vous?

La marraine rougit un peu sous sa coiffe, se tourna vers Villedieu, le père, son frère à elle. Et le laboureur :

– Peut-on lui donner deux prénoms?

– Assurément, Marie-Louise, Marie-Antoinette, Marie-Madeleine. Cela se fait couramment.

– Alors, je la nomme Liberté-Égalité.

Fortunat demeura un moment interdit.

– Ce ne serait pas bien fait, répondit-il. Je comprends vos sentiments, je les approuve. Mais il n'existe pas dans le ciel de sainte Liberté, de sainte Égalité, comme il existe une sainte Jeanne, une sainte Marthe, une sainte Mathilde qui la protégeront toute sa vie. Est-ce que vous voulez priver votre fille de cette protection?

– La liberté, l'égalité sont aussi saintes. Je ne lui veux pas d'autres patronnes.

– Comme il vous plaira, répondit le prêtre. Comme il vous plaira, comme il vous plaira, répéta-t-il en réfléchissant derrière ses sourcils froncés, de sorte que cette triple formule semblait faire partie du rituel.

Il prit ensuite une pincée de l'eau baptismale que lui tendait son enfant de chœur, en mouilla les cheveux de la nouveau-née, prononça les paroles latines, mais en les bredouillant si vite et si bien qu'elles eussent été insaisissables même à plus instruit que le laboureur :

– *Ego baptizo te... ite... ite... in nomine Patris... me-me-me... amen.*

Villedieu crut entendre : « Je te baptiste Liberté-Égalité... », cependant que le prêtre avait pensé plus que dit : « Je te baptise Félicité, Félicité... » La cérémonie s'acheva par une nouvelle onction sur le front de la nouvelle chrétienne. Les présents passèrent dans la sacristie.

– Y a-t-il parmi vous quelqu'un qui sache lire et écrire?

Tous secouèrent le bonnet. Deux cependant affirmèrent qu'ils savaient tracer les lettres de leur nom. Le curé put donc sans crainte consigner dans son registre : *Ce huitième jour de mai 1790 a été baptisée Félicité, fille à Jacques Villedieu, laboureur, et à Marguerite Pailler son épouse. La marraine... le parrain... etc.* Il inscrivit comme témoins les deux signataires. Quand l'église fut vide, cependant que dehors éclataient les coups de fusil qui accompagnent en Auvergne toutes les fêtes, il s'agenouilla au pied du crucifix.

« Pardonnez-moi, Seigneur, cette infidélité. Vous le savez, je l'ai commise pour le bonheur de l'enfant : sainte Félicité, martyrisée en compagnie de sainte Perpétue, est une patronne très recommandable. Je suis sûr que sa filleule s'en trouvera bien, si telle est votre sainte volonté. »

Vint le 14 juillet, anniversaire du jour où les Parisiens s'étaient débastillés. Le curé maire de Chanonat lut à ses concitoyens une adresse envoyée par la commune de Paris. Elle expliquait que cette célébration devait commémorer le triomphe de la Liberté mais aussi glorifier la fédération des communes, des départements, des gardes nationales, l'unité économique, administrative, juridique de la Patrie dans un même respect de la Constitution. Il était conseillé aux communes d'envoyer des représentants au chef-lieu du département, et même, si possible, à la capitale.

– Mais qu'est-ce donc que cette foutue Constitution dont on nous parle si souvent et que nous ne voyons jamais?

– Elle est l'œuf que l'Assemblée Nationale est en train de couver depuis un an, expliqua Raymond Fortunat. Si la poule passe trois semaines au sien, vous admettrez que nos députés aient besoin d'un temps plus long pour préparer l'éclosion d'un monde nouveau.

– A-t-on, au moins, quelque idée de son contenu?

– Nos députés feront seuls les lois nouvelles, mais le roi pourra y apposer son *veto*, c'est-à-dire son interdiction. Les riches perdront leurs richesses, les pauvres leur pauvreté. Nous deviendrons tous frères. Liberté, égalité. Et le Paradis redescendra sur terre comme au temps d'Adam et Ève avant le péché.

Afin de bien célébrer, le conseil général de Chanonat délègue deux des siens à Paris, leur allouant quatre-vingts livres pour frais de voyage, et trois autres à Clermont avec dix sous de viatique. Les 12 et 13, on dresse au milieu de la place un autel entouré de drapeaux. Le 14 au matin, le village est réveillé par les tambours et les trompettes. Le curé maire, le commandant M. de la Bâtisse et son état-major passent la garde en revue. « Vive la Nation, vive le Roi! » A onze heures, on se retrouve dans l'église où Fortunat, ayant changé de costume, exhorte ses paroissiens à respecter et défendre la Constitution inconnue, à distinguer la liberté de la licence, l'égalité politique de l'égalité sociale. Bénédiction des drapeaux. Procession jusqu'à la place où les trois prêtres concélèbrent la sainte messe. *Te Deum.* Discours de M. de la Bâtisse à ses hommes. Soyez jaloux, leur dit-il, de conserver honorablement et courageusement ces trois couleurs. »

Redéfilé, retambours, retrompettes. Mais tandis que les citoyens ordinaires se dispersent, la garde et les municipaux se dirigent vers la Bâtisse où les attendent, dans la cour gravillonnée, entre le château et la belle fontaine, des tables sur tréteaux. Un repas leur est servi par la famille même du commandant et par ses domestiques : saucisses sèches, tranches de jambon, chèvretons comme s'il en pleuvait, pain et vin à volonté. De temps en temps, l'un ou l'autre des officiers de la garde civique porte une santé au Roi, à la Confédération de Paris, à M. de La Fayette, au peuple français. A quoi les gardiens de deuxième classe ajoutent hardiment : A M. de la Bâtisse père, commandant de notre milice!... A M. de la Bâtisse jeune, son aide-major!... Au citoyen Amable Murent, notre enseigne!... »

Chaque santé est soulignée par un roulement de tambour. Vers la fin du repas, alors que les convives commencent à s'assoupir, adossés les uns aux autres, le commandant se lève encore une fois :

– Citoyens, au terme de ce repas militaire, je vous demande d'avoir une pensée pour les pauvres de notre commune. Nous allons ramasser les restes, les confier au citoyen maire afin qu'il les distribue.

Applaudissements. Un des gardes de deuxième classe, à qui personne ne demandait rien, se croit en devoir de remercier au nom des nécessiteux. Il a encore la bouche pleine, on ne comprend que quelques syllabes de son allocution :

– Citoyen hommandant... au nom de mes hamarades... avec rehonnaissance...

Quelqu'un lui tend un gobelet, disant : « Avale d'abord » ; mais en avalant le vin, il avale la suite de son discours, il se rassoit, fort applaudi.

– Et maintenant, conclut M. de la Bâtisse, allons danser.

Il les conduit dans le grand salon de son château où les croquants chamarrés pénètrent pour la première fois, dépouillé de tous ses ornements mobiles, tapisseries, tableaux, meubles, glaces, bimbeloteries ; mais il reste de quoi admirer, papiers peints, stucs, lambris, parquet. Un vielleux les attend sur une estrade ; ils gambilleront jusqu'à l'aube en l'honneur de la Fédération.

Le lendemain, les délégués au chef-lieu du département rapportent ce qu'ils y ont vu. Tout était réglé par les Amis de la Constitution, une société formée de révolutionnaires convaincus, tels que Bancal des Issarts, son fondateur, disciple de Jean-Jacques Rousseau ; Monestier, curé de Saint-Pierre, qui bat ses chanoines lorsqu'ils lui résistent ; Georges Couthon, premier adjoint du maire Gaultier de Biauzat ; Laporte, débiteur insolvable de Cinq-Fontaines.

... Messe célébrée place de Jaude devenue place de la Réunion. Prestations de serment, accompagnées de discours explicatifs. Couthon parle le premier, par éléments de phrase, afin de permettre à des répétiteurs disséminés dans la foule de les reprendre et de les transmettre :

– Nous jurons solennellement de joindre nos forces... contre les ennemis intérieurs et extérieurs de la Nation... pour soutenir de tout notre pouvoir les décrets de l'Assemblée... J'exprime ici la reconnaissance du peuple de Clermont envers ses représentants dévoués et son bon Roi... qui s'occupent ensemble de construire notre bonheur...

Après lui, jurent chacun des Amis de la Constitution. Puis les élèves du collège. Puis les enfants trouvés. Mme Couthon prend la parole au nom des femmes sans voix et sans vote :

– Éloignées peut-être injustement de toutes fonctions publiques, et privées de l'avantage de coopérer par nos travaux au bonheur de notre Patrie, nous n'en sommes pas moins sensibles à la gloire de ceux qui la servent utilement, et pas moins jalouses de mériter le beau titre de citoyenne. Nous en sommes dignes, Messieurs, par la pureté de nos intentions, par la sincérité de nos vœux et par la force de notre patriotisme. C'est pourquoi nous jurons, comme nos maris, nos pères, nos frères ou nos fils, de respecter la Constitution qui se prépare...

Couple touchant que ces deux Couthon, lui cloué en pleine jeunesse sur un fauteuil par une paralysie des jambes, elle toujours une main au dossier, comme pour le pénétrer un peu de sa chaleur. Lui, pâle, maigre, les yeux flamboyants, la parole ardente; elle, rose, grassette, timide, un enfant sur les bras, un autre en préparation. Nés tous deux à Orcet, près de Clermont, dans le notariat ou le bailliage. Il s'est fait remarquer dans ses débuts, comme saint Yves patron des avocats, en défendant de préférence et gratis la cause des pauvres. S'intéressant à la veuve et à l'orphelin. Spécialement à la jeune veuve. On raconte qu'un soir, rendant secrètement visite à l'une de ses clientes, il la trouve en compagnie de son père. Après avoir patienté des heures, dépité, il bat en retraite au milieu de la nuit, tombe dans une citerne profonde. Le voilà dans la situation du bouc au fond du puits, immergé jusqu'à la ceinture, se débattant, se cassant les ongles aux parois, risquant la noyade et le scandale. C'est au matin seulement que des paysans le délivrent, à demi mort. Ils l'emportent, le placent entre deux couches de fumier chaud, réussissent à le sauver. Mais dans quel état! Incapable de se tenir debout, il ne pourra se déplacer désormais sans deux béquilles. Cela ne l'empêche pas d'épouser en 1787 Marie Brunel. Ils prennent domicile à Clermont, vis-à-vis la grenette. Marie joue de la guitare et de la mandoline, remplit l'appartement d'images pieuses. Ils fréquentent l'église Saint-Genès dont Georges devient marguillier. Au rez-de-chaussée de leur maison demeure une perruquière, Fanchette Pascal, qui monte à leur étage lui essayer ses perruques. Pendant qu'elle le frisotte, il la pinçotte, ou lui chantonne :

Fanchon, si tu m'en crois, ce jour
Nous irons dans un frais bocage,
Dissimulés, nous mettre en cage,
Et je te dirai cet amour
Qui me brûle et qui me ravage.

Elle lui tapote sur les doigts, en s'écriant d'une voix retenue : « Allons donc, Monsieur le Marguillier! »

Clermont connaît bien la silhouette de l'avocat, lorsqu'il ahanne par les rues, entre ses béquilles. Mais ce 14 juillet 1790, le voici comme Clovis porté sur le pavois par quatre gaillards, Ribeyroux, libraire, Mont-Rognon, laboureur, Cousteix, maître-sellier, Lagironde, tanneur. Voguant au-dessus des têtes, il lève à tous son chapeau de postillon. Les femmes le trouvent beau à pleurer. Il préside le banquet de huit cents couverts qui se tient le soir à l'auberge de l'Étoile, tandis qu'on danse sur les places et que brillent aux fenêtres les chandelles de la Fraternité... Tels furent les récits merveilleux des délégués chanonatois revenus de Clermont-Ferrand.

Ceux de Paris rapportèrent des images plus fabuleuses encore : le Champ-de-Mars remué par des milliers de Parisiens, hommes, femmes, enfants; Louis XVI lui-même voulant y donner son coup de pioche; trente rangées de gradins de terre; l'arche triple d'un autel de la Patrie haut comme le pont de Brioude; un cortège de soixante mille fédérés accourus des quatre-vingt-trois départements, avec leurs drapeaux bleu-blanc-rouge, rouge-blanc-bleu, blanc-rouge-bleu, rouge-bleu-blanc, brodés de lys, de lauriers, de couronnes, de carrés, de losanges, de devises; l'air encensé par deux énormes cassolettes; M. de La Fayette sur son cheval blanc; la messe célébrée par trois cents prêtres en étole tricolore; le Roi gravissant les marches et proclamant à la face du monde :

– Moi, Louis, roi des Français, je jure à la Nation d'employer le pouvoir qui m'a été délégué à maintenir et faire exécuter les lois.

Et la Reine qui présente à la foule le petit Dauphin, pour signifier qu'il est à elle et qu'elle est à lui. Et la foule qui pleure de bonheur et de tendresse. Et les lampions. Et les joutes sur la Seine. Et le bal public place de la Bastille, sur les débris de l'ancienne prison. Jamais depuis que le monde est monde de telles choses ne se sont produites; plus jamais elles ne se reproduiront.

Dès la fin de ce mois, il faut pourtant déchanter. On languissait après la Constitution promise. Or c'en est une d'une autre espèce qui tombe, la Constitution civile du clergé. Les trois prêtres de Chanonat passent une nuit à lire, à comprendre ce texte qui pose les fondements de l'Église révolutionnaire. Il maintient pour l'essentiel la pratique du culte. Dieu merci. Mais il bouleverse le statut de la prêtrise. Au lieu de dépendre de Rome, les évêques et les curés seront élus désormais. Élus par qui? Par l'ensemble des citoyens actifs. Comme tout Français peut l'être, pourvu qu'il paye trente sous de taille, même juif, même protestant, même franc-maçon, même athée, il s'ensuit que des non-catholiques, des ennemis du catholicisme éliront le clergé catholique.

– C'est incroyable! dit Fortunat.

– C'est exécrable! dit Auzenat.

– C'est abominable! dit Lenègre.

Arrive le dimanche de sa publication. La campagne rissole sous le feu de Dieu. Dans l'église, il fait sombre et frais. Les fidèles ne se hâtent pas de sortir. Les lieux sentent la transpiration humaine et un peu le suint moutonnier. Ayant rangé lentement les objets du culte, les trois prêtres s'enferment dans la sacristie, s'agenouillent, prient en silence. « Oui, oui, je ferai cette proclamation inouïe, mais je voudrais qu'il n'y eût personne pour l'entendre. » Ils sortent enfin. Des hommes, des femmes bavardent devant la porte du cimetière. Un enfant, de sa baguette, fouette les orties. Eux restent debout, côte à côte, sous la ganivelle, muets, comme trois qu'on va pendre. Enfin Raymond agite sa sonnette. Il lit le texte d'une voix morte. Quand il l'a terminé, il regarde les présents; les uns ont compris, d'autres rien du tout; des yeux s'écarquillent, des bouches béent.

– Qu'est-ce que ça veut dire? interroge un Martin.

– Ça veut dire que je vous donne ma démission. Que je ne suis plus votre maire.

Il a trouvé cette riposte absurde, comme le diable qui bat sa femme chaque fois qu'il perd au jeu de quilles. Tout le monde, du moins, comprend qu'il est fâché contre la Révolution. Que leur importent à eux nomination ou élection pourvu qu'ils aient un prêtre consacré? On regarde sa figure austère, sa tête grise, ses yeux quelque peu louches. Quelqu'un ose applaudir, Jean Saint-Rame, un mécréant de première, malgré son nom, depuis l'âge du catéchisme où il crachait dans le bénitier.

– Vive la Nation! crie-t-il. Vive la liberté!

Comme si cela signifiait : mort aux prêtres, mort à l'Église, mort à Dieu. Ses camarades embouchent la même trompette. Le reste se tait. Fortunat veut parler de nouveau; mais Saint-Rame et les siens couvrent sa voix de leurs clameurs. Alors les trois prêtres rentrent dans l'église, ferment la porte derrière eux, au nez de l'indifférence.

La démission de Fortunat de ses fonctions municipales fut cependant suivie de plusieurs autres. Si bien que la population dut élire un nouveau conseil général, ce qui se fit avec beaucoup de désordres, d'injures, de vociférations. Au terme de ce bacchanal, le notaire Amable Murent se trouva porté à la tête de la commune.

Chanonat ne disposait toujours pas, cependant, de mairie; les assemblées se tenaient au domicile du maire. Après discussion, les municipaux jetèrent leur dévolu sur l'église Saint-Jean, dépendance de la Commanderie. Elle leur fut accordée contre un franc symbolique par le directoire du département. Elle se trouvait fort délabrée, vide de tous meubles, balayée par les courants d'air, peuplée de chauves-souris. On la garnit d'un fauteuil, de sept chaises rembourrées, de dix chaises de paille, de bancs (car il reste, même après la nuit du 4 août, des culs privilégiés et des culs sans privilèges, révérence parler), d'une table, d'un coffre. Le jour où le conseil se préparait à l'inaugurer, les partisans de la religion, rassemblés devant les portes, s'y opposèrent violemment, criant à la profanation. Rien ne put se faire.

– Puisqu'il en est ainsi, cria Murent, moi aussi je vous fous ma démission!

Chanonat termina l'année 90 sans conseil municipal et ne s'en porta ni mieux ni plus mal. Certains même commencèrent d'apprécier les délices de l'anarchie. Ils paissaient leurs troupeaux dans les pâturages, dans les vignes de n'importe qui. Et nul ne s'avisait de verser dîme ni cens. Seule la taille était partiellement recouvrée, puisqu'elle était indispensable aux citoyens actifs.

La bande à Saint-Rame alla plus loin dans le désordre. Chaque dimanche, à la sortie de la messe, son chef prêchait devant l'église contre les prêtres et les aristocrates :

– Il faut les réduire à la mendicité! Pendant des siècles, ils nous ont sucé le sang et les moelles. Tout leur appartenait, même nos âmes. Je veux qu'à présent ils viennent nous manger dans la main. Et que leurs filles deviennent nos servantes et nos putains!

Sauf votre respect. Ses estafiers ricanaient et applaudissaient à tout rompre. Un matin, ils furent surpris en train de marteler les armoiries qui surmontaient l'entrée du château de la Bâtisse. La garde nationale les arrêta; mais le châtelain lui-même intervint en leur faveur : ils furent libérés.

Les moines du prieuré ne se montraient plus. Claquemurés, ils vivaient de leurs volailles, de leurs lapins, de leurs cochons. Défense leur était faite de vendre même un clou de ce qui avait été inventorié. Plus aucun voyageur ne s'arrêtait chez eux. L'abbé Lelong, leur dernier pensionnaire, profita de cette déchéance pour se laisser mourir. Il fut enseveli sous les dalles de leur chapelle, sans cloches ni lumières. *In tenebris.*

Pendant quelques mois, l'on ne parla plus de la Constitution civile du clergé. Puis on en parla de nouveau, quand des Culs-Blancs descendirent de leurs cavernes pour informer les Culs-Noirs – respect que je vous dois – d'un décret nouveau : il obligeait tout ce qui portait froc ou soutane à prêter serment à ladite Constitution civile. Leur curé, le vieil abbé Laforie, avait juré sans résistance, en public, sauf qu'il s'était trompé de main, levant la gauche qui porte malheur, au lieu de la droite, fortunée.

En décembre, petit supplément : les non-jureurs seront considérés comme démissionnaires de leur charge et chassés de leurs églises. Une lettre de dom Fortunat, le député chartreux, informe son frère que la plupart des députés ecclésiastiques représentant l'Auvergne à l'Assemblée Nationale ont prêté serment. Entre autres, Bonnefoy, chanoine de Thiers; Bourdon, curé d'Évaux; Brignon, curé de Dore-l'Église. Et lui-même, dom Fortunat. Il exhorte son jumeau à l'imiter; il ne voit dans cette Constitution « aucun article qui heurte le spirituel ». Mais un mandement de Mgr Bonal souffle un vent contraire : « Ceux qui dirigent notre Église depuis sa naissance ne peuvent passer son gouvernail à des mains profanes ou étrangères. Il sera donc permis de prêter serment d'obéissance à cette Constitution seulement lorsqu'elle se trouvera confirmée par le Chef de l'Église, Sa Sainteté le Souverain Pontife. »

En attendant cette permission, Fortunat ne jure point. Il est d'ailleurs étrange que ces révolutionnaires, ennemis pour la plupart de l'Église et de Dieu qu'ils font disparaître de leurs discours, le remplaçant par l'Être Suprême, aient une si grande sollicitude envers ses serviteurs qu'ils veuillent acheter leur adhésion par un salaire.

Noël fut d'une grande tristesse, sans messe de minuit, sans crèche, sans chandelles, avec tout juste une messe basse le matin du 25 célébrée furtivement par M. Lenègre, le plus jeune des vicaires.

7

A l'opposé des années précédentes, les premiers jours de 1791 se montrèrent d'une inquiétante douceur. Les perce-neige dans les bois, les primevères dans les prés, les ellébores des talus, trompées par la température, s'écarquillèrent dès la Sainte-Paule. Rarement les blés de cette saison avaient été aussi verts. Les vieillards secouaient la tête :

« Il leur manque une couverture de neige. Sous la neige, il y a le pain. »

Vers la fin du mois, en effet, de fortes pluies ravinèrent les versants, entraînèrent la terre jusqu'aux rives de l'Auzon qui en emporta des charretées pour les jeter au loin dans l'Allier et dans la mer qui n'en ont aucun besoin, puisque leur lit en est comble. Ainsi la richesse va aux riches et les pauvres rongent le talon de leur sabot.

Le dimanche 30 janvier, l'abbé Fortunat, qui avait disparu plusieurs semaines, célébra de nouveau et annonça dans son prône :

– Mes bien chers frères, voici la plus triste nouvelle que j'aie jamais eu l'occasion de vous communiquer : Mgr Bonal, évêque de Clermont et député du Puy-de-Dôme, a été déchu d'un siège qu'il occupait depuis quinze ans. Qui l'a chassé? Le directoire de sa ville. Le motif de cette déchéance? Il refuse de prêter serment tant que le Souverain Pontife ne l'y autorise pas. Mais pourquoi, demanderez-vous, le pape se tait-il? Nous connaissons bien ses sentiments: il les a exprimés par plusieurs lettres à nos évêques; s'il juge bon de ne pas condamner encore la folle Constitution civile, c'est pour garder aussi longtemps qu'il peut de bonnes relations avec la France, fille aînée de l'Église, même en proie au délire. Pour nous qui perdons Mgr Bonal, c'est comme si nous perdions notre père.

Quelque temps plus tard, Antoine Vasson, le nouveau maire, cloua sur l'entrée de l'église Saint-Jean devenue maison commune une liste d'un millier de noms. On y lisait, en deux colonnes à peu près égales, les ecclésiastiques jureurs du département et les non-jureurs. Parmi ces derniers, les trois prêtres de Chanonat. Le soir même, Raymond Fortunat vint frapper à la porte de son ami Pierre Veysse, laboureur et charron. Quand ils furent en tête à tête devant les braises rougeoyantes:

– Je voudrais, dit-il, mon cher Pierre, te vendre ma maison.

– A moi, Monsieur le Curé? Comment donc?

– Tu sais où nous en sommes. Notre évêque ayant été chassé de son diocèse, je m'attends à l'être de mon église. Aussi, voulant mettre à l'abri ce seul bien qui me soit personnel, je veux te le vendre pendant qu'il est encore temps.

– Avec quel argent le paierai-je?

– Avec celui-ci.

Il tira de son bréviaire des images pieuses, qui s'avérèrent trois assignats de quatre cents livres.

– Vos économies? dit le charron éberlué. Et vous rempaillez des chaises!

Mais Raymond, souriant:

– Rassure-toi. C'est de l'argent d'emprunt. Il ne

fera que passer entre nos doigts. Voici donc la manière. Nous ferons rédiger l'acte par Maître Murent et le signerons tous deux. Devant lui, tu me remettras ces mêmes billets, que je retournerai peu après au prêteur. Ainsi, tu deviendras sur le papier le propriétaire de ma maison. Tu pourras même la louer à qui bon te semblera si un jour je dois la quitter.

– Où irez-vous?

– Je ferai le tour du monde, comme le Juif errant. Mais ensuite je reviendrai. Quand la Révolution sera finie. Quand tous les hommes seront redevenus sages. Si je peux vivre jusque-là. Alors, tu me rendras la propriété de ma maison, si tu veux bien.

Les choses se firent ainsi.

Le 13 février, Fortunat est toujours à son poste quand il est désigné par les Chanonatois, ainsi qu'Amable Murent, pour se rendre à Clermont afin d'élire le remplaçant de Mgr Bonal. Il a songé d'abord à refuser cet honneur; mais ensuite il juge préférable d'aller faire entendre sa voix ecclésiale parmi ces épiciers, apothicaires, avocats, médecins qui vont se permettre de parler religion. Par prudence, il se déguise en verdurier, monte sur une bourrique d'emprunt chargée de choux et de pissenlits, et se met en route avant le jour dans la campagne froide et brumeuse, de conserve avec le notaire. Ils arrivent, le chapeau givré, aux abords de la cathédrale, grouillants de cabriolets, d'ânes bâtés, de chevaux, de piétons. Attachent leurs montures aux anneaux de fer. Fortunat fait manger à sa bête des pissenlits et des choux apportés. Au-delà de la fontaine d'Amboise, le palais épiscopal a fermé ses contrevents percés d'une croix pour signifier que son légitime occupant est en voyage; deux fenêtres seulement restent visibles, derrière lesquelles se tapit son grand vicaire.

Peu à peu, tout ce monde, moins les quadrupèdes, entre dans la Grande Église illuminée de tous ses lustres, encombrée de tables, de chaises, de bancs, de fauteuils, de paperasses, d'encriers, de chaufferettes. Parmi tous ces citoyens actifs, un seul ecclésiastique reconnaissable, un oratorien en tricorne, culottes et bas noirs sous sa pèlerine. Mais plusieurs sont venus en déguisement laïc. Ainsi Benoît Calemard, curé de Plauzat, André Dufraisse, curé de Vernines, Denis Jaffeux, doyen du Pont-du-Château. Deux banderoles tendues entre les colonnes disent: « Vive la Nation! Gloire à l'Être Suprême! » Des curieux laïcs entrent aussi par la porte des Gras, le chapeau sur la tête, se pressent dans la nef, cancannent, fument la pipe, se désopilent, cassent la croûte ou boivent bouteille. Séparés de ce peuple par la dentelle de pierre du jubé, les électeurs s'efforcent de délibérer malgré le hourvari. De temps en temps, l'un d'eux s'avance jusqu'à la nef et réclame :

– Un peu de silence, vous autres, par la mordieu!

C'est dans ces conditions que doit être élu le nouvel évêque. L'assemblée est prise en main par la société des Amis de la Constitution qui a imposé deux de ses membres, le médecin Monestier (frère du curé de Saint-Pierre) comme président et l'avocat Téallier, ex-syndic de Trézioux, comme secrétaire. A Monestier revient aussi l'honneur du premier discours :

– Citoyens, consultez-vous les uns les autres, examinez votre conscience, votre courage, votre loyauté envers les décrets de l'Assemblée Nationale. Nous y emploierons le temps qu'il faudra, sourds aux sollicitations comme aux protestations qui peuvent nous venir de l'extérieur. Mais avant la fin de cette réunion, l'un de nous sortira d'ici avec les insignes d'évêque de Clermont!

Monestier s'exprime dans les tons aigus, si bien que par instants l'on croit entendre un castrat. Cela donne un certain malaise, on voudrait l'aider, on respire à sa place.

– Avant d'aller plus loin, je prie les délégués des communes de se présenter autour de la grande table, de faire vérifier leurs pouvoirs par notre secrétaire. Simple formalité.

La simple formalité dura jusqu'au soir. Raymond Fortunat récupéra son âne, ce qui restait de ses choux et s'en fut demander l'hospitalité à son cousin, le barbier-chirurgien Cougoul demeurant rue Beauregard, proche la Poterne. Il fut bien reçu par cette famille qui traversait sans encombre la Révolution grâce aux soins de rasoir et de lancette que Cougoul prodiguait aux trois Ordres de la société clermontoise. Il avait parmi ses clients Gaultier de Biauzat, l'ancien maire de la ville, et Antoine Sablon, le nouveau; aussi bien des chanoines que des tonneliers, des aristocrates que des démocrates. Le cousin Raymond fut logé au second étage, d'où il voyait, pardessus les toitures des Augustins et du grand séminaire, les collines vineuses de Durtol, de Royat; plus haut, le front patriarcal du puy de Dôme. Son âne fut installé dans l'écurie, sur de la paille fraîche, près des chevaux de la maison; les fillettes du barbier descendirent lui caresser les naseaux et les oreilles.

Cougoul sortit une liasse d'assignats avec laquelle il se proposait d'acquérir des biens nationaux.

– De quelle espèce? interrogea Raymond.

– Je ne sais pas encore. Cela dépendra des occasions et des prix. Des jardins, des prés, des bois. Ou peut-être un couvent. Un petit. Celui des cordeliers, par exemple. Ne vaudrait-il pas mieux qu'il tombât entre mes mains, à moi qui suis un ami de l'Église?

– Peut-être la cathédrale?

– Non, non. Cela dépasse mes ambitions. Et qu'en ferais-je?

Raymond passa une mauvaise nuit dans cette ville sur laquelle les cloches ne sonnaient plus. Seule l'horloge de la Bayette scandait encore les heures, les quarts et les demies. Le lendemain matin, il se mêla à nouveau dans la Grande Église au tohu-bohu de la veille. A peine y eut-il posé le pied qu'il se trouva mis en cause par le président Monestier :

– J'ai fait, dit celui-ci, dresser à part une liste de quarante-deux noms : ceux d'ecclésiastiques ici présents à qui je demande, s'ils ne l'ont fait précédemment, de jurer obéissance et respect à la Constitution civile du clergé. Faites cela à l'appel de votre nom.

Trente fois la même formule fut répétée : « Je jure obéissance et respect... » Vint le nom de Blaise Rochette dit de Lempdes, ci-devant chanoine de la cathédrale.

– Je jure, dit celui-ci, obéissance et respect à ladite Constitution sous réserve du spirituel.

Et Monestier :

– Tu dois jurer sans restriction aucune. Sinon, ta réserve vaut refus.

– Je n'ai rien à ajouter.

Raymond Fortunat se leva de son banc :

– Il y a dans la grande Assemblée Nationale de Paris plusieurs ecclésiastiques qui n'ont pas juré. Je ne vois pas la nécessité de nous imposer ce serment dans une petite assemblée départementale.

– Alors, glapit Monestier, vous serez exclus de vote tous les deux!

Clameurs, applaudissements. L'abbé Dufraisse, curé de Vernines, exhorte ses confrères, au nom de Dieu et de la Patrie, à accepter une Constitution non moins réclamée par la religion que par les intérêts temporels des religieux.

– Qu'entendez-vous par nos intérêts temporels?

– Je parle des pensions promises, qui nous permettront de vivre dignement.

– Pour moi, je place ailleurs ma dignité.

A ce moment, un citoyen actif qui se trouvait derrière Fortunat lui envoie une gourmade dans les reins, en criant :

– Jureras-tu, curé du diable! Ton pain quotidien assuré ne vaut-il pas que tu lèves la main?

D'autres se jettent sur le citoyen actif pour l'arrêter. D'autres, à l'inverse, secouent comme prunier le curé de Chanonat qui, voulant échapper au martyre, recourt à la défense du chat sauvage. Lorsque cet animal se voit menacé par un chien, il lui bondit sur l'échine, enfonce les griffes dans sa bourre et se tient ainsi cramponné, inaccessible, le temps qu'il faut. Raymond sauta donc de même sur le dos du plus violent, lui serra le gosier du bras gauche, lui coinça les bras des deux jambes, tandis que son agresseur essayait vainement de se défaire de lui par des tourbillons. Plusieurs amis, dont Maître Murent, vinrent enfin à son secours, l'entraînèrent jusqu'à la plus proche boutiquette de rigatterie. Mais les gens de la nef s'ameutèrent devant la porte, criant à mort, à la lanterne. Il fallut des négociations et des politesses infinies pour convaincre ces braillards de se disperser. Fortunat put enfin sortir, retourner chez son cousin Cougoul à qui il narra les violences qu'il avait dû subir.

– Restez ici, en sûreté, jusqu'à la fin des débats, lui recommanda le notaire. Je vous rapporterai la suite des événements.

Murent regagna la cathédrale où, après l'expulsion des deux prêtres non-jureurs, les choses sérieuses commencèrent. La société (mais on commençait à dire le club) des Amis de la Constitution proposait aux suffrages clermontois les candidatures de trois assermentés : Sieyès, qui avait rédigé le serment du Jeu de paume; Brignon, curé de Dore-l'Église; Bourdon, curé d'Évaux. Tous trois absents. Un groupe de Riomois, autour de Mandet, vicaire à Saint-Amable, en avancèrent une quatrième : celle de Jean-François Périer, originaire de Grenoble, mais parent lointain de Florin Périer, beau-frère de Pascal, et supérieur du collège oratorien d'Effiat où il avait longtemps enseigné la théologie. Sa haute, maigre et sombre silhouette avait fait impression sur ces tremblants défroqués. Il prit la parole, non pour soutenir sa propre cause, mais pour se défendre d'être candidat :

– Non, mes amis, je n'aspire point au siège épiscopal, persuadé que je suis de ma faiblesse et de mon indignité. Si, cependant, vous jugiez bon de me l'attribuer malgré moi, soyez certains, mes vénérables coopérateurs, que je ferais tout pour l'assumer dans un esprit de justice, de paix, de charité chrétienne. Lorsque nos représentants ont établi la Constitution civile du clergé, j'ai reconnu avec la plus vive satisfaction les principaux règlements de notre ancienne discipline. J'ai vu avec transport qu'on rendait à notre Église sa véritable gloire, au sacerdoce son antique splendeur. Comptez sur moi pour sauvegarder ces retours, menacés par le conservatisme de la puissance vaticane et de ses suppôts. Pour convaincre par la douceur et la tolérance ceux de nos collègues qui hésitent encore à prêter serment. Que le Saint-Esprit vous éclaire et que le Père Tout-Puissant vous bénisse.

Explosion de bravos. On passe au vote dans le chapeau du maire, Antoine Sablon. Sur trois cent quarante-deux suffrages exprimés, Périer en obtient deux cent neuf. Les autres se dispersent sur Brignon, Bourdon, Sieyès, Grégoire d'Amberménil. Cinq vont à Rochette de Lempdes, huit à Raymond Fortunat.

Une voix s'est portée sur Galopin, le chien du bedeau de la cathédrale. Le nouveau prélat reçoit des félicitations, s'étonne de son succès, fait l'éloge de son prédécesseur et promet de lui rendre son siège aussitôt qu'il aura consenti à jurer.

– Venez à mon secours, conclut-il, par vos prières, car j'en aurai grand besoin.

Ainsi, l'évêché de Clermont passe aux mains du jansénisme.

Pour être plus sûr de la conduite de Périer, le corps électoral lui adjoint une garde prétorienne de seize vicaires généraux, dont le premier est Benoît Monestier, curé de Saint-Pierre.

Tous ces événements furent rapportés par Amable Murent au curé de Chanonat. Celui-ci, n'ayant digéré ni son éviction, ni sa défense de chat sauvage, rédigea une pétition à l'Assemblée Nationale où il racontait les violences exercées contre lui. Il passa le reste de la semaine à courir la ville, à frapper aux portes d'électeurs raisonnables. Il obtint cent cinquante signatures, adressa le tout à Paris par l'entremise de son frère, le député chartreux. En attendant de connaître les effets de sa démarche, il regagna sa paroisse. Informés des dangers qu'il avait courus, ses fidèles envoyèrent un détachement de la garde nationale l'attendre aux portes de Clermont. Et c'est ainsi que, monté sur son âne, il rentra dans Chanonat comme Jésus-Christ dans Jérusalem.

Quelques jours plus tard, il rendit une visite de remerciement à M. Labâtisse, commandant de la garde. Celui-ci voulut savoir très exactement ce qui s'était passé dans la cathédrale, comment il avait été attaqué, par quel moyen il s'était défendu.

– Par la tactique du chat sauvage.

– Jamais entendu parler de ça.

M. Labâtisse le pria d'en faire la démonstration, un de ses palefreniers acceptant de jouer le rôle du citoyen actif: l'abbé lui bondit sur le croupion, lui immobilisa bras et jambes. Le palefrenier eut beau s'ébrouer, il ne put lui faire lâcher prise, aux grands éclats de rire des présents.

– Je vois, Monsieur, conclut le vieux militaire, que l'Église n'est pas facile à désarçonner.

On trinqua à la victoire du Saint-Esprit. Puis le châtelain exprima les craintes qu'il nourrissait lui-même sur l'avenir de sa maison :

– On a déjà martelé mon portail. Je m'attends à voir un de ces jours les séditieux nous envahir, nous mettre à sac, nous incendier comme ils ont fait en maints endroits. Que deviendront mes enfants, mes petits-enfants? Certes, les Chanonatois sont gens raisonnables, excepté cinq ou six mauvais sujets. Mais tous les environs sont embrasés par la fureur des nouveautés. Nadaillat est tout entier corrompu. Theix, presque au même point. Au Crest, à la Roche, à Opme, à Jussat, tout est révolutionnaire. A Varennes, il n'y a de bon que Beaugeix et sa femme. Monsieur le Curé, vous brûlerez pour moi dans votre église un cierge de dix sous devant l'autel de la Vierge.

MM. Auzenat et Lenègre, ses vicaires, quoique non-jureurs comme lui, se montraient en revanche pleins de sérénité :

– C'est l'avantage, dit l'un, de ne posséder rien que les vêtements que l'on porte et ses quatre membres. Si nous sommes chassés de nos fonctions, nous serons colporteurs, instituteurs, bûcherons, hacheurs de paille. Nous gratterons la terre comme les poules : il serait bien surprenant que nous n'y trouvions quelque vermisseau.

– Mon grand-père, dit l'autre, raconte qu'autrefois, les années de famine, on mangeait des soupes d'herbes et du pain de châtaignes.

– Nous émigrerons à l'étranger comme la marquise de Lignères. Nous enseignerons le français aux petits Suisses, aux petits Hollandais, aux petits Allemands.

Personne cependant ne les empêchait encore de pénétrer dans leur église. Ils y célébraient toujours la messe et y distribuaient les sacrements.

Vint de Clermont une lettre pastorale du nouvel évêque adressée à tous les ecclésiastiques, sans distinction de serment ou non-serment. Il s'y présentait le rameau d'olivier dans le bec :

« Nos Très Chers Frères, Porté malgré moi par les fidèles et par la miséricorde de Dieu, me voici à la tête de ce diocèse dans la communion du Saint-Siège apostolique. Je puis, comme autrefois saint Ambroise, prendre beaucoup d'entre vous à témoin de ma résistance. Mais enfin, sachant que le siège épiscopal ne pouvait, ne devait rester vide, je me suis résigné à devenir le successeur de Mgr François de Bonal. J'ai toujours apprécié, N.T.C.F., les mérites et les vertus de cet admirable prélat. Je l'ai informé respectueusement de mon élection, disant que je l'avais acceptée uniquement pour le bien de la paix et dans le désir très sincère de lui conserver sa place; je l'ai conjuré de satisfaire à la Loi en lui protestant que j'étais prêt à me retirer dès qu'il aurait obéi à la Nation et au Roi. Il m'a répondu, hélas, qu'il ne prêterait jamais le serment. »

Puis il expliquait à la comprenette de ses subordonnés le sens profond de la Constitution civile du clergé :

« L'autorité suprême de l'Église est fondée sur son infaillibilité. Mais ce privilège ineffable porte uniquement sur ce que Jésus-Christ a ordonné à ses apôtres de nous enseigner; il ne concerne que les objets immuables de la foi, des mœurs, des commandements divins; il ne saurait s'étendre à la police, à la discipline, au régime extérieur, qui ne sont que des moyens humains et variables pour faciliter l'enseignement du dogme et de la morale. Dès qu'il ne s'agit plus des vérités révélées, l'Église cesse d'être indépendante : elle est soumise aux puissances que Dieu a établies lui-même pour commander à tous. Supposons un instant que ce souverain soit incompétent. Vous n'en seriez pas moins tenus de lui obéir, N.T.C.F. Pour vous en convaincre, je mettrai sous vos yeux le témoignage de saint Jean Chrysostome, traité de la manière la plus injuste par un tribunal, intimement convaincu de la nullité de la sentence prononcée contre lui. Voici néanmoins le discours qu'il tint à de saintes femmes avant de partir pour l'exil : " Venez, mes filles, écoutez-moi. Ma fin approche, j'ai achevé ma carrière et peut-être ne verrez-vous plus mon visage. Ce que je vous demande, c'est que votre affection pour l'Église ne se relâche point et que, lorsque quelqu'un aura été fait évêque à ma place, vous baissiez la tête devant son regard comme devant le mien. Car l'Église ne peut être sans évêque. "

« Écartez donc, N.T.C.F., de votre esprit toute idée de schisme. Vos anciens et vos nouveaux pasteurs annoncent le même Dieu, le même Évangile, offrent le même sacrifice, administrent les mêmes sacrements. On ne diffère que sur la police, la discipline, le régime extérieur de l'Église. Pour rester vraiment dans son sens, il suffit de lui être uni de cœur; de donner des preuves extérieures de son orthodoxie en communiquant avec tous les évêques du monde; de rester attaché au pape, comme au chef spirituel de l'Église universelle. C'est ce que nous avons fait personnellement, N.T.C.F., en adressant à S.S. Pie VI notre Souverain Pontife une lettre de communion et de vénération. »

La pastorale s'achevait par une exhortation aux prêtres insermentés afin qu'ils se décidassent à se mettre en règle :

« Qu'est-ce qu'un scrupule de conscience sacrifié au prix de ce qu'il rapporte? N'attachez pas, N.T.C.F. insoumis, une importance excessive à un geste accompli, à quelques paroles prononcées du bout des lèvres, puisque ces formules doivent ramener la concorde dans notre Église divisée. Oubliez-les, oubliez-vous vous-mêmes comme ont déjà fait la moitié de vos confrères. *Oblivisci tui ut non oblitus...* »

Au reçu de ces quatorze pages imprimées par Antoine Delcros, rue de la Treille, à Clermont-Ferrand, les trois prêtres de Chanonat se sentirent secoués d'une sainte indignation :

– Quel chef-d'œuvre d'hypocrisie!

– Ne nous conseille-t-il pas de jurer avec restriction de conscience, dans le plus pur style casuistique?

– Cela mériterait une riposte cinglante!

Fortunat y réfléchit en rempaillant ses chaises, car le travail mécanique des mains libère la pensée. Parfois, sa prudence lui reprochait : « T'appartient-il, à toi, pauvre curé de campagne, de contrecarrer un prince de l'Église, même peu légitime? N'est-ce pas là un péché d'orgueil? Qui te désigne pour parler au nom de beaucoup? » A quoi il répondait : « Ma conscience. » Au terme de ce débat, il prend une belle feuille blanche et rédige sa « Réponse d'un curé de campagne à la lettre soi-disant pastorale du R.P. Périer » :

« Jésus-Christ l'a prédit, qu'il s'élèverait de faux prophètes qui travailleraient à ruiner les plus solides fondements de la religion chrétienne. Voilà le double caractère sous lequel il les dépeint : " Ils viennent à nous vêtus comme des brebis, et au-dedans ils sont des loups ravisseurs. " N'est-ce pas, mon père, avec ce double caractère qu'on vous a vu paraître dans ce diocèse? »

Il défend vigoureusement les non-jureurs d'être responsables d'un schisme éventuel, car eux se contentent de la fermeté dans leurs positions antérieures, cependant que les fauteurs du bouleversement veulent leur imposer des pirouettes.

« La moitié, dites-vous, du clergé auvergnat a pris ce dernier parti, et vous appelez l'autre moitié à la rejoindre? Sifflement trompeur du serpent! N'est-ce donc pas se séparer de l'Église deux fois millénaire et du Saint-Siège que de soutenir de tout son pouvoir la nouvelle organisation du clergé qui transporte arbitrairement la juridiction spirituelle entre les mains de ceux qui ne l'ont point, et l'ôte à ceux que l'Église a déjà investis? N'est-ce pas ainsi que se forme le schisme? Qui donc a dénaturé le régime ecclésiastique traditionnel en y transportant une forme républicaine foncièrement opposée à son esprit d'indépendance et d'unité? Qui donc veut donner au Saint-Siège une simple autorité de nom et rendre le Souverain Pontife étranger au gouvernement de l'Église française? »

Reprenant un à un les arguments de Périer, ses références à Jean Chrysostome et autres saints, Fortunat s'efforce de les détruire. Sa diatribe s'achève par une prière et une menace :

« Ô France! Ô ma chère Patrie! Serait-elle donc rompue à jamais, cette chaîne apostolique qui t'a unie sans interruption à Jésus-Christ par la succession de tes évêques? Non, il n'en sera pas ainsi. Tu renfermes encore dans ton sein un grand nombre de justes qui feront violence au soutien de la justice de Dieu. C'est de là que partira, nous l'espérons, le coup heureux qui abattra les schismatiques et les fera tomber enfin du sommet où la force publique et le crime les ont portés.

« Je suis, mon Révérend Père, votre très humble serviteur. Anti-Périer, curé de campagne. »

Les trois complices rirent bien de cet « Anti-Périer » qui se dressait contre l'Antéchrist venu d'Effiat. Enfin, Raymond remit le texte à son fidèle Pierre Veysse :

– Descends jusqu'à Clermont. Va-t'en chez Antoine Delcros, imprimeur, rue de la Treille – car je veux que mon antipastorale soit composée avec les mêmes caractères. Et rapporte-m'en mille copies.

– Ne vous causeront-elles pas de graves ennuis? Avez-vous le privilège du Roi pour imprimer?

– Le privilège du Roi n'est plus nécessaire à présent, puisque nous avons la liberté de la presse.

Il fut soudain frappé par cet article de la « Déclaration des Droits de l'Homme » dont il bénéficiait pour la première fois; sa conscience en éprouva un prurit. « Bah! répondit sa prudence. Au milieu de tant de nouveautés néfastes, il peut bien s'en être glissé par hasard une ou deux qui soient profitables. »

Pierre Veysse s'en fut à pied, car il avait la jambe longue, et s'acquitta de la commission à souhait. Les mille contre-lettres furent rapportées, tout odorantes encore d'encre au bois de Campêche. Pendant la semaine qui suivit, les trois prêtres les plièrent en quatre, les scellèrent à la cire rouge et les expédièrent à mille prêtres, couvents ou bourgeois du Puy-de-Dôme.

Paris, ce 29 mars 1791

« Mon bien cher frère,

« Comme tu me l'avais demandé, j'ai présenté ta pétition contre les violents de la cathédrale au président de notre Assemblée, qui l'a lue d'une voix forte. Mais alors le citoyen Biauzat s'est levé pour rappeler que le club clermontois des Amis de la Constitution déposait contre toi une plainte comme assassin du corps électoral. L'affaire a été débattue entre lui et moi, quoique je désapprouve ton refus de serment, que j'espère provisoire. La Constituante, qui s'emploie à enfanter un monde nouveau, se trouve fréquemment mêlée par ses membres à des guerres de clôtures ou de poulaillers, chaque député croyant de son devoir de soutenir les bisbilles de ses électeurs. Elle s'en tire en renvoyant à plus tard sa décision et en passant à l'ordre du jour. C'est ce qu'elle a fait devant ton cas. Prends donc patience, mon cher frère assassin, et sois sûr que je ne t'oublie pas au milieu de toutes nos émotions.

« Nous en avons eu de rudes depuis trois semaines. Lors de cette journée du 28 février, par exemple, où l'on vit l'Auvergne, en la personne du général La Fayette, sauver le Roi de France. Elle commença quand une bande d'émeutiers voulut à Vincennes répéter le 14 juillet. A certains travaux de restauration qui avaient commencé au donjon, les habitants du lieu s'imaginèrent qu'on y préparait une autre Bastille. Les voilà qui pénètrent dans le château, armés de pics, de pioches, de barres, grimpent jusqu'au sommet, entreprennent sa démolition. Déjà les pierres pleuvent. On avertit La Fayette qui accourt avec un bataillon de bonnets à poils. Il harangue les émeutiers, les convainc de leur erreur, réussit à les chasser du château sans autres dommages.

« Le soir, vers les dix heures, le voici aux Tuileries mêlé à une autre embrouille : "Il y a, lui dit son major général, M. Gouvion, trois ou quatre cents gentilshommes dans les appartements de Sa Majesté, tous armés de poignards et de mauvaises intentions. Ils prétendent débarrasser le Roi des patriotes qui le surveillent et répéter sur eux la Saint-Barthélemy."

La Fayette s'emporte d'abord contre ces champions intempestifs; la garde nationale n'est-elle pas faite pour cela? Louis XVI sort enfin de ses appartements; il n'avait rien remarqué. Les Tuileries ont de si vastes dimensions qu'on pourrait tirer du canon à une extrémité sans être entendu de l'autre. Il s'avance vers les gentilshommes qui ont déjà le stylet au poing, leur ordonne de rengainer, et à la garde de les expulser du château. Son désir est exaucé avec zèle. Comme ces messieurs semblent faire des façons, les coups de pied au cul et les coups de crosse se mettent de la partie, si bien qu'ils en reçoivent gratis plus qu'ils n'en avaient demandé. Un grenadier saisit au collet certain chevalier de Malte, lui fait descendre l'escalier sur le derrière. Un maréchal de France est chassé à coups de botte au même endroit. M. Duval d'Espréménil en a aussi le postérieur grièvement atteint, car les gardes se le font passer de pied en pied pour le simple plaisir. Il serait vain de vouloir compter tant de soufflets, de bourrades, de torgnoles distribués à ces ci-devant, et de très grand cœur. Le général La Fayette ne s'est jamais montré si furieux que ce jour-là, car lui, qui s'exprime d'ordinaire avec la plus parfaite distinction, n'eut un moment à la bouche, comme le journal du *Père Duchesne*, que des b..., des f..., des c... et des m... Pardonne-moi ces détails, mon cher frère, mais il faut bien parfois rire un peu. Et nous n'en avons, hélas, plus beaucoup l'occasion.

« Cinq jours plus tard, par exemple, voici un nouveau motif de tristesse; le Roi tombe malade. Chaque soir, ses médecins affichent aux portes des Tuileries un bulletin de santé devant lequel les Parisiens se rassemblent. On se montre du doigt la fenêtre de la chambre royale. Des femmes s'essuient les yeux, d'autres s'agenouillent. Enfin, le 15 mars, le bulletin annonce une amélioration. Explosion de joie dans tout Paris. La nuit d'après, chaque fenêtre s'éclaire d'un lampion pour célébrer l'heureuse nouvelle. Le dimanche, Notre-Dame, pleine à craquer, chante un *Te Deum* d'une heure et demie, sur diverses variantes: *Domine salvum fac regem... salvam fac legem... salvam fac gentem...* A croire que tout Paris entend le latin. L'amour que porte ce peuple à son Roi aussi bien que sa piété sont incroyables.

« De la seconde, j'ai eu voici trois jours un autre exemple. Revenant de l'Assemblée, je me laisse attirer par un attroupement devant Saint-Germain-des-Prés. Faisant certains travaux, les maçons ont découvert une pierre sarcophage. Ils la soulèvent: elle contient la dépouille d'un ecclésiastique assez bien conservé pour son âge, puisqu'il doit avoir dans les quatre cents ans. L'étole même est reconnaissable, ainsi qu'une partie de ses vêtements. Il n'en faut pas plus pour qu'aussitôt il passe pour un saint. On accourt de tous les quartiers; chacun veut emporter un bout de l'étole, de la soutane, du surplis. Le saint n'a cependant accompli aucun miracle car, l'affluence passée, plusieurs personnes se sont aperçues que leur montre, leur bourse ou leur mouchoir s'étaient envolés.

« Voilà, mon cher frère, quelques-uns des événements auxquels j'assiste dans cette ville prodigieuse où chaque jour amène un accident, un bonheur, un désastre comme ceux qui ont fait l'histoire de Rome et que nous raconte Tite-Live. Ma santé est bonne et je ne demande qu'à vivre encore un peu pour assister à la conclusion de tout cela. Ton frère affectionné,

« Christophe Fortunat. »

8

Geneviève estime venu le moment de se rendre à Paris. Ses amis l'y encouragent. Ses prophéties le lui commandent. Elle emporte dans ses bagages des vêtements, du linge, une couverture, trois chapelets, les manuscrits de ses prédictions et un coffret de truffes cueillies en février, bien brossées et séchées au feu; car la truffe est une monnaie à laquelle peu de consciences résistent. Geneviève se rend d'abord de Sigoulès à Périgueux, par la patache locale qui y met trois jours. Elle monte ensuite dans le coche de diligence qui part de la place de la Cloutre, devant l'église Saint-Front. C'est une voiture divisée en deux lobes; l'intérieur aux fenêtres vides, où six personnes sont assises face à face, sur des banquettes capitonnées de gros drap bleu; des pompons de laine rêche pendent çà et là, qu'on agrippe quand on se lève; le coupé, sur le devant, qui offre quatre places à supplément, gardées du vent, de la pluie, des poussières par des vitres. Au-dessus, l'impériale à capote de cuir reçoit les bagages; et aussi cinq ou six infortunés à demi-tarif qui voyagent à l'aveuglette, pressés les uns contre les autres. La diligence est donc composée de trois classes, comme la société française.

Mlle de Puyguilhem occupe un coin de l'intérieur.

A chaque arrêt, des bourgeois, des paysannes, des volailles montent ou descendent. Deux voyageurs restent cependant inchangés, qui vont comme elle jusqu'à Paris. Elle nomme l'un dans son esprit le « philosophe », parce qu'il est coiffé d'un bonnet en fourrure de taupe comme Jean-Jacques Rousseau; il passe en effet le plus clair de son temps à réfléchir, à regarder la campagne et à sommeiller; il s'endort même quelquefois profondément, sa mâchoire lui pend sur l'estomac. L'autre, élégant quinquagénaire – mais peut-être sexagénaire, car les perruques dissimulent les années – s'occupe de manière bien différente; il s'est juré de séduire sa jeune voisine. A trente-huit ans, elle conserve sa beauté, malgré ses efforts pour s'enlaidir. Il lui offre des violettes confites dans une bonbonnière de poche; du tabac à priser; des images de colporteur qui disent la bonne aventure. Par politesse, elle accepte d'abord. Il lui dit même son nom, Thibaud.

– Et vous?

– Geneviève.

Mais ensuite, encouragé par cette révélation, il se livre sur elle à tous les assauts préliminaires de la galanterie, la pressant de l'épaule et du pied, la chauffant de la cuisse, essayant même d'insinuer une main derrière ses reins. Bloquée dans son encoignure, elle fait mine de ne rien sentir, se contentant d'émettre des gémissements étouffés, que lui fait mine de ne pas entendre. D'autres fois, il sort de sa poche un boursicot et en compte ostensiblement le contenu. Mais pour qui la prend-il? Sa condition de fille seule peut en effet laisser croire qu'elle est une fille tout court. Comme il est loin de supposer qu'il cherche à peloter une prophétesse!

Le pire est à venir, c'est à l'auberge qu'il se produit. Sitôt qu'elle a soupé, elle s'enferme dans sa chambre, pousse le verrou, fait ses prières et puis se couche. Or, dès le premier soir, l'entreprenant Thibaud vient gratter à sa porte, tourne la poignée, secoue le battant, la supplie de lui ouvrir :

– Allez-vous me laisser geler ainsi dans le couloir?... Un peu de charité chrétienne, s'il vous plaît!

Ainsi jusqu'au premier chant du coq. Les cinq autres soirs, même combat. A Étampes, où le verrou manque, elle reste sur une chaise adossée à la porte. C'est plus tard, dans la diligence seulement, qu'elle pourra somnoler.

Après six nuits blanches, de relais en relais, par Limoges, Argenton, Châteauroux, Orléans, Étampes, elle atteint demi-morte la capitale, près du Pont-Neuf. Son galant voisin lui propose d'autres services :

– Un de mes amis va venir me prendre en carrosse. Voulez-vous que je vous transporte quelque part?

– Merci, Monsieur. Mon frère me transportera.

Il s'éloigne, dépité, sans même toucher le bord de son chapeau.

En fait, personne n'est à sa descente. Christophe Fortunat lui a pourtant écrit qu'il l'attendait tous les jours; mais il n'est guère raisonnable d'attendre sur place des coches que rien n'annonce; qui ont couramment trois ou quatre heures de retard; qui partent et arrivent quand ils peuvent. Autour d'elle, c'est un grand remuement de chevaux, de postillons, de voyageurs. Et quelques autres âmes perdues comme la sienne.

– Comment s'appelle cet endroit? demande-t-elle à un cocher.

– Le quai des Morfondus.

Immobile, son bagage à ses pieds, elle regarde l'horizon des toits et des clochers. La Seine qui coule. Les gardes nationaux en plastron blanc, habit bleu, manchettes rouges qui font sentinelle aux portes de la Conciergerie, sur laquelle flotte un calicot :

La patrie et la loi peuvent seules nous armer.
Mourons pour la défendre et vivons pour l'aimer.

La cohue des passants et des voitures sur le Pont-Neuf, devant la statue équestre du roi Henri. Ce printemps 91, la foule semble joyeuse. Les femmes vont d'un pas léger sous les plis flottants de leurs robes; un fichu de linon abrite leurs épaules, formant sur le devant de gros bouillons; leurs souliers sont bordés de soie rose falbalassée. Les hommes, tête nue, portent les cheveux coupés en rond, ou coiffés d'un chapeau taupé à cocarde. Beaucoup sont vêtus, comme les députés du tiers, d'un frac noir aux courts revers, aux basques évasées. On reconnaît quelques rares aristocruches en perruque poudrée, boucles d'or aux oreilles, dans un habit noir qui porte le deuil de leurs privilèges; deux montres dans leurs goussets, l'une à chaîne jaune, l'autre à chaîne blanche. Tous ces piétons se croisent, se dépassent, se bousculent, se saluent, se tolèrent, parmi les vendeurs de tisanes, d'eau-de-vie, de fruits confits, de ciboulettes et de ces sortes de gaufres croisillonnées, qu'on nomme « oublies », et qu'on vous livre avec une devinette :

Quoiqu'elle ressemble à une fenêtre,
Elle n'éclaire pourtant pas,
Ni le ventre ni l'estomac.

Geneviève s'emplit les yeux de ce bonheur manifeste. La Révolution est jolie. Tout le monde semble l'accepter, même Henri IV qui a droit, lui aussi, à son calicot :

Il eut l'amour du peuple.
Louis est son héritier.

Mais tandis qu'elle se morfond sur le quai des Morfondus, parmi ses porte-manteaux, elle entend dans son cœur sa voix prophétique qui lui dit : « Prends patience. » Elle repousse les propositions des cochers de fiacre et d'autres personnes bien intentionnées, répétant : « J'attends mon frère. » Et voici en effet qu'après une heure, une voiture de louage s'arrête non loin d'elle. Il en descend un homme emperruqué, vêtu d'un habit brun, qui s'avance, la salue d'une demi-courbette :

– Je suis Christophe Fortunat.

– Je savais que vous viendriez... Qu'allez-vous faire de moi?

– Je vous ai loué un appartement rue des Moineaux, derrière l'église Saint-Roch. Je demeure rue Sainte-Anne : nous serons presque voisins.

Le fiacre les emporte, émus l'un et l'autre de ces retrouvailles. Ils traversent des lieux turbulents, que Fortunat présente :

– Ici, le Vieux Louvre où demeuraient jadis nos rois... Ici, les Tuileries où sont enfermés Louis XVI et sa famille... Ici, le Palais-Royal, devenu Palais-Égalité... Ici, le couvent des Jacobins où se réunissent les théoriciens de la Révolution. J'en suis. J'y rencontre Mirabeau, Duport, les frères Robespierre. Et même des ducs. Je vous y introduirai.

Rue des Moineaux, son propriétaire est un Auvergnat de Saint-Flour; il tient au rez-de-chaussée un débit de vin au comptoir de plomb, orné de deux affiches : l'une est la « Déclaration des Droits de l'Homme », l'autre une liste de « santés » patriotiques et recommandables, numérotées de 1 à 150 :

1. A la Liberté chérie!

2. A l'Égalité, sa sœur jumelle!

3. A l'Être Suprême!

4. A la fraternité des hommes blancs et des hommes de couleur!

5. A la confédération de tous les hommes contre la tyrannie!

6. A la paix universelle!

7. A la majesté du Peuple!

8. Aux mânes de ceux qui ont péri dans les cachots de la Bastille!

9. A la santé de Louis XVI, roi des Français!

10. A Paris, Ville Sainte, mère de la Révolution!...

Un blanc reste au fond de l'affiche pour ajouter des « santés » supplémentaires. Chaque fois que des clients viennent boire, l'homme de Saint-Flour leur demande :

– A la santé de qui voulez-vous trinquer?

Il vend aussi des nourritures. Spécialement une « soupe à la cocarde » où les légumes, choux-raves, carottes sont disposés sur le pain en une rosette de trois couleurs.

Au premier étage, Geneviève dispose d'une cuisine avec potager et toutes vaisselles nécessaires, d'un lit à baldaquin et cantonnières, d'une table, de six chaises, d'un secrétaire, d'une glace de Venise, de deux chandeliers. Une couchette est prévue pour une domestique éventuelle. Le Sanflorain, qui sait lire et écrire, lui fait signer un bail par lequel elle s'engage à payer douze livres mensuelles de loyer.

– Le premier mois est déjà payé par mes soins, dit Christophe. Je vous ferai ensuite obtenir une pension. Beaucoup de personnes ici s'intéressent à vous.

Les jours suivants, le chartreux promène sa prophétesse à travers la Ville Sainte, parmi la foule tricolore. Ils vont voir l'ancienne Bastille, qui n'est plus qu'un monceau de ruines sur lesquelles poussent les arbres de la Liberté. La salle du Manège où l'Assemblée tient séance. L'hôtel de Castries saccagé l'année précédente par le peuple en colère. La place Louis XV, ornée d'une autre statue équestre. La barrière de la Conférence qui n'oblige plus personne à payer octroi. Les Champs-Élysées, belle allée plantée d'ormes, qui prolonge le jardin des Tuileries. En fin de jour, toutes sortes de pigeons y roucoulent. Un soir, certain commissaire a dû y arrêter « une négresse avec un abbé qui disait être son confesseur et qui l'instruisait »; il les relaxa, « avec injonction à M. l'abbé de ne pas récidiver à confesser ses pénitentes sous les arbres, nuitamment ». Les Parisiens y vont le dimanche manger sur l'herbe. De l'autre côté du fleuve, l'hôtel des Invalides qui fournit des armes aux hommes du 14 juillet, et le Champ-de-Mars, défoncé par les Fédérés. La prison de l'Abbaye, ses barreaux et ses tourelles. On revient par le Pont-Neuf et le quai des Morfondus. Ils soupent ensemble. Geneviève s'efforce de cuisiner à la façon périgourdine, elle régale son hôte d'omelette aux truffes, de *rimottes*, qui sont des beignets de maïs, et de *flognardes*, une pâte qui gonfle à la poêle dans des proportions étonnantes, mais s'affaisse en se refroidissant.

– En Périgord, on appelle *flognard* un homme qui se ruine en promesses, mais en définitive ne donne rien.

– Paris, dit Christophe, est également rempli de *flognards*.

Le minuit les surprend devant les bûches. Ils s'entretiennent des grands changements advenus.

– D'autres se préparent, annonce la devineresse. Je vois de terribles menaces sur la tête du Roi. Ce serait une erreur pourtant que la Nation se privât de lui, car il est seul capable de réduire à l'obéissance les aristocrates. Lui seul est tenu par tous ses sujets pour un père, même s'il s'agit d'un père de simulacre. Aussi serait-ce un immense malheur si on nous l'enlevait, car les peuples ont besoin de simulacres. Il est possible toutefois qu'il se laisse surprendre par son entourage et qu'il commette des erreurs. Eh! bien, il faudra l'en corriger par la douceur, non par la violence.

Christophe boit dans l'ombre ces paroles inspirées et regarde le fin visage de la jeune femme sur lequel le reflet des flammes danse un ballet.

Dès qu'il put, il l'introduisit dans le club des Jacobins qu'hébergeait, sous son toit aigu, le couvent dominicain de la rue Saint-Honoré, à quelques pas du Manège. Les clubistes se pressaient dans l'ancienne bibliothèque. Une salle tout en profondeur, voûtée, éclairée par quatre hautes fenêtres aux cimes arrondies, ornée à un bout d'une fresque représentant le triomphe de saint Dominique; à l'autre, une tribune recevait le public, sous trois rosaces vitrées. Au milieu, un poêle à bois d'où montaient deux longs tuyaux. On s'asseyait partout, sur les bancs, sur les marches, à même le sol. C'est là que se débattaient les plus graves problèmes, que se proposaient les solutions les plus radicales.

On y entendait la voix tonnante du député d'Aix, Mirabeau, celles des poètes Laharpe et Chénier, du magistrat Duport, de quelques nobles en rupture d'aristocratie : Philippe d'Orléans, cousin du roi, le duc Armand d'Aiguillon, le vicomte de Noailles; de plusieurs Auvergnats : l'Ambertois Maignet et l'abbé Pascal Grimaud, fanatiques adversaires de Mgr de Bonal; celle, par-dessus toutes, d'un petit homme aux lèvres coupantes, au nez de fouine, au front étrangement incliné, comme tiré en arrière par le poids de la perruque, le député d'Arras Maximilien Robespierre, dont Mirabeau disait : « Cet homme est extrêmement dangereux : il croit tout ce qu'il dit. »

Dans ces réunions où tout le monde parlait à la fois, seuls les organes puissants parvenaient à se faire ouïr. C'était le cas de Robespierre et de Mirabeau qui jouaient efficacement, le premier d'une voix-clarinette, le second d'une voix-trombone. Mais l'Arrageois avait sur l'Aquisextain l'avantage d'une diction impeccable, nourrie par une science profonde des mots, de l'histoire et des lois. Tandis que le second, emporté par sa fougue, trébuchait dans ses analyses, s'empêtrait dans ses raisonnements, quitte à en sortir par une formule éclatante, soigneusement préparée : « Hommes inconséquents! Hommes pusillanimes!... Catilina est aux portes de Rome, et vous délibérez!... Gardez-vous de demander du temps : le malheur n'en accorde jamais!... Le silence des peuples est la leçon des rois!... »

Il pouvait arriver que cela eût un sens.

Geneviève y rencontra également un homme au beau visage, à la voix douce, aux mains crémeuses, médecin et professeur d'anatomie, qu'elle sut être le docteur Joseph Guillotin, qui se donnait le titre d'« ami de l'humanité ». L'entreprise de sa vie était de faire adopter par l'Assemblée une machine à trancher les têtes :

– Avant 89, seuls les condamnés de la noblesse avaient droit à la décollation. Ceux du tiers subissaient la pendaison dont les effets durent de longues secondes. Voilà bien un autre privilège à éteindre : la mort par le fer contre la mort par la corde. Et la dernière égalité à établir. Le peuple demande à être décapité. Au surplus, grâce à ma machine (il en montrait des épures qu'il portait toujours dans ses poches), le bénéficiaire ne sent à peu près aucune douleur : tout juste une courte sensation de froid sur la nuque, l'instant d'après, le voici dans le néant.

– C'est du plus haut intérêt, admit Geneviève. Tu es, citoyen, d'une remarquable ingéniosité.

– Oh! je n'en suis pas l'inventeur. Je l'ai pêchée dans un récit, *Voyage en Espagne*, du père Labat, qui l'a vu fonctionner dans ce pays, avec quelques petites différences, à l'usage des moutons.

Il se frotta les mains dans un geste de jubilation douce qui lui était familier :

– Il me reste un doute. Concernant le tranchoir. Doit-il avoir la forme d'un triangle ou celle d'un croissant? Qu'en penses-tu, citoyenne?

– Dois-je avoir une opinion là-dessus?

– En tant que cuisinière, tu peux imaginer les effets.

– Comme il ne s'agit pas de hacher, je dirais que le triangle est plus expéditif.

– N'est-ce pas? C'est aussi ce qu'il me semblait.

L'homme au nez pointu, Robespierre, intervint :

– Ta machine me semble efficace. Mais je souhaite que nous n'ayons guère à nous en servir. Je suis contre la peine de mort. Du moins, sitôt que la Révolution sera terminée, la paix intérieure et extérieure rétablie.

Un peu plus tard, Geneviève exposa ses prophéties, prouva que les événements s'étaient accomplis comme elle les avait annoncés. Dom Fortunat l'appuya de son témoignage.

– Et maintenant, demanda-t-on, que nous annonces-tu?

– Que le pape prendra prochainement position contre la Constitution civile du clergé. Mais j'espère le faire un jour changer d'avis.

– Comment cela?

– En me rendant à Rome. En rencontrant Pie VI. En lui prouvant son erreur. En l'invitant à abdiquer sa puissance temporelle.

– Et tu penses qu'il te recevra?

– Je convaincrai d'abord les Romains qui détestent aussi son pouvoir. Ils me porteront jusqu'au pied du Saint-Siège.

– Le pape te fera pendre.

– Je mourrai donc martyre de la Révolution.

– Bravo! Bravo! Bien dit!

Robespierre s'avança vers elle et lui donna, bien sonore, le baiser révolutionnaire qui la consacra prophétesse officielle du club. Désormais, on la consulta dans les débats, comme les archontes athéniens consultaient leurs pythonisses.

Maintenant informée de sa venue, la capitale n'entend pas laisser aux seuls Jacobins l'usage de Geneviève. La voilà sollicitée par plusieurs salons; reçue chez Mme de Genlis, à l'hôtel de la Rochefoucauld, à l'hôtel de Luynes. Mais elle se trouve tout spécialement captée par la duchesse de Bourbon, sœur de Philippe d'Orléans, le duc jacobin, laquelle ne veut pas la laisser un jour de plus dans son modeste logement de la rue des Moineaux et l'installe chez elle en son hôtel de Lassay. Entichée de sciences occultes, cette duchesse pratique le magnétisme mesmérien sur les organes malades qu'elle prétend voir par transparence; la jeune Périgourdine tombe chez elle comme marée en Carême. Elle la colloque sur un tabouret à trois pieds, lui bande les yeux; puis ces dames, ces messieurs lui posent des questions auxquelles, s'étant concentrée, elle fait des réponses sibyllines :

– Dites-nous si notre Roi sortira bientôt des Tuileries pour regagner Versailles.

– Je le vois sortir prochainement, en effet.

– Comment?

– En carrosse.

– Seul?

– Avec sa famille.

– Dites-moi si je guérirai de mon ulcère... S'il fera beau demain... Retrouverai-je la bague que j'ai perdue?...

– Tous les ulcères peuvent être guéris... Il fera un

temps à mettre des écharpes... On retrouve toujours ce qui mérite d'être retrouvé...

Et quand le flou même ne la sauve pas, elle recourt à cette échappatoire :

– Cela ne fait point partie de mes rubriques.

Sur ces entrefaites, Mirabeau vint à mourir. Paris lui fit des obsèques grandioses auxquelles participèrent tous les Jacobins. Dom Fortunat et Geneviève en furent. La garde nationale tira des salves qui remplirent Saint-Eustache de fumée. Puis on transporta ses restes au Panthéon.

La plupart des villes de province imitèrent ces pompes, Clermont ne fut pas en reste, des milliers de personnes défilèrent en l'église du Port autour d'un catafalque. Chanonat ne se joignit point à ces manifestations de deuil. Mais les Culs-Blancs – sauf votre respect – de la paroisse voisine poussèrent leur vieux curé, Joseph Laforie, à célébrer une messe patriotique, au cours de laquelle on brûla trente-huit sous de luminaire; l'office funèbre se termina par un chant nouveau que des Jussatois avaient rapporté de Paris :

Ah! ça ira! ça ira! ça ira!
Le peuple en ce jour sans cesse répète :
Ah! ça ira! ça ira! ça ira!
Malgré les mutins, tout réussira!

Après quoi l'on oublia Mirabeau. D'autres urgences se présentaient. Le pape Pie VI fit enfin connaître qu'il condamnait absolument la Constitution civile du clergé. Il accordait quarante jours à ceux qui avaient prêté le serment pour le rétracter; passé ce délai, ils encourraient la peine de suspense *a divinis.* Les fidèles devaient refuser les messes célébrées par des prêtres jureurs; les sacrements qu'ils conféraient n'avaient aucune valeur, sauf en cas de nécessité extrême. Inversement, l'Assemblée décrétait à tour de bras contre les inconstitutionnels, les menaçant de dégradation civique et de prison.

Dès que l'interdit de Pie VI fut connu, la moitié des assermentés revinrent en effet sur leur serment, y compris les prêtres députés. Plusieurs de ceux-ci quittèrent même leurs fonctions législatives et retournèrent à leurs anciennes paroisses. Ainsi firent François de Brignon, Antoine Mathias et François Boyer, constituants du Puy-de-Dôme, qui renoncèrent désormais à toute activité politique. Joseph Laforie, de Jussat, ne se rétracta point, il ne s'était pas même aperçu qu'il avait juré de la main gauche.

Raymond Fortunat resta le maître de son église jusqu'au 5 juin 1791. A cette date, on vit descendre un cavalier vêtu de noir, coiffé d'un chapeau rond, chaussé de bottes à la postillonne, qui s'arrêta devant l'église. Plusieurs hommes qui se tenaient au frais sous la ganivelle sortirent et l'entourèrent. Des enfants accoururent. L'homme ôta son chapeau, découvrit sa tête échevelée :

– Je suis, dit-il, le citoyen Claude Poudrille, appelé par les suffrages des électeurs du district de Clermont à occuper les fonctions de curé de la paroisse de Chanonat.

Grand silence. Puis quelqu'un osa dire :

– Citoyen, nous sommes déjà pourvus d'un curé et de deux vicaires.

– Votre curé a été destitué en raison de son refus de fidélité à la Constitution décrétée par l'Assemblée Nationale et acceptée par le Roi.

Il tira de sa poche une feuille de papier, la déplia sous les yeux des assistants.

– Il faut, suggéra-t-on, aller chercher M. Fortunat pour voir ce qu'il en pense.

– Non, dit Poudrille. Mandez-moi plutôt le maire.

On s'en fut quérir Antoine Vasson, qui se trouvait dans ses topinambours. Il fallut l'attendre plus d'une heure. Il en revint enfin, la pioche sur l'épaule, salua respectueusement.

– Monsieur, dit-il...

– Tu peux m'appeler citoyen.

– Citoyen, soyez... sois le bienvenu à Chanonat. Une partie de la population soupirait ardemment après ton arrivée. Mais je ne dois pas te dissimuler que l'autre, engouée du curé Fortunat, est indisposée contre son successeur.

– Eh bien! Nous nous partagerons les ouailles. A lui les agneaux de Dieu, à moi les brebis galeuses!

Et il sourit pour faire croire qu'il était gai. D'autres vinrent, et formèrent troupe, les uns criant « Vive la Liberté », les autres « Retournez au diable ». Le plus beau fut quand l'ancien curé sortit de sa maison, encadré de ses vicaires. Ils commencèrent tous trois d'invectiver contre le prêtre jureur :

– Voici donc l'intrus, mes bien chers frères! Il vient pervertir vos pensées et corrompre vos âmes! Voici donc l'ennemi de Dieu et de son représentant sur la terre, notre Saint-Père le Souverain Pontife! Allez-vous le recevoir et l'accepter?

– Oui, oui! crièrent les insoumis aux décrets de Rome. Il est l'élu du peuple! Il est notre vrai pasteur!

– Non, non! répliquèrent ceux d'en face. C'est un imposteur!

Le maire allait d'un parti à l'autre, ramant des bras, ouvrant la bouche, incapable de se faire entendre. Alors, pour mettre un terme au tumulte, Poudrille remonta sur son cheval, se recoiffa de son chapeau rond et repartit en direction de Jussat, disant qu'il reviendrait quand les esprits se seraient refroidis.

Les patriotes culs-blancs – respect que je vous

dois – le reçurent avec enthousiasme. Le curé Laforie, dans sa bonté tremblante, l'accueillit même sous son toit, trouva une écurie à son cheval. Poudrille se promena par les rues, toujours applaudi, invité dans les caves, portant des santés multiples au Christ affranchi, à la sainte Égalité, à la sublime alliance de la Foi et de la Liberté. Passant devant la statue de la Vierge couronnée, que les Jussatois nommaient la Dame, il se recueillit longuement, debout et tête nue. Le dimanche suivant, dans l'église d'en haut, il concélébra avec le vieux curé et prononça le sermon à sa place :

– Citoyens, la Constitution française, pas encore achevée, avance à grands pas. La félicité publique va s'établir sur des bases inébranlables. Nos représentants se sont toujours montrés respectueux envers notre religion. Certains d'entre eux ont même songé à faire du catholicisme une religion d'État, la seule protégée, sinon la seule admise. Élevé dès ma naissance parmi les préjugés et les sottes superstitions d'un culte qui échappait à tout examen de la Raison, je peux désormais parler le langage d'un homme libre. Citoyens, vous n'avez plus d'ordres à recevoir de vos prêtres ni de vos évêques; au contraire, ce sont eux qui exprimeront vos sentiments et vos volontés. Vous les choisirez pour cela. Les seuls commandements que vous puissiez encore respecter sont ceux de l'Être Suprême qui a créé tous les hommes, blancs, noirs, rouges, jaunes, violets, pour qu'ils s'aiment les uns les autres et combattent les tyrannies. Les sacrements continueront de vous être distribués. Mais n'y attachez pas, citoyens, une importance excessive; un peu d'eau versée sur le front d'un enfant, un peu de pain posé sur la langue ne suffisent pas à vous laver de vos fautes, à vous exonérer de vos devoirs. C'est dans votre cœur et à chaque moment que vous devez sentir la présence de l'Être Suprême. Ne faites donc aucun geste, ne prononcez aucune parole qu'il puisse désapprouver, lui qui voit tout, qui entend tout. Ne croyez pas trop à la savonnette de la confession. Mais croyez au pain partagé, à la main tendue, au baiser de paix. Que personne dans cette paroisse ne souffre plus de la faim tant qu'un seul d'entre vous aura une bouchée de plus que son nécessaire...

Depuis longtemps, le curé Laforie se contentait dans son prône d'annoncer les *obit* et les saints de la semaine. A un tel sermon, les Jussatois sentirent bien que la religion changeait de face. Pour finir, Poudrille leur apprit les paroles françaises d'un cantique qu'il venait de composer sur l'air du *Pange lingua* :

Chantons la sainte Liberté.
Soleil nouveau, elle se lève
Et brille sur l'humanité.
Ce qui n'était jadis qu'un rêve
Est devenu réalité
Pour tous les fils d'Adam et d'Ève.
Chantons la sainte Liberté.

Chantons la sainte Égalité,
Car Dieu n'a point créé la terre
Pour que l'un soit propriétaire
Et l'autre sa propriété,
Comme on nous l'avait raconté.
Longtemps nous avons dû nous taire :
Chantons la sainte Égalité...

Jussat n'étant point sa paroisse d'affectation, Poudrille redescendit à Chanonat. Il trouva fermées à clé les deux portes de l'église. Il s'en alla donc heurter à celle de Fortunat qui, l'ayant entrouverte d'abord, la lui battit au nez sitôt qu'il l'eut reconnu. Et c'est au travers de l'huis clos que se mena une conversation difficile :

– Retourne d'où tu viens! Je ne te connais pas!

– Je ne suis pas ton ennemi. Nous sommes, toi et moi, les serviteurs du même Dieu.

– Nous ne le servons pas de la même manière. Tu es rebelle à ses institutions.

– Et toi, rebelle à la volonté du peuple. *Vox populi vox Dei.*

– *Vox diaboli.*

– Il t'en coûtera cher si tu t'obstines dans cette attitude bornée.

– Borné toi-même! Je n'attends de vous que la persécution.

– Tu l'auras voulue, enragée tête de mule!

– Et toi, tête cornue sortie de l'enfer!

– Contre-révolutionnaire!

– Antéchrist!

– Écorcheur de tes brebis!

– Suppôt de Satan!

– Aristocruche!

– Canaille!

Arrivés à ce point de leur entretien, chacun d'eux jugea bon de reprendre un peu haleine. Des Chanonatois s'étaient ameutés devant le presbytère et assistaient avec intérêt à ces propos, retenant leur souffle pour saisir les réponses intérieures, les approuvant d'un bravo quand ils les trouvaient bien senties.

– Écoute, reprit Poudrille. L'église ne t'appartient pas. Donne-m'en seulement la clé.

– Elle ne t'appartient pas non plus. Je la remettrai à Vasson quand il viendra me la demander.

– Essayons de nous entendre.

– Sur quel point?

– L'Assemblée Nationale permet aux prêtres jureurs et aux non-jureurs de célébrer dans la même église, pourvu que ce ne soit pas aux mêmes heures. Laisse-moi la messe du dimanche matin. Garde la grand-messe de onze heures.

– C'est à celle du matin que vient le plus de monde.

– Eh bien, faisons l'inverse.

– Jamais je ne t'autoriserai à donner la communion avec mes hosties.

– J'apporterai les miennes.

Les choses furent ainsi marchandées. A ce prix, l'église demeura ouverte en permanence. Après avoir célébré la messe dominicale de sept heures en compagnie de ses vicaires, Fortunat emportait le saint ciboire; le tabernacle restait vide et sans lumière. A onze heures, Poudrille célébrait, devant une assistance si maigre et si tiède que presque personne ne demandait la communion. Ses opposants firent d'ailleurs courir le bruit que les hosties de sa fabrication avait une forme triangulaire, un goût de sel, étaient marquées par les trois points de la franc-maçonnerie. Si par hasard le nouveau curé entrait dans l'église un peu avant son heure, qu'il y trouvât du monde en prière, aussitôt ces gens se levaient et sortaient avec la plus grande précipitation. S'il se promenait par les rues du village d'en bas, des enfants criaient dans son dos « loup-garou, flamasson, arlequin, huguenot ». Au contraire, l'église était comble à la messe du matin et une procession nombreuse suivait les trois prêtres non-jureurs.

Restait la question du logement. Aucun Chanonatois n'avait voulu louer ni vendre à l'intrus. De sorte qu'il fut contraint de demeurer, respect que je vous dois, chez les Culs-Blancs qui étaient quasi tous des révolutionnaires à quatre poils. Et même, affirmait Fortunat, des démocrates, la pire espèce du genre. Il descendait donc chaque dimanche, portant sans façon entre ses mains son ciboire particulier comme il eût porté une cage de chardonnerets. Il entrait dans l'église au milieu des hou-hou; le sacristain refusant de sonner la cloche, il devait lui-même se pendre à la corde.

Poudrille avait néanmoins ses partisans au village d'en bas. Ceux-ci se réunissaient par bandes et chantaient le *Ça ira* dans les rues et sous la fenêtre du presbytère. Félistine les aspergeait d'eau malpropre. Un jour, ils brûlèrent un mannequin de paille coiffé d'une tiare en carton, portant son nom sur la poitrine : *Le pape Pissis.* Fortunat cria : « A la garde! » Mais avant qu'elle eût le temps de se rassembler, le Saint-Père se trouva réduit en cendres. Ils marquaient d'une croix blanche les maisons de ses fidèles, qu'ils appelaient les « fanatiques ». La nuit, ils grimpaient sur leurs toits pour enlever le chaume ou les tuiles; ils saccageaient leurs jardins, faisaient des trous dans leurs haies, jetaient du fumier dans leurs puits; les « fanatiques » durent monter la garde, le fusil à la main. Inversement, quelques femmes de Jussat, reniant Laforie, descendaient au village d'en bas pour recevoir la communion des prêtres réfractaires. Des démocrates d'en haut les attendaient à la remontée, arrachaient leurs coiffes qu'ils jetaient au sommet des arbres, les obligeant à rentrer chez elles en cheveux, ce qui était tenu pour un déshonneur.

On en vint au 30 mai, jour de l'Ascension. La fête n'avait pas été prévue dans le partage de l'église. Poudrille voulut célébrer la grand-messe comme il faisait les dimanches. Son concurrent, en étole et en surplis, était en train de distribuer sur la place publique le pain bénit lorsque vinrent à passer Antoine Vasson et ses officiers municipaux, ceints de leur écharpe tricolore, qui avaient toujours favorisé le curé constitutionnel. Ils firent mine de ne pas remarquer la distribution, lui tournèrent le dos, mais furent bien vus de plusieurs fanatiques qui proférèrent à leur égard, la bouche encore pleine de pain bénit, des injures malsonnantes :

– Race de chiens! Racaille! Cochons vêtus!

Faisant la sourde oreille, les municipaux passèrent

outre, se dirigèrent vers l'église afin d'y occuper les places d'honneur qui leur revenaient. Comme ils en franchissaient le seuil, Pierre Veysse surgit de l'ombre et leur intima de déloger.

– Qui es-tu pour nous commander ainsi? s'étonna le maire.

– Un fidèle du pape et un soldat du Christ.

– Et moi, je suis l'élu du peuple et l'exécuteur de ses lois.

– Les lois du peuple n'ont pas cours dans ces lieux.

– C'est ce que nous verrons!

Et se tournant vers un de ses adjoints:

Va-t'en chercher la garde nationale!

– Avant que la garde nationale n'arrive, je vous aurai mis du plomb dans la cervelle; j'ai dans mes poches assez de pistolets pour régler votre compte à tous!

Comme il manœuvrait des choses grosses sous sa blouse, les municipaux se retirèrent en grommelant des menaces. Voilà de quelle manière la fête de l'Ascension de Notre-Seigneur, commencée dans le pain bénit, faillit cette année-là se terminer dans le sang.

La Fête-Dieu, qui célèbre la présence du Christ dans le pain eucharistique, ne fut pas plus réjouissante. Ce 23 juin, arrive de Paris une étonnante nouvelle. Le Roi, la Reine et le Dauphin ont quitté le palais des Tuileries. En fuite? Enlevés? On l'ignore. Cette évasion peut avoir de graves conséquences pour le pays. Les aristocrates émigrés, appuyés par la parenté autrichienne de Marie-Antoinette, ont massé des troupes sur nos frontières. Ils brûlent de les franchir pour venir restaurer l'ordre ancien. Ils n'osaient rien entreprendre tant que le Roi et sa famille étaient captifs dans leur palais; mais s'ils les récupèrent, on peut s'attendre à l'invasion. Les Jacobins clermontois se répandent par les rues, criant:

« Y a plus de roi! Plus besoin de roi! »

Ceux de Chanonat sont mobilisés par Jean Saint-Rame, qui les harangue:

– Patriotes! Puisque le roi nous échappe, prenons en otages ses amis! Ai-je besoin de vous les nommer? Ici, ce sont les seigneurs de la Bâtisse, de la Varvasse, de Viallevelours, de la Commanderie. C'est le curé Fortunat et sa séquelle! Appelons en renfort nos frères de Jussat, du Crest, de la Roche-Blanche, de Saint-Amant, et investissons tous ces repaires d'aristocrates!

On charge des fusils, on emmanche des faux, on appointit des bâtons. Des émissaires courent vers les villages circonvoisins. Mais ce n'est que sur le minuit qu'arrivent les contingents espérés. En tout, deux cents hommes environ qui s'élancent en même temps vers trois places à prendre, le presbytère, la Varvasse, la Bâtisse. Cette dernière est le point fort; on y suppose la présence de plusieurs nobles.

La veille de ces événements, voyant l'échauffement des saint-ramistes, l'abbé Fortunat est allé demander asile au comte de Vichy, seigneur de la Varvasse, tandis que ses vicaires se retiraient dans leurs familles. Les patriotes fédérés mènent grand tapage devant la cure. Félistine paraît en coiffe de nuit pour dire que son maître est absent, qu'elle est seule dans la maison. Quelques démocrates y pénètrent tout de même, fouillent chaque pièce de la cave au grenier, s'emparent de bouteilles qu'ils vident à la santé de l'Être Suprême. Puis leur troupe se partage, une moitié court à la Bâtisse, l'autre à la Varvasse.

C'est une grande hardiesse que de s'en prendre au ci-devant marquis Jean Baptiste Girard de Chasteauneuf, seigneur de la Bâtisse, naguère conseiller en la Cour des Aides de Clermont-Ferrand et ancien militaire, aujourd'hui commandant de la garde nationale de Chanonat. Mais celle-ci, privée de sa tête, ne remue ni pied ni patte. La Bâtisse doit affronter seul la horde des émeutiers. Il les reçoit dans son salon, l'épée nue à la main, au bout de son bras unique, tandis que fusils et pistolets sont braqués contre sa poitrine.

– Que voulez-vous de moi?

– Que vous nous livriez les contre-révolutionnaires que vous cachez.

– Il n'y a ici que ma famille, mon beau-frère Laval et M. Durel, notre jeune aumônier.

– Nous voulons ces deux-là.

– Cherchez-les.

– Citoyens, recommande Saint-Rame, ne brisez rien, ne commettez aucun dégât; dans quelques jours, ce château appartiendra à la Nation.

Les patriotes se comportent donc discrètement, se bornant à bien manger, à bien boire, à piétiner les tapis, à s'asseoir dans les fauteuils, disant en patois avec délices :

– *Arò, poden nou z'ivenlé!* Maintenant, nous avons le droit de nous y vautrer!

Jamais au cours de leur chienne de vie ils n'ont goûté un tel moelleux.

A force de fouiner, on découvre cependant M. de Laval dissimulé sous un lit. Quant à l'abbé Durel, il est trouvé au petit jour gémissant dans une platebande; il a sauté d'une fenêtre du second étage, la terre remuée a amorti sa chute. Tous deux sont garrottés, emmenés au Crest où ils resteront prisonniers vingt-quatre heures. Après quoi, ils reviendront tout glorieux des outrages reçus.

Pendant ce temps, la demeure de M. de Vichy subissait un assaut symétrique. Raymond Fortunat eut le temps de s'enfuir dans une maison contiguë, propriété d'un certain Albignat. Il s'y cacha dans le fenil, d'où il entendait les appels et les imprécations des saint-ramistes : « Fortunat! Oh! foutu Fortunat! Montre tes cotillons! Nous ne te voulons aucun mal, sauf te châtrer! »

Un domestique d'Albignat vint le réconforter, disant qu'ici il ne craignait rien, mais qu'à la Bâtisse M. de Laval avait été pendu et M. Durel jeté par une fenêtre. Au petit jour, insatisfaits mais repus, les émeutiers s'éloignèrent. L'abbé descendit de sa cachette, du foin dans les cheveux. Albignat le nourrit, lui demanda ce qu'il comptait faire :

– Gardez-moi encore jusqu'à demain. La nuit venue, je vous promets de partir.

– Où irez-vous?

– Je ne vous le dis pas. Non par manque de confiance, mais pour que nul ne puisse vous l'arracher.

En fait, il resta deux jours encore. L'après-midi du 26, la cloche de Jussat se mit à tinter follement. Chacun se demanda quel nouveau désastre elle annonçait. Le domestique monta jusqu'au village d'en haut et revint dire :

– Le Roi a été arrêté avec les siens, pendant qu'ils fripaient dans une auberge. On les a ramenés à Paris et enfermés. Les Culs-Blancs sont en train de sortir de la paille et des fagots; ils préparent un fougat.

L'abbé se demanda la raison de ce feu de joie. Était-on si content, dans ce pays de démocrates, d'avoir récupéré un Roi qu'on avait cru perdre? Ou était-ce le sinistre bonheur de le savoir prisonnier et déchu? Du moins profita-t-il des préparatifs du bûcher qui attirait autour de son mât, comme au temps des brandons, coupeurs et traîneurs de broussailles. S'étant travesti en garçon meunier, dans des vêtements blanchis de farine, un bonnet de laine bleue sur la tête, il remonta au crépuscule le cours de l'Auzon, tandis que là-haut flambait déjà le fougat démocratique. A la nuit noire, il s'enfonça dans les bois de la Ventouse, s'assit au pied d'un arbre, soupa de pain et de fromage. L'air était d'une exquise tiédeur. Près de lui, une minuscule étoile jaune, celle d'un ver luisant que les Auvergnats nomment, dans leur langage grossier, un éclaire-cul, respect que je vous dois. Ayant fini son repas, Raymond se signa, fit une prière pour lui et pour les autres hommes. Puis il s'allongea sur la mousse, regarda le ciel, se couvrit la face de son bonnet et s'endormit dans le silence nocturne que rompaient parfois de faibles bruits évocateurs de luttes sournoises, râles, gargouillis, souffles, hululements.

En juin, le jour commence de bonne heure. Fortunat fut réveillé par le sifflet des merles. Des fils tombés de la quenouille de la Vierge traînaient sur sa figure. A genoux, il fit sa prière du matin. Puis il se mit en route en fredonnant le *Salve Regina*. Près d'une source, il se lava les mains et le visage, trempa dans l'eau son quignon de pain. Avant de quitter Chanonat, il avait soigneusement étudié sa route, par des sentiers peu battus. Après Randanne, il marcha vers Récolène à travers la lande, sous la gueule béante des volcans endormis. Il rencontra un berger à qui il demanda la direction d'Olby. A Pontgibaud, il trouva la Sioule dont les eaux serpentines le menèrent jusqu'au pont de Montfermy. De là, il ne fut plus qu'à une grosse lieue de Chapdes-Beaufort, dont il voyait déjà au loin le clocher pointu, les toits de chaume et la tour du château. Il y fut accueilli par les abois des chiens et la fuite des enfants.

Sa sœur Guillette – épouse d'un homme qui pratiquait la médecine vétérinaire et accessoirement celle du monde, mais il préférait la première parce que les malades, devant son impuissance, acceptaient plus volontiers de mourir – habitait une maison bien bâtie, bien tuilée, à la sortie du village en direction de Pulvérières où une source pisse du sang, respect que je vous dois. La demeure était remplie de plantes en train de sécher, herbe aux ânes, herbe aux boucs, herbe aux chats, herbe aux cerfs, herbe aux poules, il y en avait pour toutes les espèces. Et même, herbe aux femmes battues, ou taminier, qui ressemble au lierre et dont la racine râpée, en cataplasme, est souveraine contre les bleus.

Le beau-frère le promena de la cave au grenier, parmi ces odeurs mélangées et entêtantes, lui présenta chaque plante avec ses vices et ses vertus. Raymond dit qu'il se réservait une provision de taminier, qui devait aussi bien servir aux prêtres bâtonnés.

– Mais à présent, conclut le vétérinaire, vous n'avez plus sujet de crainte. Qui se douterait que sous votre bonnet pointu se dissimule un curé réfractaire?

– Il n'est pas besoin de le publier! dit l'ecclésiastique, lui faisant signe de baisser le ton.

Dans cette famille un peu retirée, pendant que la Révolution secouait le pays comme un tremblement de terre, Fortunat vécut quelques semaines paisibles. Son beau-frère le donnait pour son domestique; et il ne renâclait pas en effet à la besogne, tirant l'eau du puits, piochant le jardin, sciant et fendant le bois, étrillant le cheval. Les jours de pluie, il enseignait ses neveux, leur apprenait le latin, la mathématique, l'histoire sainte, leur faisait réciter les prières. Le curé de Chapdes-Beaufort, non-jureur comme lui, errait dans les bois sous les guenilles d'un mendiant fou, répondant de façon incohérente et roulant les yeux aux inconnus. Mais, la nuit tombée, il endossait des vêtements sacerdotaux, recevait la confession dans les granges, visitait les malades. Les campagnes étaient ainsi courues de fanatiques dissimulés.

Au mois d'août suivant, alors qu'il gardait les brebis à quelque distance du village, Fortunat entendit prononcer le nom de sa paroisse. Sur le chemin de Saint-Ours, passait un colporteur courbé sous son sac à dos; en l'apercevant, il se mit à chanter :

Coutiaux, cisiaux, rasoirs itou!
Tout ce qui coupe et fait des trous!

L'homme s'approcha, dit « bonjour, berger », proposa de sa marchandise, lui mit dans les mains un de ses articles, non point un couteau de table ni de ceinture, mais un couteau de poche à lame fermante. Un ressort inséré dans le manche la maintenait en position ouverte, mais se laissait fléchir quand on désirait la rabattre.

– C'est un couteau de Thiers! fit-il avec orgueil.

Or le berger-curé, observant les traits du coutelier, se disait dans son cœur : « J'ai déjà entendu cette chanson, déjà vu ces yeux vairons, ce nez dentellé comme une morille. » Il se souvint que, six mois plus tôt, il avait à Chanonat fait affaire avec lui pour une paire de ciseaux en X destinés à Félistine. Il secoua cependant la tête :

– Citoyen, je te remercie, mais je n'ai besoin ni de couteau ni de ciseaux.

– Malheureux! Ô trois fois malheureux celui qui n'a pas besoin de couteau! Comment fais-tu avec le pain?

– Je le romps.

– Avec la viande?

– Je la déchire. Je me sers des couteaux que m'a donnés la nature : mes ongles, mes doigts, mes dents. D'ailleurs, je n'aurais pas d'argent pour te payer.

– Dieu que le commerce est difficile! Le monde ne va pas bien.

– Donne-moi des nouvelles du monde.

– Les riches perdent leurs richesses, les pauvres ne perdent pas leur pauvreté.

– Va-t-il ainsi partout?

– Partout où je passe. Et je passe en beaucoup d'endroits.

Raymond osa dire, comme s'il se dénonçait :

– Es-tu passé par Chanonat? C'est mon pays.

– Chanonat? Près de l'Auzon?... J'y étais il y a dix jours. Un village de gueux; je n'y ai pas vendu le fil d'une lame.

– Connais-tu la Roche-Blanche?

– Ça ne vaut rien non plus. Pas un liard de vente.

– Et Jussat?

– Jussat? Là, oui qu'il y a de braves hommes et de braves femmes; on m'a acheté trois rasoirs et deux paires de ciseaux.

Ainsi, comme beaucoup, jugeait-il le monde selon ce qu'il lui rapportait.

De Chapdes-Beaufort à Cinq-Fontaines il n'y avait qu'une heure de marche. Fortunat voulut aller voir comment se portait la chartreuse depuis l'abandon de son frère Christophe. On le reçut fraîchement lorsqu'il se fit connaître :

– Monsieur, vous portez un nom détesté, celui d'un religieux renégat qui a choisi le monde au lieu de la solitude, la révolte au lieu de la discipline, les bavardages au lieu du silence. Il s'était engagé à nous défendre, et il prête la main à nos persécuteurs. On nous rapporte qu'il est devenu un des plus enragés Jacobins de la capitale. C'est tout dire! Aussi l'avons-nous démis de son titre de prieur et je suis – dom François Bernard – son successeur dans cette maison. Du moins dans ce qu'il en reste.

– Mon père, je ne partage pas les opinions de

Christophe; j'ai refusé de prêter serment à la Constitution.

– Soyez donc le bienvenu. Restez ici le temps qu'il vous plaira.

– Je viens seulement vous présenter mes respects.

– L'été, cette chartreuse est très agréable. Mgr de Bonal aimait à faire ici des retraites. Mais combien de temps y resterons-nous encore? Il y a deux mois, une cinquantaine de patriotes a pénétré nuitamment chez nous, a pillé la cave et la buanderie. Depuis, un détachement de gardes nationaux clermontois est en garnison dans nos murs, en principe pour nous protéger. Bref, déjà, nous ne sommes plus chez nous. *Depelleris ab domo tua.*

– Nous serons tous chassés de notre propre maison.

Au début de septembre, il décida de regagner la sienne. Sous le même déguisement, par les mêmes chemins. Après deux jours de marche et deux nuits de sommeil à l'auberge des étoiles, il arriva devant le château de la Bâtisse. Il vit au loin émerger les premiers toits de sa paroisse. C'était un dimanche matin, tout vibrant de cris d'alouettes. A cette heure-là, les cloches auraient dû annoncer la grand-messe, mais elles restaient silencieuses. Il arriva sur la place publique, se lava les mains et la figure à la fontaine, ôta son bonnet pointu, exposa son visage de tous côtés comme le tournesol pour se bien faire reconnaître. Il y eut une première exclamation:

– Monsieur le curé Fortunat!

Puis dix, puis vingt, puis cent. Une traînée de poudre. En un instant, l'on sortit de partout, l'on se pressa autour de lui, l'embrassant à l'étouffer. Félistine vint la dernière, boitillante, couvrit ses mains de baisers et de larmes.

– Et la messe? demanda-t-il.

– Il n'y a plus de messe.

– Et Poudrille?

– Il n'y a plus de Poudrille. Il habite Jussat, sous prétexte qu'il n'a pu trouver ici un logement à sa convenance. Il dit là-haut des messes démocratiques.

– Eh bien! mes amis, la messe chrétienne vous revient!

Il voulut entrer dans l'église, mais elle était fermée à clé. Le maire, Antoine Vasson, refusa d'abord de la rendre à un curé illégitime, mais la foule se fit si pressante qu'il finit par céder.

Et de nouveau les cloches de Chanonat sonnèrent, pour la plus grande joie de la terre et du ciel.

Le parti opposé avait la tête ailleurs qu'à la religion: il redoutait l'invasion. Les défenseurs de la patrie faisaient la queue devant la maison commune pour s'enrôler – hommes de tous âges, femmes, enfants. Un Jacobin venu de Clermont couchait leurs noms sur un registre. Un vieillard de soixante-quinze ans et un gamin de douze voulurent en être, mais le Jacobin les élimina. Il écarta de même un goitreux, deux boiteux, un bossu et un quasi-nain. Quant aux femmes, ne pouvant porter les armes au combat, elles offraient leurs économies, leurs rares bijoux. En définitive, douze volontaires seulement furent retenus à Chanonat, tandis que Jussat, trois fois moins peuplé, en fournit dix-sept.

Vers la mi-septembre, ils prirent la route de Clermont, où ils restèrent plusieurs mois au petit séminaire, situé sous le Marché des Cercles, s'y exerçant au maniement des armes avec des bouts de bois. Ils reçurent enfin de vraies piques, de vrais fusils, et furent acheminés vers la frontière où ils attendirent que l'ennemi voulût bien les attaquer.

Mais tout le monde espérait que la guerre n'aurait

pas lieu. Après vingt-huit mois de travaux et d'infinies vicissitudes, l'Assemblée Nationale venait de proclamer enfin la Constitution, au son des tambours, devant l'Hôtel de Ville, au pied d'un arbre de la Liberté. Le Roi lui-même l'avait solennellement reconnue. De son côté, elle reconnaissait sa personne inviolable et sacrée. La Révolution était finie.

9

Il ne restait plus à la France qu'à se dépouiller de sa vieille défroque, qu'à s'introduire dans ce nouveau vêtement, qu'à se montrer enfin ce qu'elle méritait de paraître, belle dans ses formes, harmonieuse dans ses gestes, généreuse dans ses pensées, digne de toutes les adorations.

Encore fallait-il bien entendre chaque détail du changement. Deux commissaires pédagogues, un grand et un petit, vinrent à cheval de Clermont pour l'expliquer. Ils dirent s'appeler Adrien-Marie Dijon, de Clermont, et Joseph Pagès, de Riom. Convoquèrent à roulement de tambour la population dans la maison commune. Là, armés chacun d'un opuscule, ils administrèrent aux Chanonatois une leçon de catéchisme civique, le petit posant les questions, le grand fournissant les réponses :

– Quels sont les principes de notre Constitution?

– Les principes de notre Constitution sont fondés sur la nature, la raison et l'équité.

– Comment notre Constitution est-elle appuyée sur les principes de la nature?

– Notre Constitution est fondée sur les principes de la nature parce qu'elle a déclaré que tous les Français sont libres et égaux en droits. Or la nature nous a fait naître avec ces deux qualités qui assurent l'existence de tous les hommes.

– Comment notre Constitution est-elle fondée sur les principes de la raison?

– Notre Constitution est fondée sur les principes de la raison parce qu'elle a consacré d'une manière irrévocable la jouissance paisible et entière de tous les droits qui appartiennent à tous les citoyens. Or la raison nous enseigne que sans aucune distinction les hommes doivent jouir de la plénitude de leurs droits.

– Comment notre Constitution est-elle fondée sur les principes de l'équité?

– Notre Constitution est fondée sur les principes de l'équité parce que toutes ses lois sont communes sans exception à tous les Français. Or l'équité demande que des citoyens qui tous sont libres et égaux soient gouvernés par les mêmes lois...

Les paysans, les marchands, les petits propriétaires, assis sur les bancs, ou debout, appuyés aux anciennes colonnes, sous la voûte nervurée, écoutaient bouche bée ce dialogue, n'entendant que la moitié des mots, mais comprenant qu'il s'agissait de pensées grandes et majestueuses. Certaines, toutefois, entraient parfaitement dans leur comprenette :

– Qu'étaient les Français sous l'ancien régime?

– Les Français sous l'ancien régime n'étaient que des esclaves dans leurs pensées, dans leurs propriétés, dans leurs personnes.

– Comment étions-nous esclaves dans nos pensées?

– Nous étions esclaves dans nos pensées parce qu'il nous était défendu de les écrire, de les publier, de les dire si peu qu'elles offensassent un ministre, un intendant ou un magistrat, sous peine d'être enfermés, souvent pour toute notre vie, dans les cachots horribles de la Bastille ou d'autres prisons.

– Comment étions-nous esclaves dans nos propriétés?

– Nous étions esclaves dans nos propriétés parce que souvent un seigneur nous en privait sous de très légères indemnités; parce que nous étions obligés de souffrir qu'en vertu de son droit de chasse il ravageât nos récoltes; parce qu'il ne nous était pas permis au contraire de tuer sur notre terrain le gibier qui fourrageait nos blés, nos vignes, nos chanvres.

Alors Chanonat se levait, s'échauffait, applaudissait, s'exclamait :

– Oui, oui! C'était bien comme ça! Mille fois oui! Je le jure!

La leçon de catéchisme dura trois soirées. De temps en temps, elle devait s'interrompre. Le public avait prévu cela, c'était à qui offrait de son vin aux pédagogues. Aucune grande rubrique ne fut omise. Des bienfaits de notre Constitution et de notre Gouvernement. De la Loi. De la Constitution civile du clergé. Du serment civique. Du schisme. Elle n'hésitait pas à nommer les personnes :

– M. Périer est-il le légitime évêque de Clermont?

– On ne peut en disconvenir, si l'on ne s'écarte point de ce principe fondamental qu'il n'y a de vrais et légitimes pasteurs que ceux à qui la Nation permet d'exercer la juridiction qu'ils ont reçue de l'Église.

– Rendez cela sensible par un exemple.

– Reconnaîtrait-on pour légitime evêque celui qui, ayant reçu la juridiction de l'Église, voudrait l'exercer sur les sujets d'une province sans la permission du Roi? Non, sans doute. Eh bien, M. de Bonal, en exerçant sa juridiction, s'immiscerait dans un exercice qui lui est interdit par la Nation. Il ne peut donc être le légitime évêque de Clermont.

– Mais s'il excommuniait M. Périer et tous ceux qui le reconnaissent pour évêque?

– Son excommunication serait nulle, parce qu'on ne peut lancer une excommunication sur un diocèse où l'on n'a point compétence.

– En serait-il de même de l'excommunication du pape?

– Toute excommunication provenant de la cour de Rome, selon les mémoires du clergé et les libertés de l'Église gallicane, est frappée de nullité si elle n'est revêtue de la sanction civile.

Au terme de ces trois jours de leçon, Chanonat se trouva parfaitement instruit des vérités constitutionnelles et les deux commissaires s'en allèrent porter ailleurs la bonne parole.

Peu après, les citoyens actifs, contribuables d'au moins trois journées de taille et pouvant en présenter quittance, furent appelés à envoyer des électeurs suractifs à l'Assemblée primaire, contribuables d'au moins dix journées, laquelle, à son tour, choisirait les députés du Puy-de-Dôme au Corps législatif, dont aucun ne devait avoir appartenu à la Constituante. Il se trouva une cinquantaine de citoyens actifs. Ils se rendirent à Saint-Amant-la-Cheire où, mêlés à d'autres, ils choisirent quatre suractifs : Antoine Vasson fut du nombre.

Venus des soixante et un cantons du département, quatre cents supercitoyens se réunirent donc à Clermont dans l'église des Cordeliers, sous la présidence de Périer, l'évêque jureur, et entreprirent d'examiner la trentaine de candidatures qui devait pourvoir aux onze sièges. Chaque postulant montait à la tribune, exposait sa vie passée, ses mérites, ses intentions. Certains étaient déjà bien connus. Sablon, maire du chef-lieu, qui se dit « l'homme le plus secourable, toujours prompt à aider ceux que frappe le malheur »; Bancal des Issarts, qui rêvait de « réunir tous les peuples dans une association philosophique et fraternelle »; Claude Téallier, de Trézioux, qui défendrait « toujours le raisonnable et le modéré contre les résolutions extrêmes ». La plus étonnante figure était celle de Georges Couthon, qui se présenta dans un fauteuil roulant à trois roues qu'il actionnait au moyen de deux manivelles comme en ont les moulins à café. Son visage pâle et beau, sa bouche fine, sa parole douce impressionnèrent :

– Mes ennemis, affirma-t-il, m'accusent d'être républicain. Voire démocrate. Or je ne suis ni l'un ni l'autre. Car ni la république ni la démocratie ne conviennent à un État nouveau, qui serait l'objet de convoitises infinies. Combien de Sylla et de César ne se lèveraient en France! Je crois donc que la monarchie constitutionnelle est le seul gouvernement qui nous convienne. Il nous faut un Roi, mais un Roi-citoyen, qui ne prétende régner que par la Loi et suivant la Loi.

Quelques applaudissements, pas trop; les électeurs suractifs se réservaient d'exprimer leur opinion dans le secret du scrutin. La péroraison de ce candidat fut déchirante :

– Citoyens, c'est un mourant que vous avez devant vous! S'il sollicite vos suffrages, ce n'est point par arrivisme politique, mais pour obtenir, grâce à eux, une palme qui ornera prochainement son tombeau!

A la sortie de la chapelle, il fut accueilli par sa jeune femme Marie et ses deux enfants Antoine et Hippolyte qui l'arrosèrent de leurs pleurs.

Après dix jours de palabres, l'Assemblée primaire passa au vote. De l'urne sortirent cinq avocats, Maignet, d'Ambert, Thévenin, de Montaigut, Gaubert et Rabusson-Lamothe, de Clermont, Couthon, d'Orcet; deux magistrats, Téallier, de Trézioux, et Col, de Saint-Anthème; un notaire, Moulin, de Latour-d'Auvergne; un curé, Gibergues, de Saint-Floret; un professeur de sciences, Romme, de Riom, et un militaire, Soubrany, maire de la même ville.

Le ci-devant dom Christophe Fortunat, lui, n'était plus rien du tout, ni prieur, ni chartreux, ni député. Du moins avait-il obtenu comme religieux repenti une pension annuelle de mille livres. Il employait son temps à fréquenter le club des Jacobins où il prétendait défendre encore les intérêts de l'Église. Il s'y heurtait souvent aux interventions de Robespierre qui avait fait condamner tous les couvents et supprimer deux paroisses sur trois. Or le député du Pas-de-Calais lui dit un jour en confidence :

– Et cependant, je serai bientôt obligé de rendre vigueur à ce qu'il me faut réduire aujourd'hui, la religion. Vois-tu, citoyen, le peuple doit suivre des bannières. Les gouvernements ont besoin d'une foi qui les élève et qui les guide. Tu m'aideras à la restaurer d'une certaine façon.

– Si tu la détruis toute, comment pourrai-je la relever?

Geneviève (de) Puyguilhem fréquentait avec lui le club qu'elle encourageait aussi à restreindre les prérogatives des prêtres :

– Ils se tiennent pour des intermédiaires indispensables entre le Créateur et ses créatures. Mais l'Être Suprême a-t-il besoin d'un messager des postes pour parler à notre cœur? Tout au plus les célébrants peuvent-ils jouer le rôle du directeur d'orchestre qui conduit les violons pour éviter les discordances.

Fortunat écoutait ces exhortations avec un certain trouble :

– Et les sacrements? Ont-ils encore quelque nécessité?

– Un seul sans doute, le baptême. Parce qu'il nous lave du péché originel et nous fait entrer dans la communion chrétienne.

– Et la confession? Et la pénitence?

– Il appartient à notre Créateur de nous pardonner

ou de nous punir. Des marmottements français ou latins qui veulent exprimer de vagues regrets ne peuvent rien changer à ses décisions.

– N'est-il pas bon que nous consommions la chair du Christ?

– C'est une croyance de cannibales, on s'imagine acquérir les vertus d'un chef en mangeant de sa chair. Si, cependant, certains chrétiens pensent y trouver quelque profit, libre à eux.

Proférées par une bouche si ravissante, ces énormités tombaient comme des pierres dans son esprit marécageux, y soulevaient quelques bulles, puis s'enfonçaient dans la vase. Ainsi, peu à peu, Geneviève avilissait-elle ses anciennes certitudes. La divine Incarnation se désincarnait. L'amour du Dieu vivant se réduisait à cette affection désolée que l'on garde toute sa vie envers une personne chère mais défunte, pour laquelle on ne peut plus rien, dont on n'attend plus rien. Leurs discussions théologiques se déroulaient devant témoins, mais aussi en tête à tête au domicile de Fortunat, rue Sainte-Anne. Lorsqu'ils s'étaient échauffés un peu, tout à coup Geneviève s'interrompait, plongeait dans un long silence dont il n'osait la tirer, la tête renversée contre le dossier de son fauteuil, les yeux clos, les mains jointes. « Elle écoute ses voix », se disait-il avec une frayeur respectueuse. Ce visage fermé, comme absent, ces cheveux abandonnés sous la cocarde, ces mains immobiles cependant le fascinaient. Plusieurs fois la sienne, tremblante, s'avança; mais à un mouvement imperceptible qu'elle fit, il la retira.

Un soir, enfin, tandis qu'elle demeurait plus que de coutume dans cette sorte de catalepsie, il osa poser sa main sur les siennes. Geneviève sortit aussitôt de son apparent sommeil, le regarda de ses yeux bleus comme le sulfate :

– Voilà donc, dit-elle en éclatant de rire, ce qui manque à nos relations : le péché.

Et lui, se sentant rougir jusqu'à la nuque :

– Mais... mais... il n'est pas question... Pardonnez un simple geste d'amitié...

Ils se disaient tu en public et vous dans l'intimité, à l'inverse de ce qui avait cours sous l'ancien régime.

De nouveau, entre eux, le silence. Elle finit par dire :

– Jouons aux cartes.

Une échappatoire à laquelle ils avaient recours lorsqu'ils étaient las de leurs différends. Ils jouèrent au piquet, bien que Christophe y manquât d'expérience et d'adresse, de sorte qu'elle le faisait fréquemment pic, repic et capot. Ainsi lui arrivait-il de perdre quarante sous dans la même soirée; ils ne misaient point des haricots. Il payait avec satisfaction; c'était le seul argent qu'elle consentît à accepter de lui.

De temps en temps, elle revenait sur son intention de partir pour Rome, sans jamais réussir à se décider :

– J'ai trop d'amis ici, et qui croient en moi. Je partirai quand je sentirai que je commence à les perdre.

Ainsi, Geneviève et Christophe ne se quittaient guère. Cela finit par provoquer beaucoup de sourires et beaucoup de médisances. Leurs relations inspirèrent une pasquinade intitulée *Don patriotique du Périgord à l'Assemblée législative*, dont l'auteur anonyme laissait croire qu'il s'agissait d'une « dinde abondamment truffée ». Un autre auteur écrivit *les Amours de dom Fortunat*, vaudeville où paraissaient Christophe et Maximilien :

DOM FORTUNAT

Cher ami de mon cœur, vertueux Robespierre,
Je te veux consulter sur ce que je dois faire.
Puyguilhem m'a charmé; son œil fripon et doux
Semble dire ces mots : Devenez mon époux.

ROBESPIERRE

Mariez-vous.

DOM FORTUNAT

Pourtant, une certaine crainte
Me tourmente en secret. D'une union si sainte
Le public peu dévôt peut se moquer tout bas.
Ce qui serait fâcheux.

ROBESPIERRE

Ne vous mariez pas...

Le Fortunat du vaudeville finissait par sortir de cette situation buridanesque et formulait sa demande. Mais la dinde périgourdine la repoussait, car il n'y avait place dans son cœur que pour un seul amour, celui de la Constitution.

Christophe et Geneviève eurent entre les mains ces feuilles sans signature.

– Voilà bien, dit-il, un des inconvénients de la liberté de la presse.

– Les libelles, dernière ressource des lâches, florissaient déjà au temps de la censure. Continuons donc de vivre comme il nous plaît.

Sans partager totalement l'existence de Fortunat, elle passait beaucoup de temps en sa compagnie. Il lui arrivait de préparer chez lui leurs repas communs et même d'y dormir, dans une chambrette contiguë à la sienne. S'il en eut la tentation, jamais il ne lui arriva de l'y rejoindre. Ils formaient ainsi un étrange ménage d'amitié qui trompait beaucoup de monde.

Ils avaient souvent quelque peine à joindre les deux bouts parce que la pension du ci-devant chartreux lui était versée en assignats et que la monnaie carrée perdait de plus en plus de sa valeur. Nul ne se fiait à ce papier. Aussi la monnaie ronde se dissimulait-elle au fond des bas de laine. Au début, l'État avait imprimé de grosses coupures. Il en était ensuite tombé aux billets de cinq livres, et même de cinquante sous, de dix sous. Certains thésauriseurs acceptaient de changer leur métal à raison de cinquante livres légères contre vingt livres lourdes. Et la chute continuait...

Comme le papier, en principe, convient à l'écriture, quelques-uns de ces billets montraient en surcharge des lignes manuscrites : « Vive la Liberté! A bas l'Autrichienne! » Certains poètes adoptaient ce support pour se faire publier : « Faut-il regretter l'or quand on peut s'en passer? » « Ne me refuse point au pauvre qui t'implore. » L'époque s'exprimait volontiers en alexandrins.

Les terres enlevées à la Commanderie, mises sous séquestre depuis deux ans, furent enfin vendues en ce printemps 1792. Les avis en furent placardés sur les portes de la maison commune de Chanonat. Le premier avantage de ces encans était que les paiements pouvaient se faire en assignats. Le second, qu'il suffisait de verser un acompte; on disposait de dix ou vingt ans pour s'acquitter du reste. L'inconvénient était que les ventes s'opéraient à Clermont, au siège du district, dans l'ancien couvent des Augustins. Cela contraignait les acheteurs possibles à une marche de trois heures, munis de fonds importants, par des chemins mal fréquentés. Aussi les achats se firent-ils le plus souvent au profit de bourgeois clermontois. Pierre Veysse fut au nombre des exceptions.

Il possédait déjà, en simulacre, la maison du curé. Avec ce bien pour hypothèque, il put emprunter deux mille livres carrées à un changeur de Clermont, demeurant rue Four-l'Évêque, ce qui lui fit une enflure considérable sur le cœur.

Ainsi équipé, il se présente au jour dit, un glacial matin d'avril, dans l'ancien réfectoire des Augustins, sous l'œil attentif de deux gardes. (On ne sait ce que sont devenus les moines eux-mêmes, naguère grands amateurs de cerises, de pêches, de poires, d'abricots. Mis en pénitence sans doute, privés de dessert et de liberté en attendant leur expulsion définitive, dans les cellules de cette vaste bâtisse édifiée en contrebas de la ville, sous le talus de la Poterne, au fond de leurs vergers que les voisins pillent maintenant à poigne que veux-tu.)

Une vingtaine d'amateurs de biens attendent comme lui les encans, assis sur des bancs face à deux tables vides, battant la semelle et soufflant sur leurs doigts. Passe, de la sorte, une bonne heure. Regards obliques. Chuchotements. Pierre Veysse reconnaît trois autres Chanonatois, déjà propriétaires « commodes ». Que pèseront contre leurs mises ses deux mille livres de papier? Enfin, les gardes crient :

– Silence!

Entrent trois commissaires porteurs de dossiers. Ils s'installent aux tables. Ils annoncent qu'ils vont procéder à l'adjudication des terres ayant appartenu aux frères Hospitaliers de Chanonat. Ils recommandent aux enchérisseurs de bien s'informer sur la situation et la superficie de chaque parcelle afin qu'il ne surgisse ensuite aucune contestation. Rappellent la procédure :

– L'enchère durera autant que la bougie de cire et s'éteindra en même temps qu'elle. Si la mèche garde encore un point rouge, le point rouge ne compte pas. Ni la fumée. Seule la flamme vaut.

Cela est tout pareil à l'ancienne accense par quoi M. de Vichy, naguère, adjugeait ses prunes. Au bout du préambule, le commissaire-priseur débite la liste des parcelles, leur nom, leur site, leur classe par qualité de terrain, leur surface. Veysse les reconnaît au passage; il a trimé sur chacune pour le compte des Hospitaliers. Il y a glané les épis perdus, il y a poussé ses brebis pour profiter de son droit de vaine pâture. L'une entre toutes l'intéresse, dite Chambelle, qui mérite bien son nom, au-dessus de l'Auzon, mais à l'abri des débordements, en pente légère, toute faite d'un sol profond, fertile, engraissé. Sa mesure, trois œuvres et quatre cartonnées; sa mise à prix, huit cents livres.

« Peut-être, se dit-il, la main sur la liasse qui gonfle son estomac, serai-je seul à la vouloir. Il y a bien de la terre pour tout le monde. »

Mais à mesure que se déroulent les enchères, les trois autres Chanonatois se disputent entre eux le moindre lopin, de sorte qu'il se trouve adjugé à deux ou trois fois son prix de départ.

Vient la Chambelle. Le commissaire allume une bougie, la fixe dans une bobèche :

– Mise à prix : huit cents livres.

– Neuf cents! crie aussitôt l'un des voraces.

– Mille! jappe le second.

– Onze cents! fait le troisième.

La cire se consume, il faut aller vite. Veysse les laisse courir devant lui, muet de crainte. Bientôt, ils atteignent deux mille. Ils les dépassent. Le sang lui monte à la tête, lui chauffe les joues et les oreilles. Va-t-il se la laisser enlever sans ouvrir le bec?

– Deux mille cinq cents! lance-t-il soudain.

Les trois autres le regardent, surpris de son intervention comme si, dans leur pensée, il n'était venu qu'en spectateur.

– Deux mille six!

– Trois mille! crie-t-il, éperdu.

– Paf! Adjugé! font en même temps le marteau et la voix du commissaire – la flamme s'est éteinte.

Le voici propriétaire. Et dans les dettes. Le commissaire greffier lui fait signe de venir à lui :

– Citoyen, tu me dois trois mille six cents livres, en comptant les frais de registre. Mais il suffit que tu m'en verses le quart, neuf cents. Tu as vingt ans pour payer le reste.

Pierre Veysse s'exécute, signe diverses feuilles, dont l'une lui est remise, son titre de propriété. Il le serre sur son cœur. Les autres Chanonatois considèrent avec dépit ce concurrent sauvé par la chandelle.

Avant de regagner son village, il erre un peu à travers la ville occupée à mille besognes. Les sabotiers, menuisiers, tonneliers, charrons, cordiers travaillent dans la rue; des bouchers étripent leurs bêtes sur le pavé en pente; des chiens lèchent le sang qui dégouline; des ânes bâtés se faufilent, chargés de fagots, de foin, de clinquailles. Une mode nouvelle signale les vrais patriotes; ils portent un bonnet rouge dont la pointe retombe sur le front, avec des oreilles pendantes comme des caroncules de dindon. Ainsi se coiffaient en Phrygie les esclaves qui venaient de se racheter. Des attroupements se tiennent devant les avis officiels, que lit à voix haute celui qui connaît les lettres. Ainsi, contre la porte de Saint-Pierre, une affiche dépenaillée enjoint à tout ecclésiastique réfractaire d'avoir à prêter serment avant le 19 mars, « faute de quoi il sera expulsé de la paroisse et devra sortir dans les quinze jours de son département; passé ce délai, il sera emprisonné ou déporté vers la Guyane ».

On ne voit plus d'ailleurs une soutane par ces rues qui jadis en grouillaient. Seuls osent encore se montrer les Oratoriens, en lévite et bas noirs, parce qu'ils ont prêté serment et sont persuadés que la Révolution, née en partie de leurs enseignements, les protégera.

Autre avis, sur une porte de la cathédrale, le roi Louis XVI et l'Assemblée législative ont déclaré la guerre au roi d'Autriche, de Hongrie et de Bohême; la France appelle de nouveau ses enfants à la défense du sol sacré de la Patrie.

Ayant bu chopine dans un bouchon de la rue du Cheval-Blanc, Veysse reprend enfin le chemin du retour, lesté de son titre et des assignats qui lui restent, serrant dans sa main un bâton bien noueux, retenu au poignet par une bride de cuir.

Ce fut chez lui la fête ce soir-là. Toute la famille voulut voir la feuille mi-imprimée, mi-manuscrite, qui les rendait seigneurs et maîtres de la Chambelle, hors de toute dîme ni cens. Elle fut enfermée dans le tiroir aux reliques en compagnie des chapelets, images saintes, pierres de serpent qui guérissent des morsures.

Le lendemain, tous s'en allèrent saluer leur propriété. La terre était en jachère depuis deux ans, mais après de si longues vacances elle ne demandait qu'à refleurir. Ils l'examinèrent, la foulèrent, ramassèrent quelques cailloux qu'ils portèrent en limite. A la masse de bois, ils plantèrent des piquets aux quatre coins, et ils ornèrent chacun d'une petite cocarde tricolore. Le jour d'après fut celui des visites aux voisins, amis et accointances: « Demain, sur les quatre heures, Pierre Veysse prendra possession de sa terre de la Chambelle. Il vous convie à la fête du cri et de la motte. Vienne qui voudra. »

Au curé aussi, naturellement. Au jour et à l'heure, une trentaine de personnes se dirigèrent vers la Chambelle et s'alignèrent en bordure, tandis que Veysse et ses fils tenaient le milieu avec une brouette de denrées. Quand il ne vit plus venir de témoins, le laboureur-charron s'avança et cria quatre fois, aux quatre côtés du champ :

– *Aquèlo tiaro zi mieyno! Aquèlo tiaro zi mieyno!* Cette terre est à moi! Cette terre est à moi!

Personne n'ayant protesté, sa propriété fut ainsi reconnue. Pierre alors ramassa une motte bien herbue et la jeta au loin : geste signifiant qu'il pouvait maintenant disposer à son gré de cette parcelle. Les présents applaudirent. Le curé Fortunat, en surplis, répandit dessus une pluie d'eau bénite, dont les invités prirent quelques gouttes, ils se signèrent.

– A présent, vous pouvez entrer!

Les témoins ne se le firent pas dire deux fois et se pressèrent autour de la brouette. Les femmes Veysse étalèrent sur l'herbe des linges blancs, y disposèrent les nourritures apportées, fromages, œufs, saucisses salées, tandis que les hommes remplissaient tasses et gobelets.

Clermont se débarrassait également de ses biens nationaux. Jardins et bâtiments conventuels trouvaient facilement preneurs. Il n'en était pas de même des églises et chapelles, d'un difficile réemploi. Du moins, en ce même mois d'avril, se défit-il avantageusement de l'église des Carmes Anciens, acquise pour la somme de cinquante-deux mille livres par la communauté protestante. Ces messieurs calvinistes – qui avaient d'abord refusé Saint-Adjutor, exigu, décrépit, noyé dans des ruelles tortueuses – y célébrèrent leur premier culte le dimanche 15, en présence de la municipalité, sous la garde de factionnaires armés.

Paris, ce 18 juillet 1792

« Bien cher frère,

« J'ai appris par notre sœur Guillette ton heureux séjour à Chapdes-Beaufort et ton retour à Chanonat non moins heureux. Ce village est un "fortuné séjour", comme chantait Jacques Delille, puisqu'il ne supporte que très adoucies nos affres révolutionnaires. Tu ne saurais croire combien je regrette de m'être laissé entraîner dans la cohue, comme dit une personne de ma connaissance. Mais le vin est tiré : buvons-le, même s'il a goût de verjus. Ignores-tu vraiment les décrets de proscription qui ont été pris récemment contre les prêtres insermentés? Un des plus jolis est celui qui vous frappait de déportation lorsque celle-ci était demandée par vingt citoyens actifs du même canton. J'imagine qu'il eût été facile à tel ou tel de tes adversaires d'accointer dix-neuf autres patriotes et de te faire expédier à Cayenne. Par bonheur, le Roi a mis son *veto* à ce décret.

« Par malheur, les Parisiens lui ont arraché ce mirliton dont il faisait sans doute un usage abusif pour couvrir la voix de l'Assemblée. Ils ont envahi le palais des Tuileries, transportant à bras un canon de deux cents livres jusqu'à l'étage des appartements, criant : " A bas le *veto*, vive la liberté! " Ils coincent le Roi derrière une table, lui disent : " Monsieur, vous vous moquez de nous! Plus de *veto*! " Mais lui reste, au milieu de cette chienlit, calme comme le sphinx : " L'Assemblée Nationale m'a donné le droit de *veto*. Elle seule peut me l'enlever. " On discute, on s'exclame. Un des Parisiens ôte le bonnet rouge qu'il portait, le lui tend. Le Roi s'en coiffe. Applaudissements. Il prend la main d'un émeutier, la pose sur sa poitrine pour lui faire constater, aux battements de son cœur, qu'il n'éprouve aucune crainte. Un autre lui verse un gobelet de vin : il le boit à la santé de la Nation. Mais nul ne peut lui arracher le mirliton. La cohue finit par se retirer. Les jours suivants sont arrivées sur le bureau de l'Assemblée plusieurs adresses envoyées par les départements pour protester contre la violence et l'insulte faites à la personne sacrée de Louis XVI. Le sentiment monarchique est donc encore vivace au cœur des Français.

« Jusqu'où tiendra le nôtre? Nos députés se perdent en projets saugrenus : l'un veut que le Roi divorce de l'Autrichienne; l'autre qu'il abdique en faveur de son fils, un enfant de sept ans; un troisième qu'il cède sa place à son cousin, le duc d'Orléans.

« J'ai vécu, il y a quatre jours, le troisième anniversaire de la Bastille. Les 14 juillet se suivent sans se ressembler. Celui de 90 nous amena la bien belle fête du Champ-de-Mars. Celui de 91 un bain de sang sur les mêmes lieux : la garde nationale, aux ordres de La Fayette, imposa l'ordre contre les fureurs populaires. Celui de 92 s'est célébré dans les flammes; on a brûlé sur les quais de la Seine les symboles combustibles de l'ancien régime – drapeaux blancs, cocardes, armoiries, portraits, journaux, affiches, jeux de cartes. Il n'y a plus de roi de pique ni de reine de carreau.

« La pénurie s'installe partout. Nous mangeons du pain d'orge comme Diogène et buvons plus de bière que de vin. Nos soldats manquent de fusils. Les églises restantes manquent de prêtres à la fois constitutionnels et compétents; alors, on les confie à n'importe quel chien tonsuré; comme dit Mgr Expilly, le nouvel evêque de Quimper : quand on ne peut labourer la terre avec des chevaux, on la laboure avec des ânes. Tu m'informes que vous êtes toujours deux à labourer celle de Chanonat; mieux vaut cette concurrence que de laisser en friche le champ du Seigneur. Mais prends garde à tes arrières, mon cher frère. De partout l'on m'informe que des entêtés de ton espèce sont poursuivis, traqués, lapidés. Les prisons de Paris sont pleines d'eux, mêlés aux aristocrates, aux faussaires, aux voleurs. Aspires-tu au sort de saint Étienne ou à celui de saint Laurent?

« Comment se comporte en son diocèse Mgr Périer? Ici, Mgr Bonal vit caché, envoyant des instructions secrètes à ses obstinés fidèles, et même conférant des ordinations. Où est le bon grain? Où est l'ivraie? Je m'y perds de plus en plus. Que le Saint-Esprit nous éclaire au milieu de tant de ténèbres. Ton frère affectionné. Salut et fraternité dans l'Église sainte,

« Christophe Fortunat. »

Malgré ces avertissements, Raymond Fortunat s'obstine à rester parmi ses ouailles. Poudrille ne se montre guère. Les Chanonatois pensent moins à la Révolution qu'à faucher leurs foins, qu'à moissonner leurs seigles, qu'à paître leurs chèvres. Ils décident cependant, pour faire comme tout le monde, d'avoir un arbre de la Liberté, un peuplier d'environ trois ans, né donc en 1789, qu'on déracine sur les rives du ruisseau, en amont de la Bâtisse , et qu'on plante au mois de mai au beau milieu de la seule place, paré de cocardes, de rubans, de drapeaux, coiffé d'un bonnet phrygien. Poudrille le bénit et l'honore d'un sermon patriotique. On arrose ses racines avec quelques chopines de vin rouge, qui est la vraie eau bénite de la Révolution. Les partisans de l'ancien régime assistent d'un peu loin à la fête, sans broncher.

Les nouvelles arrivent par un journal, *le Thermomètre du jour,* que rédige un Clermontois nommé

Dulaure. On apprend ainsi qu'un arbre de la Liberté planté au sommet du puy de Dôme n'a résisté que vingt-quatre heures aux effets du vent et du fanatisme. Qu'un bataillon de fédérés marseillais s'est battu sous les ormes des Champs-Élysées contre des chevaliers de Saint-Louis. Que ces fédérés, assistant aux séances de l'Assemblée, y ont réclamé de façon tonitruante la déchéance de Louis XVI. Que le duc de Brunswick, de son quartier de Coblence, a lancé un manifeste où il menace de détruire Paris en cas d'attentat sur la personne du souverain. Fureur de la capitale, soigneusement excitée par les membres d'une Commune insurrectionnelle. Le 10 août au matin, des milliers de Parisiens, unis aux fédérés bretons et marseillais, appuyés par une fraction de la garde nationale, attaquent au canon, au fusil, à la baïonnette les Tuileries défendues par mille Suisses et trois cents gardes royales. Le combat dure cinq heures, auprès duquel la prise de la Bastille apparaît comme une amusette. En fin de journée, trois cents insurgés sont couchés sur le pavé de la cour, huit cents gardes suisses ou gentilshommes massacrés à l'intérieur. Le Roi et sa famille se sont enfuis par les jardins, la reine y a perdu une de ses pantoufles; ils sont allés demander asile à l'Assemblée qui les a reçus dans la loge des tachygraphes, d'où Louis XVI, écœuré par tant de sang répandu, a donné l'ordre à ses défenseurs survivants de déposer les armes. Un officier aux gardes royales, le baron d'Aubier, originaire de Royat, a veillé toute la nuit devant leur porte. Le lendemain, Marie-Antoinette l'a gratifié de sa seconde pantoufle. On est sans nouvelles de la première.

« Les trois jours qui ont suivi, rapporte *le Thermomètre,* ont vu la chute des symboles royaux de pierre ou de métal : les statues de Henri IV sur le Pont-Neuf, de Louis XV sur la place qui portait son nom, de Louis XIV sur celle des Victoires ont été jetées bas. Martelés, les rois qui ornaient la façade de Notre-Dame. Quant à Louis XVI, il a été transféré avec sa famille dans le donjon du Temple. Cent marches étroites conduisent à leurs appartements séparés. Après lui, une foule de royalistes ont été incarcérés... »

Quelqu'un d'autre renseigne l'Auvergne, le député Georges Couthon qui, de sa brouette à manivelles, voit tout, sait tout, juge de tout. Il écrit à des correspondants fidèles qui recopient ses lettres, les affichent à divers points de Clermont. Par elles, on apprend qu'à Paris le véritable pouvoir n'est plus à l'Assemblée, mais désormais aux mains de la Commune et de ses quarante-huit sections. On y obéit aux ordres inspirés de Robespierre, de Danton, du médecin suisse Marat qui n'a qu'un mot à la bouche : « Punir! Punir! Punir! »

La Lorraine est envahie; Longwy et Verdun se sont rendus aux Prussiens et aux émigrés. La Fayette, responsable de la fusillade du Champ-de-Mars, s'est enfui en Belgique.

Vers la mi-septembre, *le Thermomètre* rapporte que des exécutions massives sont advenues dans les prisons parisiennes; mille ou deux mille « malveillants, traîtres ou conspirateurs » y ont été massacrés. Égorgés, fusillés, coupés en morceaux. Couthon ne s'explique guère sur ces horreurs dans sa correspondance : « Permettez-moi, mes chers concitoyens, de vous renvoyer aux journaux pour la connaissance des faits... Le Peuple continue d'exercer sa souveraine justice dans les prisons de Paris. » Il n'approuve ni ne désapprouve. Il faudra très longtemps pour qu'une part de vérité arrive aux oreilles de qui la cherche. Des témoignages fortuits. Par exemple – quinze ans plus tard – les confidences d'un certain Morin, natif de Marsac près d'Ambert, revenu finir ses jours en son pays. Il racontera tranquillement la chose au coin du feu, en pelant des pommes de terre :

– Faut vous dire qu'à l'appel des grands chefs on avait d'abord bien rempli les prisons, l'Abbaye, les Carmes, Bicêtre, la Conciergerie, le Châtelet. Pendant une dizaine de jours, nous avions arrêté à tour de bras : prêtres réfractaires, aristocruches, riches égoïstes. Moi, je faisais partie des Fédérés marseillais, ainsi nommés, non point parce que nous venions de Marseille, mais par admiration pour les vaillants patriotes qui avaient combattu aux Tuileries, le 10 août précédent. Nous étions aux ordres du Comité révolutionnaire du Luxembourg qui siégeait à Saint-Sulpice. La chose se fit, non point sur un coup de sang, mais avec calme et préparation. Annoncée d'abord par le canon d'alarme et toutes les cloches qui sonnaient le tocsin. Cela secouait les tripes. Un drapeau noir flottait sur l'Hôtel de Ville. Les coupables dont nous avions la garde dans le monastère des Carmes, rue de Vaugirard, furent jugés un à un par les sectionnaires et condamnés à mourir. Une fosse fut creusée d'avance dans le cimetière voisin, ce qui nous occupa une grande partie du 2 septembre et nous fit suer un bon coup, à cause de la chaleur. A quatre heures, nous prenons nos armes (j'avais une hache et un mousquet), nous pénétrons en criant « Vive la Patrie, vive la Nation! » dans le jardin où les prêtres se promenaient en grand nombre. Quand ils se voient assaillis, voici que quelques-uns grimpent aux arbres. Nous les descendons à coups de fusil. Mais la plupart nous attendent de pied ferme. Il fallait avoir le cœur bien accroché et rempli de patriotisme pour lever la main sur ces têtes blanches. Tout par un coup, je me trouve face à un compatriote de Marsac nommé Jacques Friteyre, prédicateur, qui avait, comme les autres, refusé le serment.

«– Vous ici, Morin! fait-il en fixant sur moi son regard fanatique. Vous!

«– Oui, moi. Et tu vas voir ce que je suis venu faire!

«Je lui fends la tête d'un coup de hache. Puis, pour me débarrasser de son regard, je l'achève à coups de crosse. Que voulez-vous, en ce temps-là, fallait être victime ou bourreau. La France était attaquée par le dedans et par le dehors. On ne pouvait sauver la Révolution qu'en terrorisant tous ses ennemis.

Vers la mi-septembre de 1792, la plume de Georges Couthon garde cependant sa sérénité : « Mes chers concitoyens, l'Assemblée Nationale, consciente après l'arrestation de Louis XVI que la Constitution a besoin d'une face nouvelle, a décidé de céder la place à une Convention extraordinaire, c'est-à-dire une autre espèce de Constituante, dont tous les membres seront élus au suffrage universel. Je touche donc à la fin de ma carrière législative. Bientôt, je vais rentrer dans mes foyers, et revenir auprès de vous accompagné du vrai bonheur, puisque j'emporterai avec moi le sentiment d'une conscience pure et l'assurance de votre estime et de votre amitié. Je vous embrasse tous. »

10

Et l'on rejoua la comédie électorale. Sans distinction censitaire, cette fois, entre citoyens passifs, actifs et suractifs, chaque commune fit choix d'un certain nombre d'électeurs proportionné à sa population. Chanonat eut les siens. Parmi les candidatures à l'électorat se trouva celle d'un nommé Chevance qui, jusqu'alors, avait vécu dans l'ombre et la misère. Vasson lui fit remarquer qu'il n'avait jamais donné le moindre signe de patriotisme, comme l'exigeaient les recommandations du département.

– Et que faut-il que je fasse pour vous prouver que je suis un vrai patriote?

– C'est à toi de trouver.

Il se gratta la nuque, longuement, sous son chapeau luisant de crasse, puis décida :

– Accompagnez-moi. Je vais vous donner ma preuve.

Quatre jeunes gens se lèvent :

– Où nous mènes-tu?

– Vous verrez bien.

Ils sortent ensemble. En attendant leur retour, oubliant les affaires de la Patrie, les Chanonatois s'entretiennent de leurs vendanges, de leurs brebis, de leurs cochons. Près de l'ancien prieuré, maintenant vide, Chevance ramasse une gaule, le long du mur. Il va devant, tout faraud, marchant des épaules, les quatre témoins suivent.

– Où nous mènes-tu? répètent-ils.

Et lui toujours muet.

Les voici près de l'église. Et Chevance :

– Ouvrez bien les yeux.

Il se faufile dans la venelle qui contourne le chevet, arrive sous la fenêtre principale formée de trois vitraux. Le plus grand représente le Christ, celui de droite sa Mère, celui de gauche saint Étienne, patron de la paroisse, lapidé devant Jérusalem. Après quelque hésitation, il lève sa perche, en assène quatre coups bien réfléchis au vitrail du milieu, dont les morceaux tombent à l'intérieur en tintant sur les dalles.

– Et maintenant, direz-vous que je ne suis pas un bon patriote?

Les jeunes gars rapportèrent sa preuve à l'assemblée des citoyens. Elle en fit rire plus d'un, même si la majorité s'indigna. Raymond Fortunat, qui assistait à la séance en redingote, tout au fond, derrière un pilier, regagna son église, ramassa les débris de verre comme des reliques, boucha la fenêtre avec des planches.

Malgré ce coup d'éclat, Chevance ne fut pas nommé; Antoine Vasson et Jacques Rixain sortirent électeurs. Ils prirent la route de Clermont et se joignirent à plusieurs centaines d'autres dans l'ancienne église des Cordeliers. Douze députés y furent élus ou réélus, parmi lesquels Gibergues, Romme, Soubrany et Couthon, ce dernier toujours aussi mal en point dans sa brouette, avec, sur les genoux, un petit animal blanc que les uns disaient lapin et d'autres caniche, sur lequel il gardait ses longues mains. Le plus surprenant du lot fut un Anglais, Thomas Payne, devenu américain, banni de ses deux pays, patriote français en diable bien qu'il ignorât notre langage, ce qui l'obligeait à se faire accompagner d'un interprète. Sa très haute silhouette, son teint de brique, ses mains poilues impressionnèrent les petits électeurs auvergnats. Dulaure le présenta comme la plus noble conquête de la Révolution. Il fut élu avec lui, d'un même élan. Le président des comices le régala d'un discours de félicitations auquel, manifestement, il n'entendit pas une syllabe. Il y répondit en posant une main sur son cœur; ce geste médiéval souleva l'enthousiasme plus qu'une longue harangue. Après quoi, Dulaure et son protégé offrirent à boire à leurs partisans les plus actifs. Thomas Payne désigna chacun d'eux aux cabaretiers en prononçant :

– Chopine!

L'unique mot qu'il parût connaître de la langue française.

Dès le lendemain, les nouveaux élus prirent le coche de la capitale, d'où ils firent savoir, dans les derniers jours de septembre, qu'ils avaient proclamé la déchéance définitive du roi et décrété la République.

Immense événement! Pour en inculquer la signification et l'importance, Vasson invita ses administrés à se rendre, le dimanche suivant, après la messe, dans la maison commune. Il expliqua que la France n'était plus un royaume. Développa les conséquences :

– A partir du 22 septembre écoulé, les jours, les mois, les années ne seront plus comptés comme avant, depuis la naissance de Jésus-Christ. Un calendrier républicain est institué, dont je vous donnerai les détails par la suite. Citoyens, je vous prie d'accepter les changements décidés à Paris pour notre bonheur.

– On aurait pu nous demander notre avis! protesta quelqu'un. Paris n'a pas le droit de trancher de tout!

– Nous avions un bon Roi, dit un second.

– Et quel profil mettra-t-on sur les écus, quand on en frappera d'autres? La République n'a pas de figure!

Il y eut une discussion de deux heures, qui s'acheva par cette proposition du maire :

– Que ceux qui sont d'avis de suivre le décret de la capitale lèvent leur chapeau.

Les présents se considérèrent, tournant la tête de droite et de gauche, attendant pour se décider celui qui, le premier, aurait le courage de lever le sien. Un chapeau enfin se leva. Puis un second. Puis dix. Puis vingt. Puis cinquante, tandis que les obstinés de l'ancien régime enfonçaient le leur jusqu'aux oreilles. Vasson ne se donna pas la peine de compter. Il commanda au secrétaire :

– Citoyen greffier, inscris que ce jour, le dimanche 1er octobre 1792, la commune de Chanonat, Puy-de-Dôme, a accepté la République à chapeaux levés.

Chez les Culs-Blancs de Jussat, sauf votre respect, l'adhésion fut immédiate et quasi générale. Ces démocrates promenèrent leurs drapeaux tricolores dans les rues et la campagne, tirant en l'air des coups de fusil et criant : « Vive la République! » Un groupe se trouva rassemblé au carrefour, là où se tenait la Mère de Jésus en pierre grise. Un Jussatois nommé Jean Daucher enleva tout à coup son bonnet rouge et en coiffa la statue, par-dessus la couronne. Ce qui suscita une ovation. L'homme tint à la Dame une courte harangue :

– Citoyenne, tu étais l'image du fanatisme. Tu deviens à présent l'image de la Liberté!

Nouvelles acclamations. Quelqu'un s'avisa que le socle portait une inscription latine, *AVE MARIA*, qui n'avait plus sa raison d'être. On courut prendre une boucharde et, en quelques coups, l'inscription fut effacée. Dès lors, la Dame du carrefour, le pied posé sur le serpent de la Tyrannie, n'eut rien de trop ni rien d'insuffisant. Les Jussatois dansèrent autour d'elle.

Ce même jour, obéissant à la décision de la Législative, les religieux de Cinq-Fontaines se préparent à vider les lieux. Les dernières semaines ont été un combat journalier contre les patriotes des Combrailles venus faire main basse sur tout ce qui pouvait s'enlever, grilles, tuiles, serrures, fenêtres, linge, meubles, outils, tonneaux. Même les tuyaux de plomb des fontaines ont été tranchés et emportés. Même les livres. Même les crucifix et chapelets. Ces hommes, ces femmes, ces enfants n'exerçaient aucune violence contre les chartreux; ils se contentaient de leur ôter le pain de la bouche. Avec, aussi, les cuillères, les écuelles, les gobelets. La horde pillarde formait dans l'allée une double file; les arrivants aux mains vides, les partants aux mains pleines. Ainsi procèdent les fourmis déménageant leur fourmilière. Quant aux gardes nationaux qui auraient dû défendre l'abbaye, incapables de résister à tant de rapaces, ils s'étaient servis de même, et bien servis, avant de disparaître.

Le 1er octobre, les douze religieux restants s'assemblent donc une ultime fois dans l'église pour une messe d'adieu. Ils chantent le *Miserere* de David : *Aie pitié de moi, ô Dieu! selon ta grande miséricorde. Efface mon iniquité par ta compassion infinie.* Ils communient, se bénissent réciproquement. Puis ils sortent de la chapelle, les uns pleurant, les autres les yeux secs, le prieur serrant contre sa poitrine le ciboire et l'ostensoir de cuivre. Se dépouillent de leurs vêtements religieux, endossent des hardes laïques. S'embrassent et partent à pied comme les apôtres, certains deux par deux, plusieurs isolément. Vers Clermont où ils ont espoir de trouver une maison de retraite. Ou vers leur famille. Ou vers une destination qu'ils ignorent eux-mêmes.

Au chef-lieu du département arrive une charrette, entourée d'un peloton de gardes. Elle s'arrête sur la place de la Réunion. Ses occupants commencent de la décharger, dressant de ses matériaux un étrange échafaudage. Alentour, les ouvre-bec sont nombreux :

– Vous préparez une fête?

– Il s'agit d'une machine à décapiter le monde. A Paris, nous l'appelons louisette ou louison, parce qu'elle a été essayée par un chirurgien nommé Louis.

– Essayée sur qui?

– D'abord, sur des cadavres, à l'hôpital de Bicêtre. Ensuite, sur un vivant, voleur et assassin.

– Est-ce que celle-ci a déjà coupé des têtes vivantes?

– Pas encore. Il ne tient qu'à vous de lui en fournir.

Elle se dresse à présent, enduite au brai noir qui la protège de la pluie. Avec sa forte odeur de graisse, comme les armes, de goudron, comme les bateaux. En bas, le trou de la lunette. En haut, sa lame luisante, triangulaire, que les servants appellent « le mouton ». Ils en font la manipulation, montrant comment on le hisse au moyen d'une corde, comment on le libère en tirant sur un taquet : il tombe telle la foudre, rase la lunette, est reçu par deux butoirs rembourrés.

– Mais il faut, recommandent les bourreaux, éviter de le faire tomber à vide, pour préserver le fil des ébréchures.

– Combien pèse-t-il?

– Vingt livres environ. C'est suffisant. Il tranche allégrement une douzaine de têtes. Au-delà, il est bon de lui rendre à la meule son coupant.

Dix marches permettent de monter sur l'échafaud entouré d'un garde-fou, qui empêche le condamné de tomber et de se faire mal. Ils montrent aussi la planche à glissière contre laquelle on l'attachera, mains au dos, et qui le conduira sans faillir au trou capital. Celui-ci, composé de deux mâchoires amovibles, peut être élargi selon les pointures. La louisette est livrée avec une série de sacs en cuir et un mode d'emploi.

– Y a-t-il quelqu'un qui veuille en faire l'essai?

La proposition fait rire tout le monde. On demande le nom du fabricant :

– Un charpentier allemand nommé Schmidt.

Tout le jour, les curieux se succèdent pour voir, pour toucher, pour humer l'instrument de la justice populaire. Même affluence les lendemains. Après quoi, il est démonté et rangé dans un sous-sol des Augustins, en attendant de servir. La municipalité organisera un concours pour le recrutement d'un bourreau et de deux aides; il se présentera cent quatre-vingt-trois candidatures.

A Paris, la machine fonctionnait régulièrement. Robespierre et d'autres Jacobins demandèrent que le ci-devant roi Louis XVI, qu'ils appelaient Louis Capet, fût un de ses clients prioritaires. Mais l'Assemblée lui voulut un procès en bonne et due forme. Trois mois durant l'on tourna et retourna l'accusé sur le gril. Cela n'empêchait pas la Convention aux huit cents têtes de trancher sur maint autre sujet.

Le 6 novembre, elle trouve le moyen de faire remporter par ses armées une grande victoire à Jemmapes, en Belgique. Le 19, elle décrète que la France accordera secours et fraternité aux peuples qui voudront s'affranchir de la tyrannie. Le 27, elle achève la conquête de la Savoie et la proclame française. Le 29, elle prend un nouveau décret à l'encontre des prêtres insermentés, s'il en reste; ils seront proscrits, emprisonnés, décapités, coupés en rondelles. Certains qui avaient juré d'abord, puis renié leur serment sur l'injonction du pape, renient par terreur leur reniement.

Raymond Fortunat jugea qu'il était temps de prendre le large une seconde fois. Il lui restait huit frères ou sœurs vivants, outre son jumeau perdu dans la cohue parisienne, mais c'est encore chez sa sœur Guillette qu'il voulut retourner. Le médecin vétérinaire rendait tant de services aux hommes et aux animaux des alentours que sa maison offrait un asile garanti.

L'abbé se laissa pousser la barbe, s'habilla de guenilles et reprit la route de Chapdes-Beaufort avant le jour, à travers la campagne éclairée par la blancheur de la neige. Pour tout bagage, il emportait une besace contenant du pain et un flacon d'eau-de-vie, une couverture, un bâton ferré. Il ne pouvait emprunter les raccourcis, remplis de congères, et devait suivre les chemins. « Tu as, se dit-il, une chance sur deux de mourir de froid avant d'atteindre Chapdes. »

L'aube grise, traversée de corbeaux, l'atteignit à Randanne. Au loin, des coqs chantaient. Il rêva de la chaleur d'un poulailler, de la bonne odeur des fientes, de la tiédeur des plumes, tout en ahanant sur la route neigeuse. Buvant parfois une gorgée d'eau-de-vie. Bientôt, ses jambes devinrent insensibles. Anesthésiées. Elles fonctionnaient sous lui, hors de sa pensée, tandis qu'il récitait à mi-voix des patenôtres. A Olby, il entra dans l'église vide, abandonnée, ravagée, souillée, s'assit dans une stalle du chœur et s'y endormit. Une heure plus tard, il se réveilla, effaré, se demandant où il se trouvait. Il but une autre gorgée de liqueur.

Comme il sortait, il tomba sur un patriote en uniforme, armé d'un sabre, qui lui mit la main au collet :

– Qui es-tu? D'où viens-tu? Que fais-tu dans cette maison?

A quoi il répondit en touchant du doigt sa bouche et son oreille, pour laisser entendre qu'il était sourd-muet. L'autre retira sa main. Et à chaque rencontre malvenue, Raymond usa de ce subterfuge.

Au bord de la nuit suivante, il n'avait pas encore atteint Pontgibaud. « C'est fini. Je vais me perdre dans les ténèbres. Je n'arriverai jamais à Chapdes. Mon Dieu, ayez pitié de moi. » Comme il suivait la rive droite de la Sioule, il aperçut une chaumière isolée sur l'autre bord. Il eut l'idée de passer la rivière pour aller y demander l'hospitalité. Mourir d'une façon ou de l'autre... Celui qui doit se noyer n'a rien à craindre du gibet. Il se mit à la recherche d'un gué. Finit par trouver un saut où la Sioule ne semblait pas trop profonde. Entra dans l'eau écumeuse, qu'il sondait de son bâton, devant lui. Au milieu de son cours, elle lui monta jusqu'aux genoux. De pierre en pierre, il put atteindre l'autre rive, ruisselant, grelottant. But sa dernière gorgée d'eau-de-vie. Comme il approchait de la chaumine, des chiens aboyèrent. Une porte s'ouvrit. Parut une silhouette armée d'une fourche :

– Qui es-tu?

– Un malheureux qui cherche du secours. Si tu ne m'aides pas, tu me trouveras mort demain matin devant ta porte.

– Où vas-tu?
– Je te l'ai dit, à la mort.
– Ce n'est pas une réponse.
– C'est la seule vraie.

L'homme lui fit signe d'avancer. Quand il fut dans la lumière, il l'examina de la tête aux pieds, pour conclure :

– Tu es affreux.
– La fatigue... le froid... la faim...
– Entre. Pose ton bâton.

Il devina dans la pénombre, qu'éclairait seul le feu de la cheminée, des figures rencognées, un enfant dans les bras de sa mère, un autre sur le sol de terre battue, deux vieillards sur un banc. Dans l'étable voisine, un chien furieux continuait ses abois. L'homme entrouvrit la porte, lui cria une injure patoise. A mesure que les yeux du voyageur s'habituaient, les objets sortaient des ténèbres : la grande table au plateau creusé d'écuelles, les paniers et les claies à fromage suspendus, les hardes accrochées à des chevilles. Mais ce qui le rassura complètement fut un crucifix avec son bénitier de céramique cloué à la porte de l'étable. Raymond s'avança vers l'âtre, tendit ses mains aux flammes. Et tout de suite il se dénonça :

– Je ne suis pas un mendiant de profession, mais un prêtre fidèle au pape. Je me suis sauvé pour échapper aux gendarmes.

Silence stupéfait. Puis le maître ôta ce chapeau qui lui tombait autour de la tête comme un éteignoir :

– Si c'est la vérité...
– Ça l'est.
– ... cette maison est la vôtre.

Il commanda à sa femme de mettre sur la table le nécessaire. Avec une louche de bois, elle puisa de l'eau dans une seille, la versa dans un pichet, y ajouta une goutte de vinaigre, s'excusant de n'avoir pas de vin. Puis elle tira du pain, du fromage du grand tiroir qui était dessous. Ajouta un corbillon de noix.

– Mangez et buvez, dit le maître.

Fortunat reçut avec émotion ces mots eucharistiques. Tout le monde alentour observait le travail de ses doigts et de ses mâchoires, tandis qu'il découpait dans le chanteau des tranches sur lesquelles il maintenait avec le pouce les taillons de fromage. Ou bien il brisait les noix entre ses mains, en tirait les cerneaux, les mastiquait lentement avec du pain. Après un temps de ce cérémonial, la femme posa une question en patois.

– Voulez-vous du lait? traduisit son homme. Nous avons trois chèvres.

– Non, non. C'est très bien comme ça. Je suis repu.

Il jeta les coquilles au feu, où elles firent une courte flambée. Puis il demanda si on pouvait le garder la nuit.

– Nous dormons avec les bêtes. Mais la bourre ne manque pas.

– J'y serai mieux que sur la neige.

On récita la prière en commun, il bénit une à une chaque tête. La femme couvrit de cendres les braises vives et l'on passa dans l'étable dont la senteur ammoniacale lui sauta au nez. Chacun y avait sa caisse demi-pleine de paille, ses draps de chanvre, ses rudes couvertures. Le maître et sa femme lui offrirent la leur, qu'il refusa. On lui désigna donc, dans un coin, un tas d'herbes sèches, qu'ils appelaient la bourre, dont ils faisaient litière. Il ôta ses souliers et y enfonça ses membres recrus. Elle avait, malgré l'ammoniac, une odeur de reine-des-prés. Le remâchement des animaux produisait une rumeur régulière et douce.

Il fut tiré de son sommeil à l'aube par le remue-ménage qui se faisait autour de lui. Assis sur un tabouret, le maître procédait à la traite. Son fils aîné descendait de la fenêtre des brassées de foin qu'il répartissait dans les mangeoires. La maîtresse, de son côté, dans une stalle séparée, trayait ses biques. Un jeune domestique chargeait sur une pelle les plus belles bouses, larges et rondes comme des assiettes d'argile, les empilait dans la cour sur un tas de fumier. Tout l'outillage était de bois : seaux, pelles, fourches, bêches, araires, roues des chars; même les licous qui retenaient chaque vache à sa crèche, faits de ronces tressées. Au milieu de cet univers, le grand-père surveillait les manœuvres, donnait des ordres et des conseils que ses fils et brus écoutaient respectueusement; mais ensuite chacun touchait son âne, c'est-à-dire continuait de mener son affaire comme il l'entendait. Des poils lui sortaient du nez et des oreilles, pareils à des hameçons. Il semblait avoir la tête remplie d'hameçons blancs. Fortunat regarda le ciel.

– Le temps est bas, dit le vieux dans son patois.

– Si bas qu'il traîne par terre.

– Venez manger la soupe, cria la vieille.

Raymond obéit. On voyait bien maintenant la disposition de la salle, éclairée par une étroite fenêtre. Le vieux et la vieille dormaient à part dans le seul vrai lit de la maison, à baldaquin et à courtines. A droite, dans la cheminée, pétillait et embaumait un feu de genêts sous un chaudron.

– Choisissez votre écuelle, dit encore la grand-mère. Coupez votre pain. Mettez-y de la graissure.

Fortunat prit place sur le banc, devant un des trous creusés dans le plateau; les autres s'assirent après lui. Il commença d'y empiler des taillons de pain qu'il enlevait au chanteau même, avant de le passer à son voisin. Quand toutes les écuelles furent ainsi garnies, la vieille lui tendit une cuillère et un pot de graissure, c'est-à-dire de saindoux, qui sentait très fort.

– Servez-vous bien, insista-t-elle.

Il y prit une demi-cuillerée. Alors elle versa des louchées d'eau bouillante sur les trempes, qui gonflèrent et répandirent une odeur aigrelette de pain gris, vite suffoquée par le rance du saindoux. Dans la cuisine également, la plupart des outils de table étaient en bois : cuillères, louches, tasses, bouteilles, gobelets.

– Touillez! ordonna-t-elle encore, comme s'il en était à la première soupe de sa vie.

Et elle mima de la main, craignant qu'il n'entendît point sa langue.

Avec la cuillère, il remua lc pain dans le bouillon.

– Goulez maintenant!

Fortunat avait coutume de réciter le *Benedicite* avant les repas. Mais il semblait que ce ne fût pas l'usage dans cette maison où l'on ne savait du catéchisme que les grandes vérités. Chaque mangeur de soupe se tenait courbé sur la table jusqu'à la toucher presque, si bien qu'il avait, comme on dit, la tête à Pontaumur et le derrière à Pontgibaud. Sauf votre respect. Quand ils eurent atteint le fond du trou, ils s'essuyèrent les badigoinces avec le dos de la main.

– Qui qu'en veut mieux? demanda la vieille.

Tous secouèrent la tête, la question et la réponse étant de pure politesse; une écuellée, nécessité; deux écuellées, gourmandise. De même, plus d'un rota pour remercier la cuisinière. Le déjeuner était fini. Le maître se leva d'abord, imité par les autres. Il ouvrit la porte, poussa un cri de surprise :

– Il neige à plâtre!

Puis se tournant vers son hôte :

– Vous ne pouvez repartir avec un temps pareil!

Et Raymond :

– Je ne suis pas quelqu'un à garder. Je ne voudrais pas vous attirer des ennuis.

– Qui me viendraient de qui?

– Des patriotes.

– Soyez tranquille, il fait un temps à ne pas mettre non plus un patriote dehors.

Dieu neigea la journée entière et la nuit suivante. Le lendemain matin, il fallut dégager les portes à la pelle.

– Nous sommes les prisonniers du temps, dit le grand-père. Mais celui qui nous envoie le froid nous enverra bien le chaud.

– Je mange de votre pain, s'excusa Raymond.

– Il en reste dans l'arche. Et de la farine derrière le foin.

– Vous la cachez?

– Nous faisons comme faisaient nos vieux, depuis toujours.

Tous ici s'exprimaient dans le patois des Combrailles. Fortunat leur répondait dans celui de la Limagne, un peu différent, mais pas assez pour n'être pas compris. Et même il les faisait rire par sa manière à lui de dire certains mots.

– Sans doute, dit le patriarche, vous êtes très fort pour le latin et le français. Mais pour ce qui est de notre parler à nous, respect que je vous dois, vous le pétez aussi mal du devant que notre âne du derrière.

Et tous de rire, grands et petits, à voir cet homme si grand, si fort, si instruit et si bête.

Il resta cinq jours en leur compagnie, prêtant la main aux diverses besognes. Le meilleur moment du jour était les heures crépusculaires – on dînait vers cinq heures, de soupe encore, de lait caillé ou de fromage – quand, après traite, tous se rassemblaient autour du feu dont la clarté suffisait aux femmes fileuses et aux hommes raccommodeurs. Il contait en français les grandes figures des deux Testaments, Moïse, Noé, Josué, David, Jonas, Jésus-Christ, les apôtres. Tous écoutaient, bouche et yeux ronds, doigts retenus, ces fortes histoires. Au bout des contes, on s'agenouillait sur la terre nue et chacun regagnait ses draps.

Vint enfin un peu de dégel, les chemins se découvrirent. Un soir – qui était samedi, Raymond avait annoncé pour le jour suivant son départ – la vieille exprima une prétention :

– Avant de nous quitter, puisque demain sera dimanche et que vous n'avez plus d'église, pourriez-vous pas dire la messe chez nous?

Il dut d'abord confectionner des hosties. Il pétrit la pâte sans levain, lui donna la forme de petites galettes; les fit cuire légèrement au milieu des braises sur une pierre plate. Et le lendemain toute la famille se lava de ses péchés et déjeuna avec la chair du Christ.

Les chrétiens de Chanonat ne se trouvaient pas aussi bien partagés. Fortunat parti, Poudrille ne se décidait pas à s'installer dans sa paroisse, bien qu'on lui eût offert une maison convenable. Les dimanches ordinaires, à la rigueur, pouvaient se passer de messe. Mais la Noël qui suivit, sans cloches, sans lumières, sans crèche, sans curé, fut d'une tristesse insupportable. Poudrille prétextait la vieillesse du curé de Jussat pour remplir en haut ses fonctions, de même qu'il partageait son domicile. Harcelés par les citoyens, les municipaux écrivirent aux curés du voisinage, les priant de venir exercer chez eux les fonctions indispensables. Ils n'obtinrent que des réponses négatives et l'église de Chanonat ne fut plus qu'une sorte de grange vide où volaient les pipistrelles, où couraient les souris, où se poursuivaient les feuilles mortes. De loin en loin, cependant, un jour de semaine et de bon matin, Poudrille consentait à paraître. Il sonnait la cloche, quelques paroissiens accouraient, l'intrus marmottait une messe basse, vite expédiée, débitait les capitules et les réponses. Après sa propre communion, il demandait :

– Y a-t-il quelqu'un qui soit dans les dispositions nécessaires pour communier?

Comment aurait-il pu, en ces circonstances, se présenter une conscience sans tache, un estomac sans nourriture? Personne donc ne s'avançait. Il communiait tout seul, en Suisse, par le pain et par le vin. Il n'osait pas non plus, pour un si pauvre service, présenter le plateau de la quête. Chacun se dispersait, mal consolé, le cœur plein de honte. Quand il s'était dépouillé de ses vêtements sacerdotaux et reparaissait dehors en redingote grise, Poudrille devait encore essuyer de la part des fanatiques des injures et des huées, qui ne l'encourageaient guère à revenir.

A Chapdes, Raymond Fortunat avait retrouvé sa sœur Guillette, son beau-frère, ses nièces et neveux, qui le soignèrent affectueusement; il dut rester alité plus d'un mois, malade de la poitrine et crachant le sang. Il resta chez eux presque deux ans, jusqu'aux premiers jours de septembre 1794.

A Paris, le procès du Roi se poursuivait sans relâche devant la Convention. Les Clermontois en étaient tenus régulièrement informés par les lettres de Couthon. Celle du 16 janvier 1793 expliquait ainsi ses sentiments :

« Louis Capet a-t-il conspiré contre la Patrie? A-t-il tenté de ravir au peuple et sa souveraineté, et sa liberté? D'avilir et de dissoudre la représentation nationale? Ne s'est-il pas coalisé avec nos ennemis intérieurs et extérieurs? N'a-t-il pas préparé la guerre au-dehors et fomenté des troubles au-dedans? N'a-t-il pas employé les bienfaits d'une Nation trop généreuse à solder les brigands qui se sont armés contre elle? Louis n'a-t-il pas fait couler le sang et cherché à redonner la vie au monstre du despotisme, par la mort des plus ardents défenseurs de la Liberté? Louis est né roi, et l'on se fait toutes ces questions!

« Oui, citoyens, Louis a été traître, lâche, ingrat, parjure et sanguinaire, comme le sont tous les rois, mais le ciel courroucé regrette enfin d'avoir prêté si longtemps sa lumière à des monstres; et la terre, souillée de leur présence, est lasse de les porter. Il est un terme fatal à toutes choses; celui des crimes de Louis est expiré, et le jour d'en faire justice est venu.

« Mon cœur a recueilli les cris plaintifs de ces malheureuses victimes impitoyablement égorgées à Nancy, à la Chapelle, au Champ-de-Mars, aux Carrousel, aux armées... Cette justice leur est due. Louis a mérité la mort. Mon avis est qu'il périsse. Ce mot terrible me coûte beaucoup à prononcer, mais je fais mon devoir; j'obéis à ma conscience et je suis sans remords... »

Quelques jours passent. On sait la température des esprits parisiens, grâce au *Thermomètre* de Dulaure, lu publiquement chez certains débitants de vin abonnés, notamment chez Bouscarat, rue Neuve, qui attire la clientèle par une belle pancarte derrière sa vitre : « Citoyens, nous somes tous zégos. » Le numéro du 21 janvier relate l'assassinat du représentant Lepeletier (de) Saint-Fargeau, connu précédemment pour avoir proposé un original projet d'école unique; elle eût conféré un enseignement à la fois intellectuel et manuel, inspecté par les pères de famille. Mais ledit Lepeletier, député de la noblesse, a voté la mort de son Roi, ce qui lui a valu d'être poignardé par un royaliste. Sa dépouille sera transportée au Panthéon.

Le numéro du 24 raconte enfin la décapitation de Louis, advenue place de la Révolution, entre le piédestal du ci-devant Louis XV et les Champs-Élysées, au moyen de la guillotine, nom qui maintenant prévaut sur celui de louisette :

« A neuf heures et demie du matin, Louis est sorti du Temple. Sa voiture et le cortège qui l'accompagnait ont suivi le boulevard au milieu d'un peuple immense et du plus profond silence. A dix heures vingt minutes, il est arrivé au pied de l'échafaud, il est descendu de voiture; il était vêtu de blanc et son confesseur l'accompagnait. On lui a dit qu'il fallait ôter son habit. Il a fait quelques difficultés, disant qu'on pouvait l'exécuter comme il était. Sur la représentation que la chose était impossible, il a lui-même aidé à ôter sa redingote. Il est monté en gilet et sans aide sur l'échafaud. Des cris de mort se sont alors fait entendre. Il s'est tourné vers la foule, s'est écrié très haut : " Peuple, je meurs innocent. Je souhaite que mon sang puisse cimenter le bonheur des Français. " Il allait continuer lorsqu'un roulement de tambour prolongé l'a réduit au silence. Il a fait quelques difficultés aussi lorsque l'exécuteur lui a lié les mains. Bientôt la bascule est tombée. Le fer meurtrier s'est détaché et sa tête, séparée du tronc, a été montrée au peuple.

« Après un morne silence, des cris de " Vive la Nation! " se sont fait entendre. Les chapeaux, les bonnets, mis au bout des piques et des baïonnettes, ont été agités en l'air. La garde très nombreuse s'est retirée. Aussitôt les personnes de tous sexes se sont approchées pour contempler les restes du Roi décapité. On s'est partagé ses cheveux et son habit divisé en mille pièces. D'autres ont trempé ces fragments dans son sang. D'autres ont voulu rougir leurs sabres et leurs piques, et ces lambeaux sanglants, arrachés et vendus ensuite, ont été portés en triomphe : " Voilà le sang du tyran! Demandez le sang du tyran! " criait-on... »

Le numéro suivant du *Thermomètre* informe qu'à la demande : « Louis Capet doit-il être condamné à la peine de mort? » tous les conventionnels du Puy-de-Dôme ont répondu par l'affirmative, excepté Bancal, Girot-Pouzol et l'Anglais Thomas Payne, qui, sans doute, n'avait pas compris la question. Le même journal publie un ardent appel de Couthon aux municipaux clermontois pour qu'ils envoient d'urgence à la Convention « une adresse d'adhésion au jugement et à l'exécution de Louis Capet ». Lesdits municipaux emploieront une semaine à en débattre et à s'exécuter.

Ils seront plus empressés, comme pour se racheter de leur tiédeur, à célébrer un service funèbre à la mémoire de Lepeletier (de) Saint-Fargeau. La cérémonie se déroulera, malgré l'avis défavorable de Jean-Baptiste Périer, dans la cathédrale. L'éloge de l'assassiné y sera prononcé par plusieurs orateurs, suivi de salves et de chœurs patriotiques.

A Chanonat, la décapitation de Louis XVI suscite plus de questions que de chagrin. Que sont devenus sa femme et son fils? Qu'a-t-on fait du corps royal? et de la tête? Cette tête, chacun la connaît pour l'avoir vue sur les pièces de monnaie, son nez courbe, ses lèvres épaisses, ses joues fessues. Arrêtée net à la base du cou et comme déjà décapitée. Les Culs-Blancs de Jussat, sauf votre respect, s'en montrent franchement réjouis; ils vont danser la carmagnole autour de la Dame au bonnet rouge. Décoloré par le soleil, délavé par les pluies et les neiges, déchiré par les vents, on doit, ce bonnet, souvent le raccommoder, le reteindre ou le remplacer – la Liberté n'est jamais tout à fait acquise, il faut la regagner sans cesse. Le forgeron propose de confectionner un bonnet de zinc rivable sur l'ancienne couronne, mais la population refuse cette coiffure sans grâce ni couleur.

Une autre émotion vient aux deux paroisses par la loi de recrutement du 24 février, qui proclame la Patrie en danger et la levée en masse : « Tous les citoyens, non mariés, ou veufs sans enfants, sont en réquisition permanente de dix-huit jusqu'à quarante ans, afin de parfaire une levée de trois cent mille hommes. Les appels se feront par engagements volontaires, puis par tirage au sort, avec possibilité de se faire remplacer. » Les volontaires de 91 sont rentrés dans leurs foyers, sauf quand ils ont laissé leurs os à Lille ou à Jemmapes. Ils avaient promis un an de service à la Patrie; l'année écoulée, ils se sont tenus pour dégagés de leur volontariat. Voici qu'à présent la Patrie en redemande. Le Puy-de-Dôme fournira huit mille cinq cent trente-deux fantassins et huit cent cinquante-cinq cavaliers. Chanonat, dix-huit hommes et Jussat, sept. Vasson réunit dans Saint-Jean ses administrés :

– Citoyens, la France est en guerre contre toute l'Europe. Même si certains d'entre vous regrettent l'exécution du roi... vous n'y êtes pour rien, moi non plus... la République française est à présent notre Patrie et nous ne pouvons l'abandonner, la laisser envahir par les troupes étrangères. Je demande donc aux hommes qui sont ici, âgés de dix-huit à quarante ans, non mariés, ou veufs sans enfants, de lever le bras pour être volontaires.

Il regarde devant lui ces têtes baissées, attend, repose sa question : aucun bras ne se lève. Quelqu'un ose même dire :

– Nous avons, il y a quatre ans, inscrit sur le cahier de doléances que nous voulions la suppression de la milice. Et voilà qu'elle ressuscite!

– Il ne s'agit plus de la milice royale, mais d'une armée républicaine.

– Où est la différence?

– La différence est la même qu'entre le Roi et la République.

Vasson répète sa demande de lever le bras. Sans davantage de succès.

– Nous allons donc, fait-il avec colère, procéder au tirage au sort. Il nous faut vingt-cinq hommes pour l'ensemble de la commune.

A ce moment, une voix monte du fond de l'ancienne église :

– N'en comptez que vingt-quatre. Je me porte volontaire.

Tout le monde se tourne et reconnaît, émergeant de l'ombre, la face maigre et carésimale du curé jureur.

– Oui, moi, Claude Poudrille, âgé de trente-neuf ans, je m'engage dans les armées de la République.

– Est-ce possible? Un curé! Vous ne pouvez porter les armes!

– On a vu souvent des ecclésiastiques combattre les armes à la main : les Templiers, les Jésuites et même des papes. Je peux d'ailleurs combattre sans armes : tenir le drapeau, sonner du tambour, secourir les blessés.

– Mais la religion a ici besoin de vous!

On eut beau le prendre par l'endroit ou par l'envers, nul ne put le faire renoncer. Son exemple n'inspira d'ailleurs personne d'autre, il fallut procéder au tirage. Les jours suivants, deux commissaires médecins vinrent examiner l'état physique des involontaires. Deux furent réformés et un troisième, Michel Pesant, meunier, bénéficia d'un sursis

« comme essentiellement nécessaire au bien public ». L'homme peut se passer de religion, mais non de pain. Les recrues prirent à pied le chemin de Clermont.

Mais des résistances à ces réquisitions s'élevaient d'un peu partout. A Cunlhat, le tocsin sonna pendant trois jours; tous les hommes sortirent dans la rue, brandissant des fourches, pour s'opposer au tirage. A Chapdes-Beaufort, quatre jeunes gens s'en prirent à l'arbre de la Liberté et le scièrent par le pied; ils furent arrêtés et emmenés à Riom. Mêmes émeutes à Aigueperse, à Latour, aux environs d'Ambert. La Convention envoya des prédicateurs dans les départements pour convaincre les insoumis. Le Puy-de-Dôme reçut Benoît Monestier, ci-devant curé de Saint-Pierre, premier vicaire à temps perdu de l'évêque Jean-Baptiste Périer, qu'on vit se promener dans les rues de Clermont, la pipe au bec, interpellant les femmes qui portaient une croix au cou : « Tout signe, tout emblème religieux est interdit à l'extérieur, citoyenne! Soyez catholique chez vous tant que vous voudrez, mais pas dans la rue! Ou bien, c'est la prison! »

Il fit placarder des appels, harangua les hommes aux carrefours pour qu'ils courussent s'enrôler. Sans grand succès. Huit jours plus tard, deux centaines de réquisitionnables, armés de sabres et de cannes, s'ameutèrent place du Toureau, conspuant la République et acclamant la monarchie; ils furent arrêtés par la garde nationale. Les plus graves désordres éclatèrent à Vollore où, encadrée par des aristocrates et des séminaristes, se produisit une courte chouannerie.

Cela commença le 17 mars, après l'annonce du tirage. Le 18, plusieurs centaines d'insoumis marchèrent sur Vollore. Le district de Thiers envoya contre eux des gardes nationaux avec une pièce de canon chargée à mitraille. Un affrontement eut lieu au lieu-dit la Jaye, qui provoqua des morts, des blessés, des arrestations. Les captifs furent emmenés à Thiers, jugés par un tribunal de Clermontois, qui prononça quatorze condamnations capitales, dont neuf par contumace. Cinq seulement furent exécutées place du Pirou. On raconta longtemps dans les chaumières qu'aucun charpentier thiernois ne voulut monter les bois de la guillotine. Que le bourreau clermontois dut lui-même y procéder. Que le sang des victimes ruissela à gros bouillons jusqu'au fond de la rue du Pavé, atteignit la Durolle dont les eaux coulèrent rouge pendant trois jours. Monestier écrivit, pour finir, aux Thiernois une lettre-sermon : « S'il nous reste quelques regrets, c'est d'avoir été obligés, pour rétablir la tranquillité publique dans quelques cantons, de vous rendre témoins d'un spectacle qui contrarie toujours la douce humanité, quoiqu'il soit impérieusement commandé par la sévère justice. »

Ledit Monestier s'occupait par ailleurs d'activer la fabrication des armes. A Thiers même, l'industrie du sabre et de la baïonnette l'emporta sur celle du couteau. A Fontgiève, près de Clermont, le citoyen Boyer, fondeur, se faisait fort de mouler aussi facilement des canons qu'un vacher cantalou ses fromages; il suffisait qu'on lui en fournît la pâte. Monestier décréta donc qu'une seule cloche serait laissée aux églises encore fonctionnantes; que les autres seraient livrées à la fonderie de Fontgiève. (Périer put faire épargner provisoirement celles de la Grande Église.) A dire vrai, Boyer ne connaissait rien aux alliages. Il fondit ensemble tous les débris de bronze, de cuivre, de laiton qu'on lui apportait. Les canons qui résultèrent de cette ragougnasse, au moment de l'emploi, pétèrent au nez de leurs servants, sauf votre respect. La fonderie de Fontgiève fut priée de fondre des grelots. Il s'en ouvrit une seconde à Chamalières, au bord de la Tiretaine, sur le site de la Saigne.

Le ci-devant curé de Saint-Pierre, au milieu de ces tâches laïques, avait gardé regret de ses fonctions ecclésiales, et ne pouvait se retenir, à tout prétexte, de sermonner dans les églises. Il y donnait des leçons de patriotisme, associait la République de la terre avec celle du Ciel. Implorait la foudre divine pour qu'elle réduisît tous les trônes en cendres :

– Ne croyez pourtant pas, citoyens, que je fasse profession d'athéisme : les divinités que j'adore maintenant se nomment Liberté, Égalité, Unité. Je déteste la superstition et la monarchie qui nous ont fait tant de mal. De toute mon âme, je voudrais voir tous les trônes de la terre renversés et brûlés dans un grand feu de joie autour duquel viendraient danser et se chauffer les sans-culottes de l'univers.

Car telle était la nouvelle appellation des patriotes, porteurs de pantalons aux couleurs de la République.

Un jour, il s'adressa particulièrement à ses collègues constitutionnels :

– J'ai fondu des canons avec le bronze des cloches. *Cum vilibus nobilia.* Je voudrais pareillement, mes frères qui avez prêté le serment civique, peut-être sans beaucoup de conviction, par terreur, ou pour la bouchée de pain qui vous en revenait, que le métal vil de certaines âmes se changeât en bronze victorieux. Acceptez votre condition nouvelle avec enthousiasme. Faites-vous les propagateurs du nouvel évangile, par la parole et par l'exemple. Car les mots sans les actions ne sont rien. Célébrez la mémoire des grands patriotes tombés dans notre combat. Portez – s'il vous en reste encore – vos métaux précieux à la Monnaie et buvez le sang du Christ dans un calice de terre.

Participipez joyeusement aux fêtes de la République. Rendez-vous tout pareils aux autres citoyens dans votre costume et dans vos mœurs. Enrôlez-vous dans la garde nationale. Et même mariez-vous! Les nouveaux évêques recommandent à leurs curés de prendre épouse. Dieu créa la femme pour qu'elle fût la compagne et le complément de l'homme. Relisez l'Écriture, vous verrez que nulle part le célibat n'est imposé aux serviteurs de Dieu. De plus, en vous mariant, vous vous mettrez pour toujours à l'abri des poursuites; vous aurez donné une preuve de civisme irréfragable.

Benoît Monestier visitait les presbytères et prêchait aussi à domicile. Il se plaisait spécialement à taper sur ce clou du mariage des prêtres. A Jussat, il tint les mêmes propos devant le très vieux curé Joseph Laforie qui, pour toute récompense, se contenta de bougonner:

– Le mariage? Pour moi, c'est trop tard. C'est bien trop tard.

A Chanonat, déserté l'un après l'autre par ses quatre desservants – car les vicaires Lenègre et Auzenat avaient également pris la fuite –, il recueillit les plaintes du maire qui en réclamait un cinquième.

– Citoyen, si je faisais moi-même les prêtres, tu l'aurais dès demain. Malheureusement, la prêtrise est une fonction à laquelle plus personne n'aspire. Bientôt, si l'on n'ôte pas l'honnête laboureur de derrière la charrue pour en faire un curé, le champ du Seigneur restera inculte.

A la Sauvetat, tandis qu'ils buvaient ensemble chopine, il persuada l'abbé jureur Victor Duclos de convoler, en dépit de sa soixantaine bien accomplie.

– Mais avec qui? s'inquiéta ce dernier seulement.

– N'attends pas, citoyen, que je te fournisse encore la fiancée!

Duclos se gratta la tonsure, puis suggéra :
– Je pourrais demander Henriette.
– Qui est Henriette?
– Ma servante. Une personne très dévouée. Elle m'a suivi jusqu'ici. Elle me suivra plus loin encore si je l'en prie.
On fait venir la fille, qui est grise et sèche comme une merluche. Duclos lui pose la question sans détour :
– La République exige que les prêtres se marient; sinon, ils risquent la prison. Peut-être la guillotine. Henriette, acceptes-tu de devenir ma femme?
Elle en a le souffle coupé. Dans ses yeux élargis, on voit flotter l'horreur, la terreur, la jubilation. Elle n'arrive qu'à bégayer : « Mais... mais... mais... » Puis elle baisse le rideau de ses paupières, comme si elle craignait qu'on lise dans la profondeur de ses sentiments, se met à trembler.
– Sois sans crainte, ajoute Duclos, il s'agit de faire un mariage blanc... Nous serons époux aux yeux de la population; mais aux yeux du Seigneur nous vivrons comme deux frères, en état de chasteté.
– La loi ne vous en demande pas tant, intervient Monestier.
– Si, si, j'y tiens absolument. Un simple mariage de façade.
Comme la servante reste muette et aveugle, son maître la prend par le bras, la secoue doucement :
– Eh bien, Henriette! Ouvre les yeux! Réponds-moi! Ne veux-tu pas m'épouser?
Alors, elle lève ses mains blanches, se voile la face, toute agitée de sanglots. Il caresse ses cheveux gris, tandis que le commissaire contemple la scène d'un air ennuyé, en tirant sur sa pipe.
– Oh! Monsieur!... Oh! Monsieur!...
– J'ai compris, va, j'ai compris. Tu ne veux pas de moi.

Elle a le courage d'écarter ses mains, de montrer son visage ruisselant :

– Oh! Monsieur! Il y a vingt ans que je vous aime!

Et lui, foudroyé :

– Quoi? Quoi? Quoi?... Vingt ans que tu m'aimes?

– Oui, Monsieur. Depuis le premier jour.

– Tu m'aimes... comme une servante aime son maître... comme une sœur... comme une fille?

– Je vous aime de toutes ces façons. Et puis, je vous aime aussi... autrement.

Monestier interrompt ce marivaudage :

– Mes amis, vous vous direz le reste hors de ma présence. Je crois que l'affaire est bien en train. Fixez une date pour les noces, je viendrai les célébrer moi-même.

Et il s'en va derrière sa pipe, laissant les deux autres confondus.

Il fallut publier les bans. Non point trois dimanches de suite, suivant le règlement canonique, mais un seul, par dispense épiscopale. La stupéfiante nouvelle courut les campagnes environnantes : le curé de la Sauvetat va épouser sa servante! Le mariage sera célébré par Benoît Monestier, député à la Convention, commissaire aux armes et vicaire de Mgr Périer! Enthousiasme des sans-culottes, indignation des fanatiques, mais tous se dirent : « Faut aller voir ça. »

Le lundi fixé – jour que la coutume recommandait –, il vint en effet du monde de toutes les paroisses. Certains pour applaudir, d'autres pour huer. Monestier arriva de Clermont en berline en compagnie de deux poinçons de vin, de divers acolytes et d'un escadron de la garde montée. La petite chapelle couverte de lauzes, au milieu du quartier de la Commanderie, ne pouvant accueillir tant de monde, la foule occupa les rues voisines. Monestier pénétra député dans la sacristie, en ressortit chanoine. Victor

Duclos, lui, portait la tenue laïque imposée par la loi à tous les prêtres, courte perruque, redingote et bas noirs. Henriette avait mis sa meilleure robe, égayée sur la poitrine par un brin de lilas blanc. Sans cortège, sans musique, sans se donner la main ni le bras, mais encadrés de militaires, ils se rendirent à la maison commune, s'y jurèrent assistance et fidélité réciproques devant le maire et le drapeau. Puis, toujours côte à côte mais séparés, ils marchèrent vers l'église, tandis que des fenêtres partaient des bravos et des insultes. Lui allait le front bas; elle regardait bravement autour d'elle, défiant les conspueurs, remerciant les amis. La porte et l'intérieur de la chapelle étaient aussi plantonnés. Des branches, des fleurs jonchaient le pavement. La cloche unique sonnait dans sa loge.

A ces noces révolutionnaires, on entendit deux prêches, l'un prononcé par le célébrant, l'autre par le célébré.

– Citoyens sans-culottes, dit Monestier, nous vivons une époque qui donne la berlue à certains. En croiront-ils leurs yeux s'ils voient Victor Duclos, curé jureur de cette paroisse, épouser Henriette Mosnier par consentement mutuel? Le prêtre est un homme comme les autres, pourvu des mêmes sentiments, des mêmes instincts, destiné par son Créateur à croître et se multiplier. Dieu n'a pas fait deux espèces humaines, l'une reproductrice, l'autre stérile. L'Église catholique a fréquemment admis des prêtres mariés, comme elle fait encore dans certaines contrées orientales ou africaines. Pourquoi les ecclésiastiques français, dont notre Révolution a libéré l'esprit, ne le seraient-ils pas dans leur chair? Pourquoi le mariage, sacrement béni pour tous les hommes, serait-il une malédiction pour les prêtres?...

Le nouveau marié remercia les présents, mais ajouta cette précision:

– N'allez pas croire, citoyens, que le feu des passions gouverne ma démarche. Ou que nous espérions, ma femme et moi, à l'âge avancé où nous sommes, engendrer comme le firent Abraham, quasi centenaire, et sa servante Agar. Ne voyez dans ce mariage qu'une expression de notre amour sacré de la Patrie, de ma soumission aux lois de la République...

Après la bénédiction, il y eut sur la place de l'Ormeau distribution gratuite du vin apporté par le chanoine commissaire. Puis l'on dansa des bourrées et des carmagnoles.

11

Trois fois de son vivant, Geneviève avait demandé audience à Louis XVI pour lui présenter des admonestations; trois fois, pour son malheur, il l'avait éconduite. Au printemps 93, elle jugea venu le moment d'aller en présenter au pape Pie VI. Christophe Fortunat n'eut pas de peine à obtenir leurs deux passeports et une avance sur pension qu'il logea dans une bourse de cuir et porta sur le ventre, suspendue à son cou, en guise de scapulaire.

Ils partirent à pied, mendiant le vivre et le couvert, se donnant pour l'oncle et la nièce. Ils prêchaient dans des granges, des églises déconsacrées, quelquefois en plein air, sur le coudert des villages. Secouant une clochette comme un saltimbanque, Christophe débitait un boniment :

– Ce soir... à tel endroit... à telle heure, la prophétesse Geneviève Puyguilhem, dite la Pucelle périgourdine, fera entendre ses prédictions qui ont déjà convaincu tant de monde. N'y manquez pas.

Ils étaient ensemble une grande curiosité. Pour les ouïr, les paysans abandonnaient leur charrue, les artisans leur établi, les ménagères leurs marmites. Fortunat ne découvrait point sa qualité de chartreux défroqué, mais il révélait le but de leur voyage :

– Nous allons à Rome convertir le pape aux idées de la Révolution française. Afin de le garder de commettre les mêmes erreurs que le défunt roi. Personnellement, je ne suis rien qu'un vieil homme disposé à sacrifier sa vie pour le bien de l'Église et le bonheur de la France. Mais ma nièce Geneviève a reçu de Dieu le don de divination, ainsi qu'elle en a cent fois apporté la preuve aux plus grands personnages du pays, évêques, députés, écrivains, philosophes. Tous, d'abord incrédules, ont été convaincus. Un auteur parisien a même écrit un livre à sa gloire, intitulé *la Pucelle périgourdine*. Car Geneviève est née dans cette province lointaine, devenue département de la Dordogne. Chef-lieu Périgueux. Français, apprenez la géographie nouvelle. L'auteur en question y démontre que la France a toujours été ruinée par des courtisanes, comme la trop célèbre Pompadour au temps de Louis XV, et sauvée par des pucelles. Rappelez-vous Jeanne d'Arc. Et sainte Geneviève qui éloigna les Barbares de Paris. Or, par une évidente prédestination, ma nièce a été baptisée de son nom. Sans doute, la Pucelle périgourdine ne sauvera pas à elle seule la France d'aujourd'hui, environnée d'ennemis, rongée par les révoltes intestines. Mais elle y contribuera...

Debout, autour d'eux, le peuple écarquillait ses esprits, se retenant de tousser, d'éternuer, de respirer, tandis que Christophe secouait sa sonnette d'enfant de chœur. Geneviève parlait ensuite :

– Citoyens, frères et amis, c'est d'abord de notre Constitution que je veux vous entretenir. Car je veux t'instruire, pauvre et cher peuple de France qui ignores tes droits et tes devoirs, les lois qui te protègent et celles qui te retiennent. De sorte que s'il t'est arrivé de commettre des erreurs, c'est parce que de méchants bergers avaient abusé de ton ignorance, t'avaient entraîné aux excès, à porter parfois tes coups contre toi-même. Toi qui es la portion chérie de Dieu, l'Être Suprême, car il dit « mon peuple ». Cela m'engage à prendre ta défense, malgré la faiblesse et l'incapacité de mon sexe. On t'accuse de verser inutilement le sang des aristocrates, des mauvais prêtres, des déserteurs de la Patrie. Mais tu as versé le tien sous leurs poignards, tu le verses dans les provinces révoltées, tu le verses aux frontières. Écoutez-moi donc, mes chers enfants, car je vais vous parler de votre ascension. Des sacrés principes qu'ont établis vos élus afin d'assurer le bonheur des pauvres, des opprimés, des illettrés, des pelés, des galeux que vous étiez hier, que vous ne serez plus demain, par le miracle de notre sainte Constitution!

Elle en exposait les éléments, les vertus, les faiblesses, annonçait les corrections en cours.

– Soutenez-la donc, braves patriotes, toute votre vie et proposez-vous ce choix : vivre libre, ou mourir! Mais préférez toujours la patience à la violence. Si vous entendez tel ou tel adversaire de la Constitution parler ou comploter contre elle, montrez-lui son erreur afin de l'arrêter dans son entreprise. Prenez garde de ne point lui faire de mal. Traitez seulement avec lui pour l'instruire et le dessiller. Tenez-lui seulement le bras pour l'empêcher, comme on fait d'une personne en frénésie. Et ce n'est que dans le cas où il s'obstinerait dans ses mauvais desseins que vous devez le livrer aux autorités.

Mais les croquants, comme les Parisiennes distinguées, venaient moins entendre ses sermons patriotiques que ses divinations personnelles. Elle devait répondre aux questions concernant les récoltes à venir, le temps qu'il ferait le lendemain, la santé ou la fortune. Elle s'en tirait en pythonisse expérimentée, debout, immobile, comme attachée au poteau de son destin, le visage tourné vers le ciel, ses longs cheveux flottant derrière son dos. Souvent elle s'en tirait par une exclamation :

– Hélas!...

– Quoi, hélas?

– Hélas!...

L'oncle venait à son secours :

– L'Être Suprême ne donne pas mission pour des bagatelles!

Au terme de sa prestation, il lançait un appel à la charité du public :

– Le chemin est long encore jusqu'à Rome. Dieu nous a dit : « Fie-toi au bon peuple de France, il défendra ses défenseurs contre la faim, contre le froid, contre les loups. »

Tandis que Geneviève restait dignement sur son quant-à-soi, il promenait son chapeau dans la foule, recueillait quelques piécettes, quelques œufs, quelques noix. Parfois aussi quelques crachats.

Plutôt que dans les villes où les cœurs sont racornis, ils s'arrêtaient dans les bourgs, dans les hameaux. Ils prêchèrent ainsi les villages d'Épinay, de Brétigny, d'Arpajon près de l'Orge; de Bouray près de la Juine; de la Ferté-Alais, de Courdimanche, de Nauteau près de l'Essonne; de Chaufour, de Lorcy, de Chapelon en Gâtinais. Toujours marchant à contresens du soleil, en direction de l'Orient, du Rhône lointain qui les transporterait jusqu'aux rives de la Méditerranée. Christophe devant, pour frayer le passage, coltinant leurs affaires dans deux besaces; elle chantant des cantiques ou des airs périgourdins :

Toutes me viendront voir les dames de Bordeaux,
Sauf la belle Priscia : son père l'en empêche.
Mais la belle Priscia montera dans ma barque,
Portant au navatier un corbillon de pêches.
Parlant et badinant, j'en mangerai bien trente.
Puis je l'emporterai deux cents lieues dans la mer...

Ils couchaient à la belle étoile, dans les meules de foin, blottis l'un contre l'autre. Parfois le diable profitait de la situation pour inspirer à l'homme des pensées impures, une démangeaison lui courait sous la peau, à laquelle il résistait, comme saint Antoine, par des signes de croix multipliés. Il arrivait qu'on les reçût dans les métairies, dans les maisons bourgeoises. A Montargis, ils furent officiellement accueillis par la municipalité qui les retint trois jours; chaque Montargois voulut voir de ses yeux la célèbre prophétesse, toucher sa robe et ses mains. Ils repartirent comblés de pralines. A Nevers, ils furent lapidés et boutés hors la ville. A Mars, l'affluence fut telle que Geneviève dut monter sur le toit d'une chaumière pour se faire entendre. Ils évitaient les grandes routes où fréquentent les brigands, suivaient les chemins écartés. N'empêche qu'en traversant la forêt de Bagnolet, au septentrion de Moulins, ils furent attaqués par des arcandiers qui les rouèrent de coups, les dépouillèrent, violentèrent la prophétesse et les abandonnèrent pour morts. Ils ne durent de survivre qu'à la charité d'une famille bûcheronne chez qui ils restèrent une semaine pour se remettre de leurs émotions et de leurs plaies. Ils repartirent mal en point, traînant l'aile et tirant le pied, Christophe se plaignant toujours d'une vive douleur dans le bras. A Aigueperse, le docteur Petit, médecin-chirurgien, membre d'une société philanthropique, lui reconnut une fracture et lui posa des attelles; ils furent grâce à lui reçus dans l'hospice et soignés par des religieuses sécularisées. Dans la même maison, végétaient trois jeunes hommes qui refusaient de se nourrir pour échapper à la réquisition. Geneviève leur fit un sermon patriotique d'une si grande force qu'ils acceptèrent de s'alimenter et coururent dans l'enthousiasme s'enrôler sous les drapeaux. Avant de quitter ce canton qui les avait si bien traités, Geneviève le régala d'un prône sur l'Égalité prononcé dans la collégiale Notre-Dame :

– Qui de vous, citoyens frères et amis, étant plébéien de naissance, pouvait espérer devenir général ou évêque, eût-il été le plus capable, le plus saint des hommes? Aucun. Seul un noble pouvait prétendre à ces hautes fonctions; de sorte qu'un coquin bien né l'emportait immanquablement sur le plus excellent roturier. La sainte Égalité établie par notre Constitution permet au fils du charbonnier de devenir évêque ou général s'il en a les talents. Grâce à elle, celui qui fait des allumettes jouira de la même considération que celui qui frappe des louis d'or. Car tous les métiers sont utiles à la Nation et quiconque la sert bien mérite le respect.

A la Moutade, près de la Morge, Geneviève prêcha sur la sainte Fraternité, une valeur nouvelle qui commençait à prendre place sur les drapeaux. Les habitants l'en payèrent avec un panier de cerises. Ils allèrent plus loin en crachant les noyaux. A Pessat, elle parla du Bonheur, qui était aussi en Europe une invention toute récente.

– Citoyenne, lui répliqua cependant un sans-culotte local, nous ne t'avons pas attendue pour faire notre bonheur; nous avons pris le château.

Après trois mois de zigzags, ils arrivèrent aux portes de Riom.

– Me voici chez moi, dit Christophe. Pour l'instant, je n'irai pas plus loin. Je me sens usé jusqu'à l'âme. Arrêtons-nous.

– Combien de jours?

– Le temps nécessaire.

– Quel temps nécessaire?

– Je ne sais pas, je ne sais plus. Le temps que mon bras achève sa soudure, que mes forces reviennent. Je suis si vieux, cinquante-sept ans! A cet âge, mon père était mort depuis plusieurs années.

– La Révolution ne peut attendre.

– Les révolutions sont faites par des jeunes, non par des vieillards. Couthon, Danton, Robespierre ont moins de quarante ans; Saint-Just, moins de trente. Celle-ci se poursuivra sans moi.

– Dois-je continuer seule mon voyage vers Rome?

– Prenez seulement les devants. Je vous rejoindrai dès que possible.

– Qu'allez-vous devenir?

– J'ai des frères et sœurs dans la région, ils ne m'abandonneront pas. Mais vous, pauvre fille seule et sans défense...

– Dieu me gardera. Au lieu de marcher et de convertir les populations, j'emprunterai désormais les coches publics.

– Envoyez-moi de vos nouvelles.

Il lui donna la moitié des assignats qui lui restaient et l'adresse de sa sœur à Chapdes-Beaufort. Puis il l'accompagna jusqu'à l'issue méridionale de cette ville qui est toute ronde, partagée par deux rues perpendiculaires, comme une pomme qu'on coupe en quatre.

Ils se dirent adieu en pleurant.

Le soleil approchait de son coucher qui se passait derrière le paravent de la chaîne des Puys, tandis que la jeune devineresse marchait seule sur la route poudreuse, en direction de Clermont-Ferrand, ayant sa besace sur l'épaule et la vérité pour ceinture, comme celle qui sait fort bien où elle va.

Maître Marcellin Fortunat demeure place de la République, proche la grande fontaine, cadeau de l'intendant Ballainvilliers, comme le rappelle une dédicace rimée:

Un prodige de l'art te soumit la nature
Pour porter jusqu'à nous de ton sein l'onde pure.
Ta voix, Ballainvilliers, sut changer en canaux
L'indocile rocher d'où s'écoulent ces eaux.

Les femmes du quartier y vont remplir leurs cruches; les chanoines de Saint-Amable y faisaient leur plein d'eau bénite. Les procureurs préfèrent se désaltérer avec le vin de leur vigne. Marcellin Fortunat en possède douze arpents sur le plateau de Chante-Corneille, achetés comme bien national, qui ont appartenu aux Cordeliers. Il ne manque pas de clientèle à défendre, grâce à Dieu et à la Révolution, les prisons en sont pleines. Un ci-devant conseiller au présidial a été incarcéré pour ce motif: « Opposé à l'Égalité. A dit un jour à son perruquier: "Dis donc, Chose, tu seras mon égal, à présent, et mon cordonnier aussi?" » De même, la demoiselle Belin, ci-devant religieuse et supérieure de l'hôpital, parce qu'elle affecte d'entretenir sa communauté dans l'esprit corporatiste en lui demandant de porter des cornettes. Une autre dame parce qu'elle a profané la cocarde nationale en l'attachant à la tête de son chien. L'ancien maire Millanges parce qu'il a été l'ami du traître La Fayette. Le cafetier Jaboul parce qu'il tendait en ses propos à machiner la guerre et la contre-révolution.

Le procureur Fortunat, un matin, a donc la surprise de trouver devant sa porte une espèce de mendiant, le bras en écharpe, en qui, non sans peine, il reconnaît son frère Christophe, ex-prieur de Cinq-Fontaines, député constituant, dont il était sans nouvelles depuis six mois. L'ancien chartreux raconte une part de ses aventures. Comment il s'est enfui de la capitale pour échapper aux querelles qui opposent les diverses factions, Feuillants contre Jacobins, Girondins contre Montagnards, Comité de salut public contre Commune de Paris, sans-culottes contre bourgeois. Comment il a été assommé dans une forêt bourbonnaise et laissé pour mort, puis soigné par un médecin philanthrope aiguepersois.

– Ma maison est la tienne, dit simplement Marcellin, tant que tu auras besoin d'elle.

Toutefois, c'est au grenier qu'on le loge afin qu'il n'encombre pas de sa louche présence les relations du procureur. Marcellin reçoit toute sorte de monde, il ne tient pas à montrer ce frère défroqué qui, après avoir renié le pape, juré la Constitution, médit à présent de la Ville Sainte.

– Je ne renie pas la Révolution mais je suis las du sang versé, des persécutions, des bannissements, des emprisonnements.

– Ne dis pas trop de mal des prisons, répond Marcellin, elles me font vivre. Qu'espères-tu pour toi-même?

– Un petit emploi, très obscur, où je m'enfoncerai comme un rat dans son trou. Commis d'octroi...

– Il n'y a plus d'octrois, vous les avez supprimés.

– ... greffier municipal, balayeur à l'hospice...

La nuit, dans son galetas, il rumine son existence passée qu'il voulait unie et silencieuse, et qui s'est trouvée pleine de secousses, de tonnerres, d'aventures. Avec, çà et là, quelque éblouissement. Ainsi, la rencontre de Geneviève. Il revit leurs jours partagés, dans le petit appartement de la rue Sainte-Anne, où ils mangeaient ensemble, priaient ensemble, préparaient ensemble leurs interventions clubistes, mais dormaient séparément. Se moquant bien des satires et des chansons, en un temps où l'on pouvait tout imprimer. A jamais il porte en lui le souvenir de ces traits adorables, de ces regards célestes, de ces cheveux dorés, de cet accent chantant du Périgord, de ces mains de velours qu'il a tenues plusieurs fois dans les siennes. A jamais. De cette femme qu'il a religieusement respectée, puis vue profanée dans la forêt de Bagnolet par des brigands qui méritaient cent fois la mort. Avec quel plaisir il aurait tiré pour eux le cordon de la guillotine! Qu'est devenue maintenant Geneviève? Quelles épreuves nouvelles doit-elle traverser? Sur quelles épines marche-t-elle? Comment sera-t-elle accueillie dans Rome?

Le jour, il retrouve les rues, les places, les églises, les fontaines de son enfance. Le Pré-Madame et ses marronniers d'où l'on contemple si loin la Limagne vers Ennezat, Clerlande, Villeneuve. A l'angélus du matin, le son des cloches en arrivait naguère, pareil aux chants des coqs qui se répondent. Que de changements! Le bonnet phrygien sur la pointe de Saint-Amable. Les façades sombres des maisons nobles fleuries de bleu-blanc-rouge. Les rues grouillantes de gardes nationaux en manœuvre, en parade, en sentinelle. Parfois, des hommes blêmes et gauches, marchant de travers ou rasant les murs : ce sont des prêtres jureurs que leur habit laïc et leur conscience embarrassent. Les couvents fermés, mués en prisons; des queues attendent aux portes : parents des prisonniers, parfois anciens domestiques, qui leur apportent de la nourriture dans des cabas... L'Oratoire fait exception, ayant « bien mérité de la Patrie », mais sa communauté ne compte plus que sept membres sécularisés qui se consacrent au seul enseignement. Toutes les enclumes chantent pour forger les armes de la République.

Quand son bras fut guéri, Marcellin lui fit une proposition :

– Je t'ai trouvé le petit emploi dont tu rêves. C'est d'aller piocher ma vigne, lier les sarments, y faire tout ce qu'il faut. Au salaire de vingt sous par jour, nourriture en sus.

Il devint ainsi le vigneron du procureur. Un travail qu'il connaissait; souvent jadis il l'avait contrôlé parmi les vignes de Prompsat appartenant à la chartreuse. Chaque matin, ayant célébré d'abord sa messe en tête à tête avec Dieu, il partait en sabots et braies de futaine, le fessou sur l'épaule, pain et œufs dans une sacoche, et se dirigeait vers Chante-Corneille. Il y restait jusqu'au soir, dans la seule compagnie des merles et des grives. Quand, malgré lui, sa pensée lui échappait pour l'emporter aux rives de la Seine ou du Tibre, il la retenait en se répétant : *Tu es sacerdos in aeternum secundum ordinem Melchisedech.* Au loin, l'index de Saint-Amable désignait le ciel.

Au milieu des désordres nationaux, Riom aurait vécu en paix sans les décisions venues de Paris. C'est ainsi qu'en mai, les paysans limagnais eurent vent que la Convention délibérait d'imposer aux blés un prix maximum. Un groupe de cultivateurs force l'entrée de la maison commune, envahit la salle où se tient le conseil général, agonit tout le monde par scélérats, traîtres, tyrans et jean-foutre.

– Nous n'y sommes pour rien, se défendent les municipaux. C'est Paris qui...

– C'est Paris qui! C'est Paris que! Mais qui donc ici fait donner la gendarmerie? Qui donc réquisitionne? Qui donc met en prison?

– Vous devez comprendre que les citoyens des villes souffrent de la faim. Qu'on ne peut laisser le prix des grains monter au ciel.

– Si la République nous les vole, nous ferons paître par nos troupeaux nos blés en herbe.

Sur cette menace, les croquants se retirent, laissant le conseil général déferré. Dans les jours qui suivent, sur les marchés, les grains n'arrivent plus. Maintenant, ce sont les ménagères riomoises qui manifestent et viennent crier « Du pain, du pain! » devant la mairie. Alors les officiers municipaux, encadrés de gendarmes, vont opérer des razzias dans les campagnes; ils saisissent les grains dissimulés, les payent en assignats, vingt-cinq livres le quintal :

– Un prix bien raisonnable! Estimez-vous heureux qu'on ne vous emmène pas les mains liées derrière le dos! Il y a encore de la place dans nos prisons!

Pour échapper à la saisie, certains paysans renoncent à battre leurs gerbes encore en meules dans les champs, à la merci des mulots.

– Affameurs! Passibles de la guillotine! crient les officiers. Nous reviendrons dans huit jours, si votre blé n'est pas battu et mis en sac, nous vous livrerons aux mains de Sanson!

Sanson, chacun le sait, est le bourreau de Paris. Il a donné son nom à tous les bourreaux de France, même à celui du Puy-de-Dôme qui se nomme réellement Michel Benoît. Sanson est l'archange saint Michel de la démocratie.

La réquisition des grains dure pendant des mois. La Limagne, autrefois nourrice de Riom, Clermont, Thiers, Vichy, par un triste prodige ne se suffit plus à elle-même. Les charrettes des réquisitionnaires partent quêter vers d'autres départements, d'où elles ramènent des froments mêlés d'orge ou d'avoine.

Autre effet du blé rare, tout le monde mange du pain noir, le pain de l'égalité, qui doit contenir au moins quinze pour cent de son. La pâtisserie est interdite, ce qui chagrine les Riomoises, habituées aux millards, aux guenilles, aux échaudés, à l'exception de Mesdames les procureuses : il se fait la nuit en leur faveur, dans les arrière-boutiques, un grand trafic de farine blanche. Les boulangers à leur tour vont se ravitailler nuitamment aux moulins échelonnés sur le cours de la Morge. Quand revient l'aube, tout le monde a regagné sa place officielle, les lois sont respectées de nouveau, ni vu ni connu. Pour son compte, Maître Fortunat ne craint rien de la gendarmerie; il jouit d'amitiés influentes dans le corps municipal.

En dépit de la Révolution, la ville n'a renoncé à aucune de ses anciennes fêtes. Elle célèbre encore en juin M. saint Amable, son patron, promène sa châsse sur un brancard revêtu de housses violettes en faisant tourner une roue de cire et de fleurs; cela rappelle le vœu qu'elle fit jadis, en remerciement, de brûler un cierge aussi long que ses remparts. Elle s'en tire au moyen de cet interminable rat-de-cave embobiné. On danse publiquement et privément. La comédie fait fureur, au bénéfice des pauvres. Des amateurs jouent *l'Aristocrate converti*, de Georges Couthon; *la Jeune Indienne*, de Chamfort. Chantent *le Devin du village* de Rousseau. Les Amis de la Constitution ne font pas moins recette. Chaque semaine, on y vient entendre des tailleurs d'habit pérorer, des bouchers citer César et Catilina, des teilleurs de chanvre proposer des mesures de rigueur qui font dresser les cheveux sur la tête; heureusement, ils sont tenus en bride par les citoyens raisonnables. Gilbert Romme y paraît et défend son calendrier. Car c'est lui qui a eu l'idée de vouloir effacer Jésus-Christ; de partager les mois en trois tranches de dix jours, puisque les nouvelles mesures, de monnaie, de poids, de longueur, de capacité marchent à présent par dizaines.

– Mais à quoi serviront ces transformations?

– A supprimer le dimanche.

On regarde avec surprise ce petit homme un peu bossu, en veste et pantalons rayés, qui a la mine d'un savetier et qui veut changer le cours du temps.

La capitale, cependant, continue de jouer plutôt la tragédie. On vient d'y assassiner Marat tout nu dans sa baignoire sabot. La meurtrière a été immédiatement arrêtée, jugée, conduite à la guillotine. L'exécuteur a montré sa tête au peuple et lui a administré un soufflet en complément.

Deux fois de suite, le 31 mai, puis le 2 juin, la Convention a été envahie par les tapedurs et les bacchantes, espèces mâle et femelle des plus enragés sectionnaires parisiens, qui ont contraint l'Assemblée à se débarrasser de ses mous, les Girondins. S'il n'a pas poussé à cette double invasion, Georges Couthon du moins la justifie :

« Les membres de notre Assemblée doivent être maintenant rassurés sur leur liberté d'action. Ils se sont unis au peuple venu les secourir. Partout ils l'ont trouvé généreux, incapable d'attenter à la sûreté de ses mandataires! »

Il est bien vrai – outragée sur ses frontières, déchirée dans ses membres par les insurrections vendéennes, lozériennes, lyonnaises, bordelaises, marseillaises, toulonnaises; soixante-dix de ses départements gagnés au fédéralisme – que la France ne peut supporter le désordre dans sa tête. Une seule volonté doit diriger la lutte sur tous les fronts, incarnée par le Comité de salut public, où siègent Robespierre, Danton, Couthon, Saint-Just, Carnot, Collot d'Herbois, c'est-à-dire la Passion, la Philosophie, l'Action, la Haine, le Courage, le Rêve. Très vite, il impose à l'Assemblée le vote d'une Constitution réformée, dite de l'An I, assise sur le mystère de l'Unicité, une seule République faite de quatre-vingt-six morceaux indissociables. De même, le Dieu unique des Nazaréens est composé de trois personnes. Elle proclame le droit à la vie, le droit à l'instruction, le droit à la propriété, le droit au travail, le droit au bonheur, la liberté des cultes. Et même – avertissement aux gouvernants futurs – le droit à l'insurrection quand le pouvoir viole les droits du peuple. Elle prévoit le recours aux assemblées primaires contre certaines propositions du Corps législatif. Lorsqu'elle entrera en application, le pays connaîtra la démocratie véritable qui, après avoir suscité tant de frayeurs, inspirera l'amour universel. Ainsi, la Convention vise les Français au cœur.

En attendant le retour de la paix, on préfigure ce bonheur à venir par la fête de la Régénération, célébrée le 10 août sur les ruines de la Bastille, dans une mise en scène du peintre David. On y voit la déesse égyptienne Isis, assise sur son trône, entre deux lions, comprimer ses mamelles de stuc d'où jaillissent deux jets. De même, elle allaita son fils Horus dont la lance devait détruire les forces de la nuit et du mal. Les conventionnels empanachés, en redingote bleue, écharpe tricolore, bottes à l'écuyère, gravissent les marches de l'autel. Leur président, Hérault (de) Séchelles, tend sa coupe romaine, boit le premier de ce breuvage symbolique, la passe à ses collègues. Acclamations des sans-culottes, auxquelles se mêlent quelques notes dissonantes :

– Assez de promesses! Du pain! Du vin! De la saucisse et du boudin!

Vite étouffées sous les éclats des trompettes.

Clermont-Ferrand ne sera pas en reste. Suivant le programme minutieusement établi par son conseil général, à midi précise, le cortège se rassemblera sur la place de la Fraternité, ci-devant de la Poterne. Il comprendra un groupe de quatre-vingt-six enfants unis entre eux par des rubans tricolores; le nombre des départements s'est accru de trois depuis 1790, par conquête ou scissiparité. Un homme vigoureux portera un faisceau de quatre-vingt-six baguettes, un autre la bannière de la Fraternité montrant sur une face cette devise : « L'union des vrais républicains sera la terreur de leurs ennemis », de l'autre cette condamnation du fédéralisme girondin : « Périsse celui qui tentera de rompre l'unité de la République. » Des groupes représentant les Arts, l'Agriculture, le Commerce brandiront les instruments de leurs industries. Une charrue ornée de fleurs et d'épis sera, entre un vieil agriculteur et sa vieille épouse, placée sur un chariot tiré par leurs enfants et petits-enfants. En contraste, un tombereau immonde, surmonté d'une tour crénelée, simulacre de la tyrannie, portera les attributs du despotisme, tapis, fleurs de lys, couronnes, sceptres, croix de chevalerie, titres féodaux, etc. L'Égalité et la Liberté, sous les traits de deux belles femmes vêtues de blanc, seront promenées sur deux chars jumeaux, entourées de citoyens de tous âges parmi lesquels on distinguera des nègres et des hommes de diverses couleurs, des enfants dits naturels, tous appelés par la Révolution au titre glorieux de citoyen.

Ainsi se firent les choses, au milieu de l'enthousiasme général; les Clermontois aiment les sabres au clair, les oriflammes, les allégories, les salves, l'odeur de la poudre. Le tombereau merdeux du despotisme, attelé à des ânes chargés de chaînes et les yeux bandés figurant l'ancienne ignorance, fit bien rire. L'Égalité et la Liberté, assez décolletées comme il convenait à la chaleur aoûtienne, furent follement applaudies par les républicains. Un peu moins par les républicaines. Sur la ci-devant place de Jaude, on incendia la Constitution de 1790, charte de la monarchie contrôlée, et l'on planta sur ses cendres celle de l'An I portant cette devise: « Chérissez-moi et vous serez heureux. »

Et l'on but jusqu'à plus soif.

Vint le déboire. Les soldats volontaires ou réquisitionnés envoyaient des lettres aussi héroïques par leurs sentiments que par leur orthographe.

Auguste Gaudy écrivait de Valenciennes: « Jen ploirai toutes mes forces pour taché de vous envoyé sous enveloppe une oreille de houland si toutefoi ils non pas les deux miennes. »

Jean Veysse, de Mayence : « Nous pouvion que marché sur les core mor et dans lassaut nous avon perdu quenze mille home, mais nous en avon tué des enemit trante cinque mille, je ren grace a dieu de mantnètre rechapé que je devai périr comme les autres. »

Bernard Martin de Vendée : « Je crois très fort que je ne verray plus le pay, mais j'ay fai un sacrifice de ma vie, si le malheur devenait de m'en vouloir. »

Louis Manlhot, des Pyrénées : « Nous somes assés misérables pour toute chose, on ne nous paye pas souvan, mous manquont a tout moman de vivres et meme d'abilleman et malgre cela il fau se batre, ce qu'on fai come des enragés désirans mètre fin a la guerre. »

Pour beaucoup de recrues forcées, toutefois, la patrie n'allait pas plus loin que leur pré, que leur vigne, que leur champ de topinambours; les jeunes soldats n'attendaient qu'une occasion pour déserter. On le vit bien dans l'affaire du siège de Lyon. Le chef-lieu du département de Rhône-et-Loire, écœuré par ce panier de crabes qu'était devenue l'Assemblée nationale, s'était révolté contre elle, avait chassé les Jacobins de son hôtel de ville, tout en se couvrant du drapeau tricolore et de ses devises. Marie-Joseph Chalier et quelques autres représentants de l'autorité parisienne y avaient perdu leur tête.

Mais bientôt des Girondins, des royalistes à peine déguisés, les comtes de Virieu et de Précy, s'insinuent dans l'insurrection et en prennent la tête. Le 9 août, les armées jacobines (les Lyonnais disent *jacobières*), aux ordres de Kellermann, commencent le siège de la ville rebelle. Le Comité de salut public ordonne au Puy-de-Dôme couthoniste d'envoyer en renfort aux assiégeants une Force départementale de trois mille hommes. De Paris, Georges Couthon écrit des lettres enflammées pour que ces ordres soient exécutés au plus vite.

Or, depuis Sidoine Apollinaire, le Lyonnais et l'Auvergne nourrissent une amitié d'affaires et de voisinage. Cela n'engage guère à se combattre. Le recrutement de la Force départementale se fait de bric et de broc. Le 25 août, sans élan, elle se met quand même en route, sous les ordres du général Léon Nicolas.

Le même jour, trois conventionnels emplumés quittent Paris, envoyés en mission extraordinaire pour aller réchauffer le zèle de l'Auvergne, l'Ambertois Maignet, le Tarbais Châteauneuf-Randon, technicien militaire, et Georges Couthon lui-même. Dans la berline de ce dernier, voyagent aussi Mme Mignot, sa gouvernante, et deux gendarmes chargés de le trimbaler, à tour de rôle, dans une hotte de colporteur, les jambes pendantes. A Riom, il fait étape. La foule apprend le nom du conventionnel qu'elle a l'honneur de recevoir, l'ami de Saint-Just, le conseiller de Robespierre. Elle escorte sa voiture en criant : « Vive Couthon, vive la Liberté, vive la République! » La berline s'arrête devant la maison commune où le missionnaire est accueilli solennellement par le maire Dubreul qu'on est allé quérir. Couthon lui tient un discours-remontrance et lui ordonne de suivre avec plus d'empressement les directives du Comité de salut public. Il conclut avec un sourire glacé :

– Je reviendrai, car je vous aime trop.

De la mairie, il se rend chez le procureur Fortunat sous les conseils de qui, jadis, il fit ses débuts dans l'avocature comme clerc du procureur Mandet. Lorsqu'il sonne à sa porte, la vieille servante Alphonsine, dite Fonsine, a la stupeur de voir cet étrange attelage, un homme portant l'autre sur son échine, dans une hotte, leurs deux têtes tournées en sens contraires, si bien que le second ressemble à la grande Jeanne, maquerelle publique, qu'elle vit jadis promenée sur un âne dans les rues de Riom, les mains liées, regardant – révérence parler – le cul de sa monture.

– Je suis, dit le porté, Georges Couthon, député à la Convention. Un ami de Marcellin Fortunat.

– J'ai entendu parler de vous, dit Fonsine. Mes maîtres sont à leur vigne.

– Pouvez-vous les envoyer chercher?

– Certainement.

Elle les laisse entrer.

– Un fauteuil, s'il vous plaît, demande le porteur.

Elle en roule un, rafle tous les coussins de la maison, les dispose devant, derrière, dessous, dessus, entoure de plume le député depuis les pieds jusqu'à la perruque.

Un saute-ruisseau court vers Mozac. Couthon prend patience une demi-heure. Les Fortunat arrivent enfin, essoufflés, confus de l'honneur que leur accorde un si grand homme. Couthon ouvre les bras, les deux avocats s'étreignent. La procureuse lui fait son compliment, l'appelle « l'ami de l'Égalité, le défenseur de l'Innocence, le soutien de la Vertu, le persécuteur des méchants ».

– Puis-je savoir, intervient Fortunat, craignant que sa femme ne s'empêtre, citoyen député, s'il n'y a point secret, les raisons qui te ramènent en Auvergne?

– Les royalistes du Rhône-et-Loire menacent les départements voisins. Je dois recruter des hommes, trouver des armes et des vivres, réquisitionner des chevaux et des charrettes, ramasser du foin et de l'avoine, repousser l'armée des muscadins, extirper de leur ville les germes contre-révolutionnaires, faire tomber des têtes et des maisons... Tu vois : rien que des bagatelles.

Pendant qu'il s'explique, Mme Mignot, sa gouvernante, agenouillée devant son fauteuil, lui frictionne les jambes, levant parfois vers lui un regard d'adoration.

– Je compte, poursuit le tribun aux pieds d'argile, pour m'aider à remplir ma mission, sur le concours de tous les bons citoyens riomois. Quant aux autres...

Et il a de l'index un geste tranchant sous le menton.

– Sers-nous de ton vin, dit la procureuse à son mari.

Fortunat sort un moment, tandis que Fonsine dispose des verres, que Mme Fortunat s'entretient avec Mme Mignot des difficultés quotidiennes. Il revient, portant une bouteille cachetée de cire, en fait remarquer le millésime : 1788.

– Du vin de l'ancien régime!

Et Couthon souriant :

– L'ancien régime avait du bon. Nous en venons tous.

A ce moment, la servante appelle d'un signe sa maîtresse pour lui demander en secret :

– Dois-je apporter la brioche?

Mme Fortunat se sent défaillir :

– Tais-toi, malheureuse! Veux-tu nous faire guillotiner? Du pain et des fruits. Rien d'autre.

La procureuse retourne tremblante près de ses hôtes, tandis que Fonsine dépose sur la table une miche grise et des pommes d'été, dites « pommes des moissons », rouges comme le feu.

– Remarque, dit spirituellement Fortunat, que l'on te sert des pommes républicaines.

Couthon sourit pour la seconde fois, en saisit une, mord dedans :

– Remarque toi-même que leur chair est blanche. Il existe beaucoup de faux républicains, rouges par le bonnet et blancs par l'intérieur... Mais nous ne sommes pas de ceux-là.

Et soudain, comme si les deux idées allaient ensemble :

– A propos, qu'est devenu ton frère cadet, le ci-devant prieur de Cinq-Fontaines? Il a disparu de Paris. Est-il mort ou vivant?

– Je le crois vivant. Il ne s'intéresse plus à la politique. A présent, il s'adonne aux joies de l'agriculture.

– *Agricolas fortunatos!*

Et Couthon sourit pour la troisième fois.

12

Le 28 août, Georges Couthon débarque à Clermont-Ferrand. Il convoque l'évêque nouveau style, Jean-Baptiste Périer, qui paraît devant lui en habit noir à la française, calotte et bas violets, croix pastorale sur la poitrine.

– Citoyen évêque, l'ennemi est à nos portes. Il faut que chaque homme se mobilise. Fais donner les cloches de ta cathédrale. Qu'elles sonnent le tocsin pendant dix jours, une heure le matin et une l'après-dînée.

– Vois l'avantage, citoyen représentant, d'en avoir sauvé quelques-unes!

La ville s'emplit de ce bourdon sinistre qui doit réveiller les consciences. Des affiches placardées ordonnent à tout mâle valide de s'armer d'un fusil, d'une hache, d'une fourche ou d'un bâton, de quatre jours de vivres, et de se rendre à pied ou à cheval jusqu'à Ambert, point de ralliement de l'« Armée du Peuple ». Les forgerons sont requis de forger des piques avec les grilles des châteaux et des églises. Couthon inspecte une nouvelle manufacture de fusils qui occupe à Saint-André le monastère des Prémontrés.

– On me dit que les canons de vos armes se fendent quelquefois.

– Nous manquons encore d'expérience.

– Qui sont les meilleurs armuriers du monde?

– Ceux de Liège, en Belgique.

– Combien en voulez-vous?

– Trois ou quatre.

– Vous en aurez six. Que vous manque-t-il encore?

– Des soufflets de forge.

Le jour même, il ordonne d'enlever des églises tous les soufflets d'orgues, le temps n'est plus aux alléluias.

Mais le salpêtre, âme de la poudre noire, de la poudre salvatrice, de la poudre sainte, devient l'obsession de ses jours et de ses nuits. Où trouver ce rare ingrédient? Un apothicaire lui en révèle les sources : primo, les murs et les sols des vieilles maisons; secundo, les cendres obtenues par la combustion de certaines plantes sauvages. Aussitôt, il recrute un corps de salpêtriers qui visitent caves, celliers, étables, bergeries, remises, raclent partout le sel de la pierre, en remplissent des sacs qu'ils vont empiler dans la vieille église Saint-Adjutor. Aux municipalités du département, il envoie des instructions écrites de sa main :

« Mettez en réquisition les femmes et les enfants partout où il y aura des matières combustibles. Faites réduire en cendres pailles de fèves, genêts dits « balais », chardons dits « écharpeaux », sureaux, bruyères, « endicules » et toutes autres espèces. En un mot, tout doit être brûlé et converti en cendres. Il faut que la terre soit entièrement purgée de son salpêtre. Malheur aux municipaux qui y mettraient de la négligence! »

Le salpêtre s'accumule, ronge les sacs de chanvre qui crèvent et répandent leur contenu. Couthon le voit en rêve remplir Saint-Adjutor, déborder les portes et les fenêtres, envahir tout Clermont, malgré d'innombrables caravanes qui l'emportent vers les fabriques lointaines. Sa femme, Marie Brunel, venue avec ses deux enfants Antoine et Hippolyte, est réveillée par les cris qu'il pousse dans son sommeil : « Le salpêtre! Le salpêtre! »

A peine levé, il se fait coltiner jusqu'aux ateliers où mijote la précieuse écume, dans des chaudières de teinturiers. Il vérifie sa qualité une fois sec en le faisant péter sur le feu. Respect que je vous dois.

On le voit partout, sur le dos de son gendarme, que suit le gendarme de secours. Parfois, il se fait déposer sur une fontaine, harangue la foule :

– Courez vous engager! N'avez-vous pas honte de vaquer à vos petites affaires pendant que les muscadins lyonnais essayent de rétablir la monarchie? Ô rochers vivants de l'Auvergne, soulevez-vous! Roulez sur ces rebelles pour les écraser! Auvergne! Auvergne! La République a besoin de ton sang!

Au club jacobin clermontois, filiale du parisien, qui se réunit précisément dans l'ex-monastère du même nom, derrière le Champet, il participe aux débats, en compagnie de Maignet qui discute peu, mais semble penser beaucoup. L'Ambertois approuve ou désapprouve fortement de la tête. Une mimique qui impressionne; la retenue verbale est peu fréquente chez les Jacobins. Un soir, on entend sa voix enfin; elle vitupère contre le fanatisme :

– Voilà ce qui retient nos hommes d'aller combattre; les prêtres leur ont mis dans la cervelle le maudit commandement : « Tu ne tueras point. » Apprenons-leur qu'il ne vaut qu'en temps de paix. Que le vrai patriote a pour devoir absolu de tuer! De tuer souvent! De tuer les ennemis de la République, qu'ils soient Autrichiens, Prussiens, Anglais, Lyonnais ou Auvergnats. Le sang de l'ennemi doit abreuver nos sillons, car notre cause est juste. Notre commandement à nous est : Tu tueras avec justice!

Cela jette d'abord un froid. Puis chacun applaudit, de peur de paraître tiède. On discourt sur les armements, les subsistances, la prochaine et inéluctable défaite des muscadins. La soirée se termine par un joyeux *Ça ira* et par une ronde patriotique. Dans son compte rendu à la Convention, Couthon le paralytique ne craint pas d'écrire le soir même : « Nous fîmes avec eux la farandole. » Les deux gendarmes le rapportent dans sa hotte rue de la Liberté où il demeure, face à la Halle au Blé. Ses enfants dorment déjà. Sa femme et Mme Mignot passent le temps à jouer aux cartes. Quand elle doit tuer seule la longue veillée, Marie gratte de la mandoline ou récite son chapelet. C'est une femme très pieuse.

Il réussit à recruter dix mille hommes. Beaucoup ont posé leurs conditions :

– Je m'engage. Mais je veux être revenu pour la foire de la Saint-Martin.

– Et moi pour les labours.

– Moi, j'ai mon toit à repailler avant les fortes pluies...

A partir du 3 septembre, c'est un flot montant sur les routes qui conduisent vers Ambert. La campagne en boit beaucoup. Ce qu'il en reste, avec ses chariots de vivres, son bétail, ses bagages, arrivant dans la ville papetière, en apprend une raide : la « Force départementale » qui les précédait, aux ordres de Léon Nicolas, s'est laissé surprendre à l'aube du 31 août par quelques centaines de muscadins venus de Montbrison. Commandés par le comte de la Roche-Négly, les royalistes avaient marché toute la nuit, les sabots de leurs montures entourés de paille, et de feutre les fourreaux de leurs sabres, tandis que les Auvergnats dormaient la bouche ouverte et les doigts de pied en éventail. Nicolas lui-même a été cueilli en bonnet de coton. Certains patriotes ont pu s'enfuir; les autres ont été dirigés vers les prisons de la ville rebelle, encadrés de monarchistes qui criaient « Vive Louis XVII! » et chantaient *la Guillotine* sur l'air de *la Bonne Aventure* :

Le député Guillotin,
Dans la médecine
Très expert et très malin,
Fit une machine
Pour purger le corps français
De tous les gens à décrets :
C'est la guillotine, ô gué,
C'est la guillotine.

On n'en a plus de nouvelles.

A son tour, l'« Armée du Peuple » en sabots se dirige par petites étapes vers la ville assiégée. A la vue de ce ramassis, Dubois (de) Crancé, qui dirige le siège, s'écrie :

– Je ne donnerais pas si liards de cette troupe!

Il n'a raison qu'à moitié; aux premiers coups de canon, plusieurs recrues se disperseront et retourneront à leurs topinambours; la plupart combattront vaillamment.

Dans le Puy-de-Dôme, pendant ce temps, Couthon mène de front des tâches militaires et civiles. La flamme patriotique manque dans ces villes et ces campagnes? Il va entreprendre une tournée d'allumeur de réverbères.

Son plumage et son ramage font grande impression :

– Mes amis, clame-t-il, la Révolution, c'est le bonheur! Grâce à elle, demain vous aurez tout : le Pain, la Liberté, l'Égalité, l'Unité, la Fraternité, la Santé, l'Instruction. La terre entière vous admirera et vous enviera!

Partout, on l'acclame. Des Orcetois, dans son village natal, se substituant à ses gendarmes, le portent en triomphe. On jonche de fleurs le chemin de ce nouveau Messie. Le voilà contraint d'accomplir des miracles. Il fait élargir de nombreux suspects arrêtés pour des peccadilles. En coffre d'autres qui le méritaient. A Thuret, un jeune homme libéré baptise de son nom un enfant qui vient de lui naître. Il promet deux fontaines à Aigueperse. A Clermont, il fonde une bibliothèque populaire. Il ordonne de ne pas poursuivre les déserteurs :

– A quoi bon? L'on ne combat bien l'ennemi que si on le déteste et si l'on sait pourquoi. Ces déserteurs ne savent rien. Il nous appartient de les éclairer.

Le 9 septembre, il octroie une somme de six mille livres « à la garde des vignes dont la surveillance est d'autant plus importante que la levée en masse a fait partir les cultivateurs pour l'armée ». Il se soucie même du bonheur de ses adversaires. Accorde le lendemain trois mille livres au « soulagement des prisonniers détenus dans la maison d'arrêt de Clermont ». Autorise le 18 les mères, épouses et enfants à voir les reclus une fois par jour. Prend à son compte les créances des aristocrates en fuite : « Les bouchers, boulangers, selliers et autres fournisseurs, ouvriers et journaliers, créanciers d'émigrés, dont les besoins sont certifiés par leurs municipalités, recevront du département, après que leurs créances auront été vérifiées et jugées légitimes, des mandats en acompte de la somme de cent livres sur toutes les créances dont le principal excédera cette somme et de la totalité de ce qui sera dû au-dessous. »

Au milieu de toute cette philanthropie, il n'oublie pas cependant l'ennemi intérieur, l'ennemi dissimulé, l'ennemi invisible et quotidien. Décrète la démolition de tous les donjons et tours qui froissent les principes de l'Égalité. Crée un comité de surveillance chargé d'établir la liste des suspects – sur le modèle du parisien – dans chaque chef-lieu des sept districts. Ordonne que chaque citoyen placarde sur la façade de sa maison ses nom, qualité, antécédents, philosophie. « Untel, ci-devant conseiller en la ci-devant Cour des Aides, bon patriote, a acheté des biens nationaux. » Chacun s'enjolive et s'exonère comme il peut.

Il combat le marché noir, oblige les commerçants à tenir boutique ouverte, même s'ils n'ont rien à vendre; la plupart fermant « comme si le beau jour où le peuple de Clermont s'est levé pour défendre sa Liberté était devenu un temps de deuil ». Les meuniers trafiquants encourent dix ans de bagne.

Il décide enfin de rejoindre à Lyon ses « rochers d'Auvergne » qui contribuent à l'écrasement de la ville rebelle, bombardée sans répit pendant deux mois à boulets rouges.

Le 29 septembre, Gachet, commandant du bataillon de Besse, écrit à sa famille : « Lyon n'a jamais mieux brûlé qu'aujourd'hui, ses flammes nous servaient de chandelles. »

Ce même jour, Couthon est à Thiers, où il inspecte les fabriques de sabres.

Le 2 octobre, le voici au milieu de l'armée jacobière dont le quartier général est à La Pape. Il y trouve d'autres conventionnels en mission, Dubois-Crancé, Albitte, Reverchon, l'ineffable Javogues qui a coutume de proclamer : « La seule divinité que tout bon républicain doit adorer, c'est la guillotine. » A Roanne, il s'est montré un jour tout nu aux foules ébahies afin que le peuple profite des formes d'un véritable patriote. Aux Stéphanois, il a offert des spectacles non moins réjouissants en faisant guillotiner des mannequins figurant les rois de Prusse et d'Angleterre, William Pitt et la ville de Toulon en personne.

Couthon arrive plein de mépris envers cette insurrection de « bourgeois ». « Nous n'aurons pas de peine à la réduire, écrit-il à la Convention, pourvu qu'on leur rende leurs coffres-forts. » Or il découvre bientôt, à sa grande surprise, que le peuple lyonnais, le peuple ouvrier, femmes et enfants, se bat avec fureur aux côtés des marchands contre la tyrannie parisienne. Son opinion change : « Il nous faudra user d'indulgence. Tous les hommes en ont besoin. »

Le 9, toute résistance cesse. « Hier, écrit le même commandant Gachet, de Besse, nous avons pris Fourvière avec quatre mille fusils et dix pièces de canon. Aujourd'hui, 9, à environ six heures du matin, ils ont capitulé. Toutes les rues que nous avons traversées pour nous rendre à l'hôtel de ville étaient bordées de femmes et d'enfants qui, à leurs pleurs, joignaient le cri de " Vive la République ! " » Quant aux vrais muscadins, ils se sont évanouis, dissimulés dans les greniers, dans les bois, dans les cavernes.

Couthon démobilise aussitôt tous les soldats de plus de vingt-cinq ans, félicite les « braves guerriers de toutes les armes ». Rappelle que les personnes, les biens doivent être respectés. Mais à Paris la Convention décrète : « La ville de Lyon sera détruite. Tout ce qui fut habité par le riche sera démoli. Il ne restera que la maison du pauvre, les habitations des patriotes, les édifices employés à l'industrie et les monuments consacrés à l'humanité et à l'instruction publique. La réunion des maisons conservées portera désormais le nom de Ville-Affranchie. Il sera élevé une colonne qui attestera les crimes et la punition des royalistes, avec cette inscription : " Lyon fit la guerre à la Liberté : Lyon n'est plus. " »

Alors, l'auteur de *l'Aristocrate converti* se fait promener en litière à travers la ville vaincue et frappe d'un marteau d'argent la façade des immeubles riches, déclamant de façon théâtrale :

– Tombez, monuments d'orgueil ! La Loi vous condamne !

Et en effet les pioches révolutionnaires commencent à détruire les plus belles maisons de Bellecour. Et la prison de Pierre-Scize, la Bastille lyonnaise.

Des centaines d'arrestations sont opérées, généralement sur dénonciation. Georges Couthon recommande au tribunal des jugements honnêtes et impartiaux, fondés sur des preuves solides. Javogues le gourmande de son modérantisme. Mais quand il voit que la répression prend des dimensions inhumaines, le conventionnel auvergnat se dégage de l'affaire, laissant la place à Collot d'Herbois et Fouché qui commettront d'horribles tueries, exécuteront près de deux mille girondins et muscadins vrais ou faux, par la guillotine et les canons chargés à mitraille.

Lorsque ceux-ci en auront couché des centaines sur l'herbe sanglante, le chef des massacreurs leur parlera :

– S'il en est parmi vous qui ne sont pas tout à fait morts, qu'ils se lèvent : la République leur pardonne.

Il s'en lèvera en effet quelques-uns. On les achèvera à la baïonnette.

Quant à Georges Couthon, il a déjà quitté les lieux, s'en est revenu en Auvergne avec la satisfaction du devoir accompli.

Le 5 novembre, il se retrouve à Ambert en compagnie de Maignet, l'enfant du pays, où il opère une soudaine métamorphose. Inspiré par les multiples décrets ordonnant que tous les objets métalliques du culte soient envoyés à la fonte, il se fait chansonnier. Écrit des couplets drolatiques formant une *Litanie des saints convertis en monnaie.* Il ne craint pas de lui donner pour musique l'air le plus sacré de l'époque, *l'Hymne à la Liberté*, qui deviendra *la Marseillaise* :

I

Mathieu, Mathias, Paul, Pierre et Jude
Simon, et vous, Barthélemy,
Voyez à quelle épreuve rude
Les Français vous mettent aujourd'hui!
En se moquant de saint Rémy,
Saint Philippe et vous, frère Jacques,
Jean, de Jésus le bien-aimé,
Gros Thomas, et vous cher André,
Saints devant, comme d'après Pâques :

Refrain

Vos cris sont superflus!
Vous serez tous fondus!
Grands saints, grands saints,
Dans le creuset,
Tombez, c'est le décret!

II

Saint Marcel, sainte Geneviève,
Saints renommés dans tous pays,
Saint Roch et son chien, son élève;
Saint Baptiste et saint Denis,
Saint Jean de Latran et saint Prix;
Et vous, cochon de saint Antoine,
Ah! Plus vous serez gros et gras,
Plus vous produirez de ducats,
Dans la fonte, avec l'antimoine.

III

Marthe, Marie et Magdeleine,
Femmes qu'adorait le Sauveur,
Saint Hubert, et vous sainte Hélène,
Saint Charlemagne, l'empereur,
Saint Lou-is (nom qui fait horreur),
Saint Luc, saint Gilles et saint Spire,
Papes, évêques et docteurs,
Consolez-vous de vos malheurs :
Curtius va vous mettre en cire!

IV

Nous ne brûlerons plus de cierges
Devant l'autel de nos patrons;
Mais quand nous trouverons des vierges,
Oh! comme nous les chérirons!
Oh! comme nous les fêterons!
Nous n'aimerons que les vivantes,
Les vivantes nous aimeront;
Et nos neveux qui surviendront
Se les choisiront pour amantes.

Curtius, précurseur d'Alfred Grévin, avait ouvert deux cabinets, l'un au ci-devant Palais-Royal, l'autre au boulevard du Temple, où il montrait en cire les gens de grande renommée. Dans cette galerie de la dérision, certains saints épargnés sont toutefois dignes de remarque : *Georges*, dont Couthon porte encore le prénom, mais qu'il va bientôt, sur la proposition de ses amis, troquer contre celui d'*Aristide* : « le meilleur des hommes »; *Genès*, peut-être en souvenir de l'église clermontoise où il fut marguillier ; *Marie*, mère de Dieu, particulièrement vénérée en Auvergne et sainte patronne de sa femme. Soucieux de faire rire ses administrés comme il a ri lui-même en l'écrivant, il imprime sa litanie à quatre mille exemplaires, envoyés à toutes les communes du département. Qu'on ne parle pas de vanité d'auteur : il ne la signe point.

Mais après cette courte récréation, le conventionnel en mission retourne à sa fureur.

A Saint-Amant-Roche-Savine, il demande au maire :

– Quel est le nouveau nom adopté par votre commune?

– Amant-Roche-Savine.

– C'est bien. Mais Roche est de trop, il rappelle l'assise d'un ancien château. Raccourcissez.

– D'accord, citoyen. On raccourcira.

Le 10, il s'arrête à Billom où il a affaire avec le Précieux Sang. Une relique rapportée, dit-on, de Jérusalem par un chanoine billomois nommé Albanelly. Désirant la dissimuler, il s'était ouvert les chairs de la cuisse, y avait introduit l'ampoule, avait recousu la blessure. Après d'infinies tribulations, il revint en Auvergne, tomba exténué près du village de Saint-Julien-de-Coppel où existait un autre couvent dont les cloches se mirent soudain à sonner toutes seules. Les moines sortirent en tumulte, recueillirent Albanelly. Le croisé retira la fiole de sa cuisse, eux s'éberluèrent devant la fraîcheur et la fluidité du sang, l'acceptèrent pour celui du Crucifié, en firent un objet d'adoration, qui commença de guérir les malades, de rendre la vue aux aveugles, la parole aux muets. Fureur des Billomois privés de cette relique et de ses bénéfices. Après bien des chamailles, les deux paroisses voisines se partagèrent le Précieux Sang. Billom installa sa portion dans Saint-Cerneuf, la promena le jeudi saint, l'exposa le 14 septembre, fête de l'Exaltation de la Sainte Croix. La Révolution n'avait rien changé à ces habitudes.

Couthon se fait déposer dans Saint-Cerneuf, exige que le sacristain lui présente le Précieux Sang. Il constate de ses yeux sa couleur vermeille.

– Est-il vrai qu'il produit des miracles?

– J'en ai vu de mes yeux.

– En es-tu certain?

– Comme je te vois.

– Vérifions.

Il saisit l'ampoule, la promène lentement, longuement sur ses jambes percluses. Son visage n'exprime rien, ses yeux restent clos. « Dieu me damne, pense Maignet, si l'on ne dirait pas qu'il est en train de prier! » Couthon répète plusieurs fois ces passages, encouragé par le sacristain.

– Encore! Encore!

Au bout du compte, il rouvre les yeux, fait un violent effort pour se lever de son fauteuil. Vainement. Alors, il éclate d'un rire noir :

– Cela m'a fait autant de bien que le cocu aux canes!

L'expression auvergnate provoque chez tous une hilarité de soulagement : Couthon n'est pas retombé dans le fanatisme, Dieu merci! Le conventionnel crache alors au Précieux Sang ce qu'il pense de lui :

– Imposture!

Il le tend pour finir au citoyen Clédières, apothicaire et officier de santé :

– Fais-en devant moi l'analyse. Après tout, peut-être s'agit-il de sang de cochon!

Le sacristain jure la main levée qu'il ne se serait jamais permis ce trafic. Clédières brise le col de l'ampoule, renifle, goûte, ajoute une pincée de tanin qui a des vertus coagulantes, agite, n'obtient aucun effet, énonce son verdict :

– Ce liquide n'est pas du sang. Ce ne peut être du sang.

– Dans ce cas..., dit Couthon.

Il saisit à son tour le flacon, le laisse tomber sur le dallage où il se détruit et se répand :

– Imposture! Et maintenant, allons plus loin. Il nous reste bien d'autres choses à détruire.

Jusqu'à présent, il n'a rien fait contre le culte catholique, excepté une chanson. La Constitution civile du clergé, les décrets sur la fonte des cloches et des saints métalliques remontent à la Constituante dont il ne faisait point partie. Que se serait-il passé si Couthon avait obtenu du Précieux Sang la guérison de sa paralysie? Désormais, persuadé que la religion nazaréenne n'est qu'un amas d'impostures, il va s'acharner contre ce qu'il en reste. Sitôt rentré à Clermont, il supprime le traitement des prêtres constitutionnels. Ordonne d'abattre les clochers et d'envoyer les cloches restantes à la fonderie. Met à la disposition des municipalités un tambour de ville pour remplacer le tocsin. Interdit toute manifestation cultuelle extérieure. Transforme les confessionnaux en guérites; les soutanes, chasubles, étoles en parures féminines qui seront distribuées aux jeunes filles remarquables pour leur attachement à la Révolution. Dieu n'a que faire de ces colifichets. L'Être Suprême n'a besoin ni de temples ni de prêtres.

Le 16 novembre, il se rend à Issoire. Il y préside un autodafé de statues allumées avec les titres de prêtrise de plusieurs jureurs qui, désormais privés de leur pension, renoncent pour jamais à Jésus, à ses pompes et à ses œuvres, « abdiquant leur qualité de prêtres pour prendre celle de sans-culottes ».

A partir du 22, nouvelle métamorphose : il devient réformateur gracquiste. Disons même communiste. « Déterminé à ne plus souffrir que l'humanité soit dégradée; qu'une poignée d'individus puisse encore s'imaginer que la terre ne produit que pour eux et que les autres sont des étrangers à cette mère commune », il ordonne la levée d'un impôt de douze cent mille livres sur les riches égoïstes dont la fortune sera présumée d'au moins quarante mille, dépourvus de certificat de civisme, c'est-à-dire qui n'auront consenti aucun don patriotique ni acheté de biens nationaux. Et voici l'emploi qui en sera fait :

... Deux cent vingt-cinq mille livres couvriront les frais d'instruction des enfants du peuple; en attendant une organisation complète et définitive de l'éducation nationale, seront créés un Institut à Clermont et un Collège dans chaque chef-lieu de district du département;

... sept cent mille soulageront les familles indigentes; certaines « citoyennes destinées par la nature à être les consolatrices de l'être souffrant visiteront les pauvres secourus, s'assureront si la pension qu'ils reçoivent est utilement employée »; les hôpitaux recevront les malades gratuitement;

... deux cent vingt-cinq mille serviront à créer des ateliers de charité au cours de l'hiver; mais sitôt ces secours distribués, la mendicité sera sévèrement punie;

... cinquante mille iront aux Société populaires.

Il fait surveiller les battages et l'emploi des récoltes. En appelle à la solidarité des villes et des campagnes, des communes entre elles: Clermont reçoit des vivres de Marseille, envoie à Ambert « une portion de riz, de merluche et d'amandes, à la pensée que cette offre gracieuse sera agréable au citoyen Maignet ».

Ayant pris dans le Puy-de-Dôme ces grandes dispositions qui pourront servir de modèle aux autres départements, Couthon referme sa maison de la rue de la Liberté et reprend avec sa famille la route de Paris.

Le 26, ils traversent Riom où il ordonne de brûler toutes les archives judiciaires d'avant 89. Le lendemain, à Aigueperse, il réglemente la mort républicaine: « Considérant que l'homme, en paraissant sur la terre, y vient sans préjugés et qu'en la quittant il ne doit laisser aucune trace de ceux qui ont pu l'assiéger pendant sa vie, j'ordonne d'enlever des cimetières tous tableaux, peintures ou inscriptions capables d'alimenter le fanatisme; et d'inscrire ces seuls mots sur la porte d'entrée: "Silence, ils reposent." » Les défunts ne seront plus enfermés dans des cercueils de chêne ou autres bois, qui sont à certains l'occasion d'afficher un luxe insolent, mais conduits au champ du repos sur un simple brancard recouvert d'un drap tricolore, à l'exception du visage; un ruban fera leur éloge : « J'ai vécu pour la Patrie »...

Il ne reviendra plus en Auvergne. Il lui reste huit mois à vivre.

La petite commune de Chanonat, qui n'avait pas donné de grandes preuves de républicanisme, informée du feu d'Issoire, eut à cœur d'avoir aussi son brûlement. Cela se fit en accord avec les personnes intéressées. Le maire s'en fut trouver M. Labâtisse et lui parla en privé :

– La plupart des communes avoisinantes ont brûlé depuis longtemps les titres féodaux. Le grand Couthon ordonne de brûler aussi les saints de bois et les emblèmes du fanatisme. Dans notre église, nous n'avons trouvé qu'un vieux confessionnal vermoulu; et à Saint-Jean l'ancienne porte, remplacée il y a cinquante ans, en réserve derrière le ci-devant autel. Cela ne fera pas un gros fougat. Auriez-vous, Monsieur, des titres féodaux que nous pourrions y ajouter? Faut bien donner quelques satisfactions aux patriotes. Et mieux vaut, pour votre maison, sacrifier de bon cœur ces vieilleries que de risquer une nouvelle invasion.

– Je vous trouverai cela. Revenez après-demain.

Au jour dit, il remit plusieurs brassées de grimoires. Vasson fit la même tournée dans les autres châteaux dont les propriétaires avaient eu le courage de demeurer, se fiant à la modération chanonatoise, ce qui les laissait maîtres de leurs biens au prix de quelques dons patriotiques. Chacun désencombra son grenier des plus anciennes paperasses. De ce ramas l'on ne put rien faire pendant trois jours à cause d'un vent affreux. Le quatrième, on en remplit une voiture parée aux emblèmes de la Liberté, on le transporta sur la place publique. A quelque distance de l'Arbre, on en construisit un monticule, qui produisit un joli feu dans lequel les habitants jetèrent de la paille et des genêts pour lui donner plus d'aliment, tandis que roulaient les tambours, et que la foule acclamait la République. Sans animosité contre personne. La fête s'acheva par une distribution de vin nouveau et une farandole. Les municipaux la jugèrent « vraiment civique et utile ». Ce joyeux événement se déroula le décadi 30 brumaire, c'est-à-dire en vieux style le 20 novembre 1793.

Car le calendrier républicain, inventé par Gilbert Romme avec l'aide du poète Fabre d'Églantine, avait maintenant cours obligatoire. Mais seuls les administrateurs l'employaient réellement; l'agriculture ne comprenait rien à ces primedi, duodi, tridi, quartidi et foutredi répandus dans les églises, les mairies, les cabarets par des feuilles volantes. Les anciens mois, dignes de confiance et de respect, dont on comptait naguère les jours sur les jointures de la main, y faisaient place à des mois de même longueur. Vendémiaire, brumaire, nivôse, germinal étaient assez jolis. Bon. Mais les saints, les non moins vénérables saints patrons? Chassés par des légumes, des instruments, des animaux: Carotte, Potiron, Betterave, Cochon, Lapin, Ver-à-soie, Faucille, Échelle, Arrosoir, etc., ce qui était à pleurer de rire! Il s'ensuivait qu'on ne devait plus prénommer ses enfants Pierre, Paul, Simon ni Antoinette; mais Piment, Salsifis, Perce-Neige. A moins qu'on ne préférât Brutus, Cassius, Guillaume-Tell, Carmagnole, Çaïra.

Le plus raide de tout cela était, comme l'avait prémédité Gilbert Romme, la disparition du dimanche, après celle des statues, des autels, des cloches, des prêtres. Même les cordes furent enlevées. Un certain Gandillon, muletier originaire de Murat, fut chargé de transporter celles de Chanonat jusqu'à Maringues où se trouvait un dépôt des chanvres utiles à l'armée. Or ledit Cantalou laissa entendre à ceux qui étaient encore affectés de fanatisme que lui, par bonne volonté, était disposé à leur abandonner ces cordes contre la rétribution de quarante francs métalliques. Les fanatiques réunirent la somme en sous, doubles-sous, demi-sous et la lui versèrent une nuit; elle pesait bien trois kilogrammes, pour user de la mesure républicaine. En échange, il leur remit les cordes qu'ils découpèrent en morceaux pas plus longs que des saucisses et gardèrent chez eux comme reliques.

– Quelle explication fourniras-tu aux dépositaires de Maringues? demandèrent-ils à Gandillon.

– Je m'arrangerai, ne vous mettez pas en peine.

N'empêche que, de ce jour, cet enfant de pute, respect que je vous dois, qui avait fait commerce des choses saintes, fut tenu dans la région pour un pestiféré. Personne ne lui adressait la parole et n'avait moindrement commerce avec lui. Lorsqu'il mourut, une dizaine d'années plus tard, alors que la religion était revenue de son exil, le cercueil de Gandillon fut déposé un moment sous la ganivelle de l'église, personne ne se souciant de le faire entrer. Or les porteurs virent un chat noir qui se promenait dessus tranquillement. Ils en furent tellement saisis qu'ils prirent tous quatre la poudre d'escampette. Quand le curé vint l'asperger, le chat s'enfuit en feulant, plus hérissé qu'un porc-épic. Comprenne qui voudra.

Les changements s'opéraient donc avec lenteur dans la vallée de l'Auzon. Le soleil donnait l'exemple du conservatisme en continuant de se lever derrière la Roche-Blanche, de se coucher derrière Mont-Redon. Et faisaient de même les marchés, les foires, les saisons, la naissance des cabris. En dépit des mesures et contre-mesures, on continuait d'y chômer le dimanche. A défaut de prêtre, les Chanonatois choisirent l'un d'entre eux, le vieux Vincent Magne, qui les réunissait dans une grange, dirigeait leurs prières, ondoyait les nouveau-nés. Il avait tant de foi et de savoir-dire qu'il ne lui manquait que la soutane.

Le décadi, en revanche, tous ces gens travaillaient. Les contre-révolutionnaires avaient même à cœur d'enfiler ce jour-là leurs nippes les plus mauvaises, de se livrer aux travaux les plus dégoûtants : curage des fossés et des rases, transport des fumiers, etc. La municipalité républicaine fermait les yeux. Mais ensuite il vint des gendarmes qui arrêtèrent quelques-uns de ces profanateurs et les enfermèrent dans la vieille prison des Hospitaliers. A la longue, chacun prit son parti de la situation, et l'on chôma sept jours mensuels au lieu de quatre, le diable seul y trouva son compte.

A Jussat, en revanche, le culte décadaire était célébré d'enthousiasme dans l'église où Laforie ne parraisait plus. En ce pays de soif perpétuelle, chaque assistant était porteur qui de sa pinte, qui de son bousset en guise de missel. Le mieux lisant de la foule montait en chaire, débitait les sermons instructifs envoyés par le district. Il y était question de la manière d'élever le lapin domestique pour suppléer au poil de lièvre dans la confection des chapeaux; de la culture du potiron; de la cueillette des feuilles de frêne en complément de pâture. Les sermons donnaient soif, et les fidèles communiaient sous l'espèce liquide.

Il fallut aussi s'accoutumer au débaptême des lieux. Toutes les communes portant quelque marque religieuse ou féodale changèrent de nom. Montpensier devint Montplâtre; Pont-du-Château, Pont-sur-Allier; Châteaugay, Bel-Air; Saint-Anthème, Pont-sur-Ance; Saint-Germain-l'Herm, Herme-la-Montagne; Vic-le-Comte, Vic-sur-Allier; La Chapelle-Agnon, Pierre-Blanche; Saint-Jean-des-Ollières, Puy-la-Garde; Saint-Germain-Lembron, Liziniac-Lembron; Saint-Sauves, Sauvelibre; Saint-Cyrgues, Marcelie; Saint-Flour, Fort-Cantal. Le pompon revint à Issoire; quoique son nom ne fût pas manifestement pollué, il choisit de s'appeler Quartier-sans-Culottes. De même au loin, Marseille et Toulon, en châtiment de leur révolte, étaient devenus Ville-sans-Nom et Port-de-la-Montagne. Montmartre mérita bien au contraire de s'appeler Montmarat.

Beaucoup de rues et de places changèrent aussi de patronage. Riom saisit l'occasion pour acquérir toutes les vertus; il se donna les rues de la Justice (ex-Saint-Louis); de la Franchise (ex-de l'Intendance); de la Simplicité (ex-de la Grande-Boucherie, actuellement Soubrany); de la Fidélité (ex-Daurat); des Braves (ex-du Marthuret); de la Fraternité (ex-des Taules, actuellement du Commerce); de l'Humanité (ex-sous la Fontaine-des-Lignes, actuellement du Commerce); de l'Harmonie (ex-de l'Ane-Vert, actuellement de la Charité); de la Réflexion (ex-du Manège, actuellement Malouet); de la Bienveillance (ex-des Carmélites, actuellement Gomot), de l'École-des-Mœurs (ex-de la Comédie)... Sans parler du cul-de-sac de la Discipline (ex-des Vieilles-Casernes, actuellement Gomot). Et aussi, naturellement, de la place de la République (ex-Neuve, actuellement de la Fédération).

Même les jeux de cartes changèrent de façon. Il ne pouvait plus y être question de rois, reines ni valets. Les antiques figures devinrent des Génies (de la Guerre, de la Paix, des Arts, du Commerce); des Libertés (des Cultes, du Mariage, de la Presse, des Professions); et des Égalités (des Devoirs, des Droits, des Rangs, des Couleurs). Ce qui confondait les joueurs, car ils n'y voyaient plus l'ancienne hiérarchie : le roi plus fort que la reine, plus forte que le valet. Aussi ces cartes n'eurent-elles aucun succès et préféra-t-on jouer aux dominos.

On traîna de même les pieds à la réforme des anciens poids et mesures : contre les mètres, litres, hectares, kilogrammes continuèrent de valoir les aunes, toises, journaux, œuvres, cartonnées, pintes, pots, poinçons, livres, écus, pistoles. Et ils ne sont pas encore éteints à l'heure où le soussigné écrit ces lignes.

Le plus difficile, dans une révolution, est de la faire entrer dans les esprits.

13

Manifestement, Dieu était contre-révolutionnaire; après un hiver rigoureux, il en envoyait un autre plus rigoureux encore. Ainsi celui de 93-94, où l'on cria famine dans toutes les villes, malgré la Constitution de l'an I, malgré les lois du maximum, malgré les cartes de rationnement. On fit du pain avec des fèves, du riz, du maïs, de la pomme de terre, de la crotte de bique, et de l'eau, beaucoup d'eau, en le laissant peu cuire. Il collait aux dents, la lame du couteau ne parvenait pas à s'en dépêtrer. Les assignats étaient de plus en plus méprisés. Les grandes constructions sociales d'Aristide Couthon en faveur des pauvres, des enfants, des malades, des chômeurs, des vieillards, demeuraient sur le papier.

Le conventionnel avait laissé derrière lui son compère Châteauneuf-Randon qui n'avait souci que d'appliquer les mesures répressives. Chaque jour, les comités de surveillance complétaient la liste des suspects. Après avoir vu leurs tympans martelés, les églises étaient maintenant transformées en ateliers de couture, en dépôts à grains, à salpêtre, à matériel militaire, en salles de comédie. La religion ridiculisée par des mascarades d'ivrognes, où l'on traînait les chasubles dans la boue en secouant jusqu'au ciel des encensoirs. Comment Dieu aurait-il pu aimer la Révolution française?

– Citoyens, clamait Jean Saint-Jame à ce constat, foutez-vous de Dieu! D'ailleurs, nous aurons Sa peau!

Çà et là, on raccourcit quelques meuniers pour tenter de mettre fin au marché noir des farines blanches. A Riom, deux opposants le furent aussi, le charron Michel Morel et le cultivateur Amable Tache, pour avoir jeté bas un arbre de la Liberté à Chapdes-Beaufort. A Clermont, devant la Halle au Blé, en l'absence d'Aristide, trois malavisés subirent le même sort. Mais beaucoup de condamnés étaient transférés à Commune-Affranchie ou à Paris pour y être exécutés loin de leurs proches.

Une Riomoise du moins déjoue cette manœuvre. Son mari, le magistrat Rollet d'Avaux, vieux et presque aveugle, a été accusé par un domestique de receler des prêtres réfractaires. On perquisitionne à son domicile, sans découvrir personne. Mais on trouve une correspondance secrète entretenue avec Mgr de Bonal. Déféré au tribunal révolutionnaire de la capitale, le vieillard est condamné à mort. Mais sa femme l'a suivi jusque devant ses juges : elle refuse de séparer sa vie de la sienne, comme font les veuves du Malabar. Revendiquant hautement sa part de responsabilité, elle obtient la même condamnation. Le 15 mai 1794, elle aide son mari à gravir les marches de l'échafaud. Un moment après, elle reçoit le même supplice.

Informé de cette affaire, le procureur Marcellin Fortunat en éprouva quelque frayeur. Mais Christophe le rassura :

– Je suis prêtre, mais prêtre jureur. D'autre part, la meilleure dissimulation est que je reste ouvertement ton ouvrier.

Chaque jour, l'ancien chartreux allait donc et venait en costume de vigneron, la pioche sur l'épaule, la hotte au dos.

Cependant, les vrais insermentés se cachaient par centaines autour d'eux, sous divers déguisements. Des centaines d'autres remplissaient les prisons. A Clermont, l'abbé Louis Solignat, vicaire clandestin de l'évêque en exil, moisissait dans une cellule du Petit Séminaire. D'autres encore attendaient leur déportation en Guyane.

Dans la cathédrale, dont les deux clochers gothiques avaient été rognés au ras des toitures – mais on avait conservé la Bayette pour l'agrément de son horloge –, des artilleurs s'exerçaient à tirer au canon, chargé à blanc ou à mitraille. On voulut descendre les cloches préservées par l'évêque constitutionnel. Mais la plus grosse échappa aux mains de ses dépendeurs, traversa trois voûtes, se fracassa sur le pavement dans un bruit épouvantable. Ce suicide du bourdon de Notre-Dame fit une grande impression sur les esprits et servit d'exemple, quelque temps après, à plusieurs condamnés à mort. Quant à la bâtisse elle-même, on délibéra sur ce qu'il convenait d'en faire. Le municipal nommé Ribeyroux – porteur occasionnel d'Aristide –, laid comme Danton et roux comme Judas, fit deux propositions radicales :

– Citoyens, nous n'avons plus besoin de bibliothèques, de cabinets de physique, d'églises ni d'autres fariboles. Je demande premièrement qu'on fasse bouillir tous les livres; de la pâte qui en résultera, on fabriquera du papier à l'usage de la République. Secondement, qu'on démolisse la ci-devant cathédrale.

Alors se lève un autre membre du conseil, le bénédictin défroqué Verdier-Latour :

– Que ferons-nous des matériaux?

– On les vendra.

– Qui voudra d'une telle montagne?

– La Bastille était bien plus grosse.

– Citoyens, il y a, je pense, mieux à en faire. Cet édifice conviendrait aux assemblées populaires. Dans la grande nef, on pourrait établir une salle de comédie, puisque notre vieux théâtre de la rue des Aides est devenu trop petit. Si le peuple n'a pas besoin de livres, il a besoin d'amusements.

– N'écoutez pas, dit Ribeyroux, la voix perfide de cet ancien moine, qui porte une tour dans son nom!

La suggestion de Verdier-Latour est cependant retenue par la majorité, la Grande Église échappe à la destruction; on se contentera de marteler comme il faut tout ce qui doit l'être, de planter un bonnet phrygien à sa cime, d'emporter le jubé, les stalles, les grilles du chœur. De son côté, par prudence, le ci-devant bénédictin changera de nom et se fera désormais appeler Bias-Verdier.

A la tribune de la Convention, Couthon s'est écrié: «Guerre aux châteaux! Paix aux chaumières!» Chanonat vit un paradoxe, châteaux et chaumières y cohabitent sans conflits. Maintenant que les châtelains se sont débarrassés de leur particule, de leurs privilèges, de leurs armoiries, de leurs titres féodaux, de leur mobilier précieux, qu'ils font partie de la garde nationale, ils ne se distinguent pas trop des petits propriétaires, acheteurs de biens nationaux, qui les environnent. On voit couramment M. Labâtisse scier des bûches dans sa cour et Madame astiquer elle-même ses cuivres à la cendre de bois. Ils se mêlent aux plébéiens les jours de foire et de marché, votent parmi eux, jouent aux quilles avec eux. Bref, ils sont devenus supportables.

Plus que ne le sont les nouveaux seigneurs du département, les Jacobins officiels, bien ou mal élus, en pantalons rayés et bonnets rouges. Ils se promènent par les champs, espionnent les chemins, contrôlent les greniers et le repos décadaire. Tandis que dans la capitale les grands révolutionnaires se guillotinent entre eux, Chanonat continue son existence modeste, sans autres accidents que les orages, sans autres morts que les naturelles. Avant 89, les brassiers, les Jean sans Terre bêchaient, labouraient, ensemençaient, moissonnaient pour les aristocrates et les ecclésiastiques; à présent, ils font les mêmes besognes pour les notaires, médecins, avocats républicains.

Depuis l'enrôlement de Claude Poudrille – où diable est-il allé finir? – aucun vrai volontaire ne s'est engagé. En octobre 1793, il s'en est bien présenté un et Vasson se hâta de signaler ce phénomène au district, mais il offrait cette étrangeté qu'à chacun de ses passages sous la toise il rapetissait d'un pouce; de sorte qu'on dut renoncer à le mesurer, sinon il ne serait plus rien resté de lui. Comme en plus il était garçon meunier, il fut autorisé à ne pas quitter son moulin. Dès lors, il cessa de diminuer. La réquisition et le tirage au sort, en revanche, prirent une vingtaine de garçons qui partirent combattre au loin.

Au milieu de cette quasi-sérénité, un accident politique a eu lieu cependant la nuit du 6 floréal an II, c'est-à-dire du 25 avril 1794. L'arbre de la Liberté qui ornait la place a été déraciné et transplanté au milieu d'un champ de blé appartenant au maire. Le froment y était déjà grandet, de sorte que les profanateurs ont commis un dégât considérable par leurs piétinements, vu qu'ils devaient être trois ou quatre et semblaient avoir dansé le rigodon sur les tiges tendres. Pour un tel crime, deux de Chapdes-Beaufort perdirent la tête.

Les feuilles débitées par les colporteurs relatent de très nombreux attentats contre ces Arbres, contre les mairies, contre les diligences, contre la personne des révolutionnaires. Un des plus graves a failli être commis par un Auvergnat de nom Admiral Henry, natif d'Auzolette, près d'Issoire. Il se présente un matin au domicile de Couthon, numéro 97 de la Cour du Manège, qui, sur sa qualité d'Auvergnat, accepte de le recevoir, assis dans son fauteuil roulant.

– Je suis âgé de tout juste cinquante ans. J'ai quitté notre pays à l'âge de vingt-six pour m'installer dans la capitale. J'y ai fait trente-six métiers : décrotteur, rémouleur, domestique, soldat. A présent, me voici malade et sans ressources. Pourrais-tu, citoyen et cher compatriote, me trouver un emploi convenant à mes forces et mes capacités?

Couthon promet de chercher, l'engage à revenir sous huitaine, lui donne en attendant un assignat de cent livres. Or ledit Admiral, au sortir de la Cour du Manège, achète deux pistolets. En fait, il a résolu de mourir. Mais il veut d'abord rendre un service à l'humanité en supprimant Robespierre, le grand coupeur de têtes. Il essaie de pénétrer chez lui, 4, rue Favart, où il est évincé par une sentinelle. Il se rend alors à la Convention qui tient séance au Palais National, ci-devant des Tuileries, y trouve une place au dernier gradin des tribunes, sous les drapeaux de la France, de la République de Genève, patrie de Jean-Jacques Rousseau, et des États-Unis d'Amérique. Robespierre est justement en train de pérorer. Il le fait si longtemps et si bien que l'Auvergnat s'assoupit. Quand il se réveille, un autre orateur discourt, l'Incorruptible a depuis longtemps quitté le Palais. Admiral change alors de gibier : il frappera le massacreur des Lyonnais, l'enragé robespierriste Collot (d')Herbois. Il s'offre un bon repas avec l'argent qui lui reste. Va ensuite attendre Collot dans son escalier et, la digestion aidant, s'y endort derechef. Le conventionnel rentre au milieu de la nuit. Admiral, réveillé en sursaut, vise aux narines et lui envoie deux pruneaux qui le manquent.

– Au secours! On me tue!

Mais l'agresseur détale. On le poursuit. Il court chez lui, s'enferme dans sa chambre. On force la porte : il blesse le serrurier. On l'arrête enfin. Il déclarera devant Fouquier-Tinville :

– Je regrette d'avoir manqué tout le monde. Je voulais délivrer le pays d'un despote. C'eût été pour moi un si beau jour! Toute la France m'aurait remercié!

Devant l'Assemblée, Couthon s'efforcera de laver l'Auvergne de cette tache :

– L'horrible Admiral s'est dit originaire du Puy-de-Dôme. Je déclare de la façon la plus solennelle, au nom de mon département brûlant de patriotisme et d'attachement à la Convention nationale, que son peuple désavoue ce forcené. Il n'y a que l'Angleterre de William Pitt qui ait pu produire un pareil monstre. Son nom d'ailleurs le prouve assez : il s'appelle Admiral Henry avec un *y*. Cet homme est un Anglais, non un Auvergnat!

Henry sera guillotiné. En même temps que le concierge de sa maison, coupable de n'avoir pas fait éclater assez de joie au moment de sa capture.

L'Incorruptible est donc sauf. Il envoie au couperet des corrompus, escrocs, faussaires, profiteurs, prévaricateurs. La Révolution n'a pas pour objet de vider les poches de Pierre pour remplir les poches de Jacques. La liberté n'est pas la licence. Il est salubre d'avoir détruit les superstitions anciennes; mais un citoyen libre qui marche sans foi ni règles est comme un marin qui navigue sans étoiles. Il est indispensable d'asseoir la nouvelle religion de l'Être Suprême et de l'âme immortelle. Au lieu de discourir sur les potirons et les lapins, on la célébrera dans les églises. Et sur les places. Et dans les cœurs. Ce sera un acte religieux contre l'athéisme immoral, et par conséquent aristocratique. Un acte politique contre les prêtres qui ont modelé les rois à l'image de la divinité. Un acte social qui réunira les hommes de tous âges, de « la violette de l'enfance » à « l'olivier de la vieillesse », même si ce second végétal est difficile à trouver en Auvergne. Aristide Couthon informe son département de ce grand projet :

Ce 19 floréal,
an second de la République française
une et indivisible

« Mes chers Concitoyens,

« Le rapport des fêtes nationales et décadaires dédiées à l'Être Suprême fut fait hier par Robespierre et applaudi avec transport, en un discours sublime que j'ai proposé sur-le-champ de faire traduire dans toutes les langues humaines. Tous les sentiments généreux de l'homme, toutes ses affections tendres, toutes les vertus sociales et privées vont donc, par une institution nationale, être mis en action et offerts à la Divinité, comme le seul hommage digne d'Elle. Les scélérats qui avaient tenté de bannir de nos cœurs l'idée et l'image de l'Être Suprême, notre Créateur, nous croyaient donc bien aveugles, ou bien insensibles à toutes les merveilles de la nature que nous admirons sans les concevoir. Depuis que le monde existe, l'homme a produit de bien grandes choses; mais a-t-il jamais pu imiter cette voûte imposante qui couvre l'univers et cet astre brillant qu'on appelle le Soleil et que je nomme, moi, « l'œil du Père de la nature »?... Ô mes chers Concitoyens, quel état de bonheur est réservé à la France! Nous honorerons donc enfin dans nos fêtes de l'Être Suprême le genre humain, les bienfaiteurs de l'humanité, les martyrs de la Liberté, l'amour de la Patrie, la haine des tyrans, la tendresse paternelle et maternelle, la piété filiale, la vieillesse et toutes les vertus publiques et privées. Applaudissez, mes chers Concitoyens, au décret qui fonde ainsi la République sur des bases éternelles!

« Adieu, mes bons amis. Paris est toujours parfaitement tranquille. Le Tribunal Révolutionnaire fait toujours bien son devoir. La Convention, le Comité de salut public et les Jacobins ne quittent pas le pas de charge.

« Mon rhumatisme me tourmente bien cruellement. Pourtant, je marche, autant que je le puis, avec mes camarades. Mais vous me l'ordonnez, mes amis : je me ménagerai. L'ordonnance de l'amitié sera mieux suivie que celle des médecins. Adieu. Tout à vous,

« Aristide Couthon. »

La France entière se prépara donc à célébrer le nouveau culte. A Riom, comme ancien religieux, Christophe Fortunat fut très curieux de savoir la figure qu'il aurait. Ce 8 juin 94, second décadi de prairial, dès quatre heures du matin, le canon réveilla les quatre quartiers de Riom. Ivre d'allégresse, le peuple se rassembla place de la République, autour de l'arbre de la Liberté, où un chœur de jeunes gens chanta :

Tombez, pleurs de l'aurore,
Sur cet arbre immortel
Qui, commençant d'éclore,
Doit se perdre un jour dans le ciel...
Qu'il prospère à jamais, que ses branches fécondes
Sous leurs rameaux sacrés unissent les deux mondes...

Puis commença le défilé. En tête, la musique jouait *l'Hymne à la Liberté, Ça ira, Veillons au salut de l'empire*. Derrière, les autorités, la garde nationale, les Sociétés populaires. La foule anonyme remplissait les rues pavoisées de bleu-blanc-rouge, chantant et dansant. Sur le Pré-Madame, un autel chargé de fruits et de feuillages servit à offrir à l'Être Suprême un petit enfant; celui-ci, Pierre-Claude Tailhand, âgé de trois ans, petit-neveu de Gilbert Romme, s'en tira à merveille : dans sa robe blanche dont la ceinture tricolore flottait au vent, il avait l'air d'un angelot qui monte au ciel. Lorsqu'il en redescendit, toute sa famille le reçut les larmes aux yeux, le combla de caresses et de bonbons.

Musiques, discours, acclamations à cœur que veux-tu. Le soir, illuminations, comédie, bals publics, dans une atmosphère d'égalité : la ci-devant comtesse dansait avec son cordonnier, la grisette côtoyait la bourgeoise de haute vertu. Ainsi la nuit passa dans ces mélanges. Jamais à Riom l'immortalité de l'âme n'avait produit un tel tintamarre. Emporté par ces tourbillons, Christophe regagna son grenier le cœur dilaté de joie. Sûr maintenant, malgré les tours, les clochers, les têtes raccourcis, malgré les souffrances et les larmes, sûr d'avoir choisi le bon chemin, en 89, le jour où il avait dit adieu à son frère jumeau devant la Dame de Jussat; le bonheur du peuple en témoignait.

Pendant ce temps, sur les rives de la Seine, Robespierre avait en personne dirigé la fête. Mis le feu à un mannequin de paille représentant l'athéisme. Puis, un bouquet à la main, pris la tête d'un magnifique cortège, des Tuileries au Champ-de-Mars, où se dressait l'autel. Certains conventionnels ricanaient de son cléricalisme laïque et le baptisaient le « pape révolutionnaire ». Il entendait leurs sarcasmes et préparait pour les faire taire la loi du 22 prairial qui allait déchaîner la Grande Terreur.

Couthon seul est dans la confidence. C'est lui qui, déposé par un gendarme comme un pot de géranium sur la tribune de l'Assemblée, a exposé les considérants et les clauses de la loi purificatrice. Les formes légales du Tribunal révolutionnaire sont supprimées, plus de témoins, de défenseurs, de procédure. Tout citoyen dénoncé par un autre sera sur-le-champ arrêté. Tout suspect comparaîtra devant le Tribunal qui ne prononcera que deux sentences, l'acquittement ou la mort. N'importe quel conventionnel pourra être mis en accusation sans que la Convention puisse intervenir. Tous les présents votent la loi, espérant acheter ainsi leur sécurité personnelle. En six semaines, le seul Tribunal de Paris prononcera près de quinze cents peines capitales.

Sitôt qu'il atteint l'Auvergne, l'écho de cette loi produit l'effet espéré par ses auteurs; les riches désertent Clermont, Riom, Issoire, se réfugient dans les campagnes, abandonnent les villes aux sans-culottes sans le sou. Exode pareil à celui que provoquait naguère une épidémie de peste. Le bruit court que Couthon va revenir. Ses fervents annoncent déjà des guillotinades, des listes sont dressées, les cercueils sont déjà prêts. L'exécuteur des hautes œuvres, Michel Benoît, attend le concours de quatre bourreaux supplémentaires.

Le 12 juillet, deux envoyés d'Aigueperse se présentent au domicile parisien d'Aristide. Il les reçoit au bain, comme Marat fit à tort pour Charlotte Corday :

– Quand mon corps est plongé dans l'eau, c'est le seul moment, grâce à la loi d'Archimède, où je ne sente plus mon poids ni mes douleurs.

– Citoyen, répondent les Aiguepersois, c'est d'une histoire d'eau que nous sommes venus aussi t'entretenir. Grâce à ton appui, nous avons pu installer deux belles fontaines en pierre de Chaptuzat, une de chaque côté de l'hôtel de ville. Nous serions heureux que tu viennes les baptiser.

– Lors de mon prochain passage, c'est promis, je m'arrêterai chez vous. Nous les inaugurerons ensemble. Merci de cet honneur que vous me conférez, chers compatriotes.

– Nous aurions aussi une plainte.

– Je vous écoute.

– Nous recevons trop de prisonniers. Il nous est arrivé cent dix Hongrois, dont six femmes et plusieurs enfants. Nous ne savons plus qu'en faire. Il nous faut les nourrir. Et donner quarante sous par jour à deux de nos citoyens qui les gardent. Ce qui est beaucoup pour notre pauvre commune.

– Faites-les travailler. Traitez-les humainement.

– Nous préférerions qu'on nous les retire.

– Vous serez exaucés.

Les deux envoyés repartent contents. Mais la semaine d'après Couthon écrit aux Clermontois qu'il renonce pour le moment à son retour en Auvergne :

« J'aimerais bien aller regarder le profil de nos montagnes et embrasser mes amis. Malheureusement, la Liberté est en danger à Paris. Je veux rester aux côtés de Robespierre pour la défendre, ou mourir avec elle. »

Trop de conventionnels se sentent menacés par la loi du 22 prairial. Une coalition de circonstance se noue contre les triumvirs : Robespierre, Couthon, Saint-Just. Soudain, les choses se précipitent. Le 27 juillet (ou 9 thermidor), un tumulte infernal éclate dans l'Assemblée. Robespierre n'arrive pas à se faire entendre, sa voix est couverte par les invectives :

– A bas le tyran!

– Laissez-moi parler!

– Si on ne t'entend pas, c'est le sang de Danton qui t'étouffe!

– A la guillotine! A la guillotine!

Thuriot secoue avec fureur sa cloche présidentielle.

– Te tairas-tu, président d'assassins!

Saint-Just à son tour essaie de parler, sans plus de succès. De son fauteuil, Couthon s'époumone; on ne distingue que « ... Liberté... République... » Après cinq heures de ce vacarme, Robespierre se rassied, à bout de forces. Alors un obscur conventionnel propose son arrestation, votée aussitôt à mains levées. Saint-Just, Robespierre jeune, Couthon protestent. Fréron invective contre l'Auvergnat qui crie à la tyrannie :

– Tyran toi-même! Tu voulais de nos cadavres te faire autant de marches pour monter au trône!

– Au trône, moi?... Dans cet état?

Il éclate de rire; depuis des mois, il souffre de maux de tête, de nausées, d'un hoquet continuel. Amolli par les bains prolongés, nourri quasi exclusivement de bouillon de veau, il avance laborieusement en tournant ses moulins à café.

A deux heures du matin, à l'Hôtel de Ville, tandis qu'une averse inonde la place, le gendarme Merda tire un coup de pistolet à Robespierre en criant : « Vive la Liberté! » Et lui fracasse la mâchoire. Comme il s'enfuit par un corridor obscur, il rencontre Couthon dans les bras d'un de ses porteurs. Celui-ci, effrayé, laisse tomber sa charge. Couthon est foulé aux pieds. La populace le reconnaît, le croit mort, veut jeter son cadavre à la Seine. Mais on s'aperçoit qu'il vit encore, on ramasse ce qui reste de lui, on le transporte à la Conciergerie sur un brancard. Le soir du 10, deux charrettes emmènent les triumvirs et dix-neuf de leurs amis vers l'échafaud.

Couthon y monte le premier; on a grand-peine à le ficeler sur la bascule à cause de ses jambes paralysées. Après un quart d'heure de torsions qui lui arrachent des cris, on finit par le coucher en chien de fusil, le mouton le tranche de côté. La foule applaudit.

Ce même jour, Marie Brunel, son épouse, quitte la capitale avec ses deux enfants. Bousculée par la foule, elle lâche la main de son plus jeune fils, Hippolyte, âgé de quatre ans, n'arrive plus à le rejoindre malgré ses appels. Le voilà absorbé par la multitude, retenu, enlevé, assassiné, jeté à la Seine au lieu de son père? Plus jamais elle n'entendra parler de lui. Elle fuit vers l'Égypte. Vers l'Auvergne. Vers sa maison natale d'Orcet.

La nouvelle du 9 thermidor arrive à Clermont accompagnée d'un communiqué de Benoît Monestier : « Couthon a voulu s'emparer avec ses complices Danton, Robespierre, Saint-Just de la nomination de toutes les places du gouvernement. Ces modernes Catilina ne sont plus! Victoire, Clermontois! » Or, quand le Puy-de-Dôme apprend l'exécution du grand Aristide, tout ce qui compte en politique se sent dans les dispositions de saint Pierre avant le chant du coq : « Je ne connais pas cet homme. »

C'est à qui le reniera avec le plus d'empressement. Le maire, Étienne Bonarme, naguère si flatté de s'entendre donner du « cher ami » par le conventionnel, Ribeyroux-Judas, un de ses porteurs, tous les anciens thuriféraires et acolytes, Verdier-Latour, Mabru, le président Rozier, le médecin Monestier, le débitant Bouscarat aboient maintenant contre l'infâme , le traître, l'abominable. La Société Populaire adresse à la Convention une lettre de compliments :

« Représentants du Peuple! La Société Populaire de Clermont, justement indignée des trames ourdies récemment contre la liberté, s'empresse de vous faire connaître ses sentiments. Puisque, parmi les traîtres que vient de frapper la vengeance nationale, il s'en trouve un à qui elle avait donné des marques d'affection, elle ne se le rappellera désormais que pour mettre en garde contre les tyrans perfides qui, sous le masque de la vertu, cherchent à plonger le peuple dans l'esclavage. Recevez, Représentants du Peuple, nos félicitations sur l'énergie que vous avez montrée dans ce nouvel orage révolutionnaire. Recevez aussi l'assurance que nous vous donnons que les hommes ne sont rien pour nous. Les principes! Les principes! Voilà notre boussole! Mort à tous les traîtres! Vive la Convention nationale! Vive la République une et indivisible! »

A Orcet, on brûle ses portraits sur la place publique. Le conseil municipal raye de ses registres son acte de naissance et tous les passages où son nom était cité. Son frère Pierre, héritier de la charge notariale, déclare son intention de substituer au nom qu'il portait jusqu'alors celui de leur mère, une Lafon. De même, le grand-père Lafon fait réinscrire à l'état-civil son petit-fils Antoine sous le nom maternel de Brunel :

– Ce n'est pas, explique-t-il, que cet enfant âgé de sept ans ait le désir de renier son père. Mais il aurait présentement de grands dangers et graves inconvénients à le conserver, et nous en sera reconnaissant plus tard.

Ainsi la race des Couthon semble condamnée à s'éteindre. Mme veuve Couthon changera aussi de nom très vite, en se remariant. La découthonisation du Puy-de-Dôme se trouvera dès lors achevée.

Trois mois après thermidor, les municipaux clermontois procèdent à l'inventaire du mobilier dans l'appartement de la rue de la Liberté, en présence de Pierre Lafon, frère du défunt. Et ces messieurs font de surprenantes découvertes. A côté des ustensiles et du mobilier habituels, des jouets, un berceau, des effets d'enfants, une guitare, une mandoline, une bouteille d'eau de noix. Plusieurs centaines de livres. Mais aussi un enfant Jésus en cire, habillé de satin blanc garni d'or dans une boîte de verre. Une petite niche renfermant une Vierge d'ivoire avec son enfant. Les débris d'un reliquaire en cuivre émaillé. Un prie-Dieu. De nombreuses gravures représentant des scènes de l'histoire sainte ou illustrant les vertus chrétiennes. Tout cela chez Couthon, l'ex-marguillier de Saint-Genès, devenu persécuteur des prêtres et démolisseur des clochers. Pour n'avoir pas reçu à Billom la grâce du Précieux Sang.

Maintenant la France respire. De nombreux détenus retrouvent la liberté, mais non les prêtres réfractaires. La guillotine raccourcit plusieurs terroristes dont le trop fameux Jean-Baptiste Carrier, véritable honte de l'Auvergne, natif du Cantal, qui a noyé dans la Loire des centaines de « brigands royalistes », y compris beaucoup de femmes et d'enfants. Ce qui ne l'a pas retenu, le 9 thermidor, de courir derrière la charrette des triumvirs en criant : « Mort aux tyrans!» Convoqué par le club des Jacobins, accusé d'atrocités inutiles, il prend une belle rage, tire son épée, tranche devant lui les têtes des chandelles :

– Des preuves! Des preuves!

La Convention délègue à Nantes des enquêteurs; ils en ramassent à pleins paniers. Gilbert Romme ordonne l'arrestation de son compatriote et de quatre-vingt-quatorze de ses complices. Le procès de Carrier dure deux mois; il a étudié la chicane et se défend pied à pied :

– Je n'ai fait qu'obéir aux ordres reçus. Si je suis criminel, vous, qui me les avez donnés, êtes coupables autant que moi. Tout est coupable ici. Jusqu'à la sonnette du président!

On cherche un biais pour lui trouver une culpabilité particulière. On lui reproche, non d'avoir commis des crimes monstrueux, mais ordonné des exécutions sans jugement. Il est condamné à mort avec deux de ses valets; les autres sont acquittés. Quelques heures plus tard, les trois compères montent dans la charrette. Carrier gravira les marches de l'échafaud sans faiblesse ni forfanterie.

L'année 94 s'achève sur cette fin heureuse.

14

Printemps 95. La famine affole les Parisiens; le pain est monté jusqu'à seize francs la livre. Pour satisfaire les rancœurs, ou du moins les distraire, la Convention fait tomber quelques têtes montagnardes. Mais ventre affamé n'a point goût au divertissement. Le 1er prairial (20 mai), des femmes en fureur envahissent l'Assemblée, criant : « Vive la Montagne, vive les Jacobins, du pain et la Constitution de l'an I! » Quelques coups de fouet de la garde les font battre en retraite. Elles reviennent avec leurs hommes, ceux du faubourg Saint-Antoine. Un jeune député, Féraud, veut les retenir; il tombe, on le découpe au sabre, une pique présente sa tête au président Boissy d'Anglas qui la salue. Après des heures de tumulte et de clameurs, un groupe de Montagnards – dont Romme et Soubrany – ébauchent un gouvernement insurrectionnel. Des soldats de Pichegru, appelés par la Convention, arrivent dans la nuit, chassent les émeutiers, arrêtent Romme et ses partisans, tandis que Soubrany parvient à s'enfuir. Cependant, lorsqu'il apprend l'arrestation de son compatriote, il revient sur ses pas et se livre à l'Assemblée.

Ils sont six, transférés dans une forteresse de Bretagne. Quelques jours plus tard, on les informe qu'ils vont être ramenés à Paris pour passer en jugement. Alors, ils jurent de se tuer plutôt que de subir le supplice du couperet. Pendant le trajet de retour, se présentent des occasions de fuir; ils les méprisent. Le 17 juin, les voici condamnés à mort. Tandis qu'on les enferme dans un local annexe, Romme tire le couteau qu'il tenait caché sous ses vêtements, se le plonge avec enthousiasme dans la poitrine, dans le visage, dans le cœur. Soubrany ramasse la lame ensanglantée et se l'enfonce dans le ventre. Elle passe ensuite de main en main, pour la même immolation. Ainsi échappent-ils au bourreau comme le bourdon de Notre-Dame de l'Assomption.

Romme et deux autres sont morts. Les trois survivants sont chargés dans la charrette, agonisants, les tripes pendantes. Soubrany meurt enfin au pied de l'échafaud, on guillotine son cadavre. Les deux derniers ont la force de crier : « Vive la Liberté! Vive la République! » En cette période de confusion, dans les moments extrêmes, chaque acteur a sur les lèvres les mots de République et de Liberté : les septembriseurs, les robespierristes, les Lyonnais, les thermidoriens, le gendarme Merda, les bourreaux eux-mêmes.

Vu de l'étranger, embelli par l'éloignement et l'illusion, le 9 thermidor apparut comme l'heure de la délivrance et du retour au passé. Beaucoup d'ecclésiastiques émigrés reprirent le chemin de la France. Trop, sans doute, et trop vite. Les *Annales de la Religion,* organe des constitutionnels, s'en plaignaient :

« Des lettres de Suisse et d'Allemagne annoncent que les prêtres réfractaires émigrés ou déportés quittent ces pays pour regagner leur terre d'origine.

Sept ou huit cents déjà se sont répandus dans les départements frontaliers. Dans tous les autres, ils commencent à pulluler comme les sauterelles d'Égypte. Déguisés en ferblantiers, en marchands, en cantonniers et sous toutes sortes de costumes, ils parcourent les campagnes... Leurs chefs sont de soi-disant vicaires apostoliques, tels que Dampierre à Paris, Camus et Lacour à Nancy, Blein à Orléans, Jalabert à Carcassonne, Solignat à Clermont. »

En fait, Louis Solignat n'avait jamais franchi d'autre frontière que le seuil du Petit Séminaire, où il était enfermé avec cent vingt de ses collègues. Dès qu'il eut retrouvé la liberté de ses mouvements, il fit parvenir une circulaire aux prêtres cachés du Puy-de-Dôme leur annonçant la reprise du culte traditionnel :

« Nous allons reparaître dans l'assemblée des fidèles. Depuis longtemps, ils nous tendent les bras; après Dieu, ils nous regardent comme leurs consolateurs et leurs guides. Tâchons d'imiter le pieux Esdras au retour de la captivité de Babylone. Ce prophète selon le cœur de Dieu, assis sur les débris du sanctuaire, n'exprime sa douleur que par des larmes... Ah! que nos amis seront édifiés de ne nous entendre prononcer aucune parole d'aigreur, de plainte ou de murmure!... Que toutes nos instructions ne respirent que l'amour de la paix, le rétablissement de la tranquillité publique, le bonheur de nos frères. Hâtons-nous de réconcilier le père avec le fils, la mère avec la fille, l'époux avec l'épouse, les frères avec les frères, les familles divisées par le malheur des temps... « Salut et fraternité. »

Les décrets de la Convention venaient de libérer aussi les édifices religieux non aliénés, à la seule condition que leur desservant formulât un acte de soumission aux lois de la République; qu'aucun signe religieux, qu'aucune sonnerie ne signalât les locaux et les offices; qu'aucun ecclésiastique ne se montrât publiquement en costume sacerdotal. « Votre religion, avait dit un conventionnel s'adressant aux nazaréens, est comme la prostitution, exercez-la tant que vous voudrez dans le secret de vos murs. Mais n'en montrez jamais rien au-dehors! »

Des centaines de prêtres sortirent des bois, des troncs d'arbre, des cavernes, des caves, des greniers. Raymond Fortunat embrassa Guillette, son beau-frère, ses neveux et quitta de même Chapdes-Beaufort. Le 1er août, dans sa vieille défroque de garçon meunier, après cinq heures de marche, il atteignit Chanonat au bord de nuit. En cette époque des jours longs et chauds, beaucoup d'hommes, assis sur le seuil de leur maison, une écuelle sur les genoux, mangeaient leur soupe tranquillement, en devisant des prochaines moissons, du temps qu'il ferait le lendemain. D'autres fumaient la pipe et crachaient par terre; d'autres racontaient des aventures plaisantes et, riant sous leur moustache, découvraient une bouche édentée. Sur la place, autour de l'Arbre, des enfants jouaient à la buse et aux poulets en poussant des cris d'hirondelles. Qui eût cru, à voir cette paix, ces pauvres bonheurs, à sentir l'encens des genêts secs qui fumaient sous les crémaillères, que tant de sang coulait ailleurs, que tant de rages et d'orages sévissaient sur la capitale du ci-devant royaume de France?

Nul donc ne reconnut ce meunier au bonnet bleu, cette barbe grise qui passait. Pas même Pierre Veysse, à qui Fortunat avait fictivement vendu sa maison, lorsqu'il vint cogner à sa porte. Le laboureur-charron sortit de l'atelier où il travaillait encore en compagnie de son fils cadet; il tenait à la main un rayon de roue qui eût pu, si nécessaire, le défendre. Raymond revit avec joie cette bonne et vaillante figure, ce menton carré, cette loupe rose sur l'œil gauche, ces cheveux crépus poudrés de fine sciure.

– Citoyen? dit Veysse.

– Je suis Fortunat.

Ils s'étreignirent.

– Votre maison vous attend. Elle était occupée par mon fils et sa femme. Ils déménageront ce soir même pour vous la rendre.

– Pour *te* la rendre! Sinon, il t'en coûtera deux sous pour chaque *vous* prononcé.

– J'avais oublié le tarif!

Ils rirent ensemble. Après trois années d'absence, l'abbé fut fêté par les Veysse comme l'enfant prodigue. Il partagea leur souper de panade, de fromage et de prunes. Même le chien de la maison le reconnut et se frotta à ses jambes. Les questions réciproques se croisaient, chacun voulant tout savoir des autres.

– Que sont devenus mes vicaires, Lenègre et Auzenat?

– Mariés, tous les deux.

– Ils ne craignent donc plus rien du jacobinisme. Et Félistine, ma servante?

– Elle vit chez sa sœur, à la Roche-Blanche.

– Et l'abbé Laforie, de Jussat?

– Il vit toujours, nourri par ses paroissiens. Il passe son temps à pétuner et à demander l'heure qu'il est.

– Et Poudrille?

– Parti dans les armées. On est sans nouvelles.

Le visage de Veysse devint sombre. Il expliqua que Jean, son fils aîné, enrôlé par tirage au sort, combattait toujours sous les drapeaux de la République et qu'on était également sans nouvelles de lui depuis neuf mois.

L'abbé retrouva sa maison dans l'état où il l'avait laissée. Grâce aux soins de ses amis, rien n'y avait souffert, ni ses meubles, ni sa vaisselle, ni ses livres. Du linge frais l'attendait dans l'armoire, odorant de mélisse. Seuls les emblèmes nazaréens, crucifix, images, chapelets, bénitiers, se trouvaient relégués au galetas.

Le bonheur le tint éveillé toute la nuit, à épier les froissements de sa paillasse, les craquements des bois, le cri-cri des grillons dans la campagne, les roucoulades d'une tourterelle, le clairon des premiers coqs. Dès l'aube, il fut sur pied. Il se rasa, se rendit à l'église. Conformément aux décrets, le clocher en avait été abattu, on avait recouvert le trou de la voûte, pour arrêter les pluies, d'une toiture chaumée. Les fenêtres étaient crevées, les portes béantes. A l'intérieur, des monceaux de gravats et d'ordures, les dalles enlevées, la terre nue, des bouteilles vides sur l'autel, le tabernacle forcé et pillé. Rien ne restait qui fût en bois, ni statues, ni croix, ni bancs, ni chaire. Comme il ressortait, il tomba sur Antoine Vasson, toujours maire de la commune, qui lui fit bon accueil :

– Te voilà donc revenu, citoyen curé? La Convention autorise la reprise des cultes, pourvu que tu fasses la promesse publique de respecter nos lois. Y es-tu disposé?

– Quand tu voudras, citoyen maire.

Ils convinrent du surlendemain, jour de la fête patronale. Fortunat voulut que, pour cette occasion, rien ne fût changé dans l'église. Néanmoins, elle se trouva remplie de fidèles comme jamais; les malades mêmes s'y firent transporter sur des chaises. Devant le conseil rassemblé sous la ganivelle, le curé prêta d'abord le serment requis :

« Je reconnais que l'universalité des citoyens français est le souverain, et je promets soumission et obéissance aux lois de la République. »

Tandis que les municipaux s'éloignaient, peu désireux de se compromettre avec les nazaréens, il put alors entrer dans son église où il fut acclamé par les présents. Messe de désolation, sans luminaire, avec une seule bougie, une croix faite de deux branches clouées ensemble, des hosties improvisées, un gobelet d'étain. Pour prêcher, le célébrant grimpa sur un amas de ruines :

« Citoyens, mes très chers frères, comment vous dire le bonheur qui me comble de me retrouver parmi vous à visage découvert après tant d'épreuves et de vous voir si nombreux? Ces débris sur lesquels je suis en ce moment juché, comme un coq sur son fumier, sont l'image d'un monde défait. Reconstruisons ensemble un monde nouveau en gardant de l'ancien ce qu'il avait de meilleur : notre Foi commune en Dieu – que certains nomment l'Être Suprême – et en Jésus-Christ son Fils unique, dont les enseignements de Charité et d'Espérance ne sont pas contradictoires avec la Liberté, l'Égalité conquises et imposées par six années de Révolution. Sans doute avions-nous un peu oublié que tous les hommes, riches ou pauvres, sont égaux sous le regard du Tout-Puissant; que les premiers ont plus d'obligations que les derniers. La Révolution nous le rappelle. Qu'elle nous laisse libres à présent d'adorer le Créateur à notre convenance. Pour moi, je veux imiter l'exemple d'un prophète ancien nommé Esdras qui fut capturé et emprisonné dans Babylone. En rentrant chez lui, il trouva comme moi son temple ruiné. Il ne prononça aucune malédiction, et se contenta de pleurer, le livre de la Loi à la main, et d'enseigner au peuple les divins préceptes. Et ce peuple se frappa la poitrine sans accuser personne que lui-même, comprenant que les malheurs qui l'avaient accablé n'étaient rien que des châtiments pour ses erreurs. Comme Esdras, je ne veux vous parler que de Paix, de tranquillité publique, d'oubli des injures, de réconciliation entre le père et le fils, la mère et la fille, l'oncle et le neveu, les familles et les villages divisés... »

Les fidèles écoutèrent avec ferveur ce discours rempli de majuscules.

Sitôt chanté l'*Ite missa est*, la foule se munit de pelles et commença d'évacuer les immondices. Dans le cimetière, elle releva la croix brisée, en rajusta les morceaux. La fête patronale fut ainsi consacrée par beaucoup à des travaux de réparation. Et ensuite, pendant des mois, les Chanonatois s'employèrent à remplacer le pavement, les vitres, les portes, les stalles, les crucifix. Comme au Champ-de-Mars, la veille du 14 juillet 90, les femmes, les enfants poussaient la brouette autant que les hommes, le curé autant que ses paroissiens. Le dimanche redevint le jour du Seigneur, avec la discrétion imposée. Cela n'empêchait point les démocrates de fêter leur décadi dans la maison commune, ou sur la place de la Liberté, ou dans les auberges, ou sur les terrains de quilles.

Quelques mois plus tard, la Convention vota une Constitution nouvelle, dite de l'an III, qui reconnaissait une fois de plus la liberté des cultes. Puis elle se sépara, laissant la place à un gouvernement inédit formé de cinq Directeurs et de deux Assemblées.

Après dix mois de silence, Pierre Veysse reçut enfin une lettre de Jean, son fils aîné, volontaire enrôlé de force dans les armées de la République. Datée du 16 thermidor an III, elle arrivait de Bretagne après un zigzag long et compliqué.

« Chers parens, je vé oci bien que pocible malgret des canpagnes insécentes et une blesure legère au brat qui et a présens gueri mon dernié combat s'et produi a Tiberon que les royalisses voulai ocupé avec la pui de la flote anglaise nous les avons escrabrouilléz après nous être lassez de tué nous leur avons fait bocoux de prisonniers parmi lesquels il y avait trois évecques et sept cent prêtres ordinaires et pris soissante dix mille fusis, ensuite bocoux d'effets et bocoux de vivres, enfin il y avait de quoi chargé mille voitures, je vous direz qu'on a trouvé aussi bocoux d'argens. »

La missive, ornée de cachets rouges de la République, fut lue à voix haute par Pierre Veysse qui savait déchiffrer aussi bien la lettre imprimée que la manuscrite. Sa femme pleura toutes les larmes de son corps, pensant au bras de son fils, aux dangers qu'il courait, pensant aussi à tous ces évêques et prêtres qu'il avait fallu escrabouiller pour le salut de la République. Mais comment tant d'hommes d'Église pouvaient-ils se trouver sur un champ de bataille? Est-ce que Jean Veysse leur brodait des mensonges? Elle recommanda à son mari de dissimuler au grenier et de ne montrer à personne cette lettre remplie de douleurs.

Comme son frère jumeau, Christophe Fortunat décida de sortir de sa cachette. Et de son état de vigneron. Il voulait voir ce qu'il restait de la chartreuse de Cinq-Fontaines. Depuis des années il caressait le rêve de ce retour. Au début de fructidor, mois riche de tous les fruits, il se mit en route en vêtements bourgeois, enveloppé d'une houppelande républicaine, bleue, brodée de rouge, sans perruque, sa calvitie couverte par un chapeau en peluche de chèvre. Étant sorti de Riom, il remonta à pied cette vallée de l'Ambène suivie naguère à cheval tant de fois, au service du couvent. Il traversa Charbonnières, Villeneuve, Jeansol, les Girauds, le Boucheix. Atteignit la vallée de la Sioule le soir du même jour, après dix heures de marche à travers routes, chemins, sentiers et raccourcis. A mesure qu'il avançait, il reconnaissait exactement chaque lopin, chaque anglée, chaque arbre, chaque pierre. Il fut enfin sur les prés de la chartrousse, constata avec satisfaction qu'ils étaient bien tondus et broutés. Un troupeau de brebis s'effraya à son approche, s'écarta brusquement, comme une seule bête, vers l'autre bout de la pâture. Le berger leva son bâton et cria dans son franco-patois :

– Tire-toi de nos jambes! Tu fais peur à mes *uilhes*!

De loin, la masse des bâtiments lui parut intacte; les logements des chartreux, les communs, la grosse tour. Mais tout cela inhabité, silencieux, sinistre. De près, il s'aperçut que les fenêtres sans croisées n'étaient plus que des orbites vides, que les toitures avaient perdu leurs ardoises, qu'au-dessus de l'entrée principale l'écu aux cinq sources surmontées d'une croix *(Stat crux dum volvitur orbis)* avait été martelé. La terre tournait encore et cette croix-là, du moins, se trouvait abattue. Il pénétra dans les cloîtres, encombrés de fagots, de paille, de tonneaux vides, de carrioles aux bras levés. Il alla tout droit vers l'église dont la porte béait. La trouva remplie de litière, devenue bergerie, à l'usage des moutons qu'il avait effarouchés. Il renonça à visiter davantage et s'enfuit comme un voleur.

Il courut plus qu'il ne marcha sur ces chemins trop familiers. Quand il fut sur le plateau, il restait encore à l'horizon un peu de rose dans la chair du ciel, autour du très mince croissant de la lune nouvelle, pareil à un coup d'ongle. A la nuit noire, il atteignit Chapdes-Beaufort. La maison du médecin vétérinaire se dressait à la sortie du village.

– Qui est là? demanda une voix d'homme, quand il eut cogné du heurtoir.

– Ton beau-frère.

– Lequel?

– Christophe Fortunat.

A l'étage, une fenêtre s'ouvrit. Christophe ôta son chapeau, exposa sa calvitie ronde et luisante. A l'intérieur, des pas, une discussion assez vive, non, si, il faut bien, cette canaille. Enfin, la porte s'ouvrit, le beau-frère parut, levant une lanterne.

– C'est bien lui, grommela-t-il. C'est bien ce scélérat. Entre, citoyen député.

– Oh! il y a bien longtemps que je ne le suis plus.

– Finis d'entrer quand même.

Derrière le médecin, se tenaient Guillette qui l'embrassa, malgré ce mauvais accueil, ses deux nièces qui lui firent une courte révérencc, son neveu qui le salua de la tête.

– Nous t'attendions, dit le vétérinaire.

– Vraiment?

– Tous les jours depuis six mois.

– Explique.

– Les explications viendront plus tard, interrompit sa sœur. Tu dois être affamé!

– Comme un pou de galère! Je suis parti de Riom à l'aube, j'ai marché tout le jour.

On le fit asseoir, on mit devant lui de quoi manger. Il s'étonna de la blancheur du pain.

– Je le fais moi-même, dit-elle.

– A Riom, nous l'avions tout noir.

– Vous n'aviez que ce que vous méritiez, toi et tes foutus jacobins.

– Tu parles trop fort, beau-frère. C'est dangereux.

– S'il y a danger ici, il ne peut venir que de toi. Mais je t'étranglerai avant que de...

– Finissez vos badineries, le rabroua sa femme. Vous n'êtes pas si mauvais.

– Si, je suis mauvais.

– A d'autres!

Christophe n'ajouta rien; il avait la bouche pleine. Quand il se fut repu, le vétérinaire l'entreprit de nouveau sur la Révolution et ses résultats, comme s'il en eût été le fauteur unique. Il justifia comme il put sa conduite, exposa les services qu'il avait pu rendre à l'Église et au clergé de France devant la Constituante et devant la société des Jacobins. Jusqu'au jour où, se sentant débordé par la marée démocratique, il avait fui la capitale pour se réfugier à Riom.

– Pendant trente mois, je n'ai pas eu d'autres partenaires politiques que des échalas de vigne. Je me lave les mains et les pieds de toutes les horreurs qui ont été commises. Je n'y ai eu nulle part.

– Tu étais Judas. Te voici Ponce-Pilate!

– Dieu qui nous entend sait que je n'ai été ni l'un ni l'autre.

La dispute dura longtemps, à voix contenues. Après quoi, Guillette servit un rafraîchissement d'eau de source et de cassis. Ils échangèrent, autant qu'ils en avaient, des nouvelles de la famille. Christophe apprit que son frère jumeau s'était tenu longtemps caché dans cette même maison, au risque de les faire tous guillotiner; mais Chapdes ayant déjà fourni deux têtes à Louison, les habitants étaient restés aveugles et muets sur la présence, chez leur médecin, de ce beau-frère précepteur.

– Tu occuperas, dit Guillette, sa chambre même, tant qu'il te plaira de rester ici.

Et lui, comme il se préparait à monter se coucher :

– Pourquoi m'attendiez-vous depuis six mois?

– Parce qu'un pli est arrivé à ton nom. Nous avons pensé que tu viendrais le prendre. Il nous en a coûté deux francs et dix sous.

– Deux francs et dix sous? Il vient donc de si loin?

C'était une feuille de gros papier légèrement gaufré, scellée de cinq cachets rouges où l'on distinguait deux clés croisées, imprimées dans la cire. Au recto, son nom et l'adresse du médecin, tracés d'une main hésitante. Il brisa tout de suite les sceaux, s'approcha de la lampe. Dès les premières lignes, son cœur s'affola :

Rome, ce 14 février 1795

« Très cher Ami et Citoyen,

« Vous souvenez-vous de la malheureuse Geneviève Puyguilhem dont vous avez si longtemps partagé les rêves, les espérances et soutenu les prédictions? J'étais venue de France pour changer les opinions du Très Saint-Père le Souverain Pontife, Pie VI; pour le gagner à la Cause de la Révolution française et de la Liberté. Or, en arrivant à Rome, sans même pouvoir l'approcher, j'ai été arrêtée, accusée d'avoir voulu attenter à la vie du Très Saint-Père, emprisonnée dans le château Saint-Ange, où je moisis depuis deux ans et demi comme les prisonniers de la Bastille, interdite de mouvement, de compagnie, de correspondance, de soleil. N'avez-vous jamais entendu, dans vos nuits, ma voix qui de loin vous appelle? Votre cœur était-il si éloigné du mien? On vient enfin d'adoucir un peu mon sort, de me fournir du papier et de l'encre. C'est à vous, très cher Ami et Citoyen, que j'écris ma première lettre autorisée. Venez me chercher. Venez me délivrer. Venez témoigner de l'honnêteté de mes intentions, de mon innocence. Je vous en supplie au nom du Christ Crucifié et de notre amitié ancienne. Votre très infortunée amie,

« Geneviève Puyguilhem. »

La feuille tremblait entre ses mains.
– Mauvaises nouvelles? s'enquit Guillette.
– Je vous en parlerai demain, répondit-il d'une voix étranglée. Bonne nuit. Que Dieu vous bénisse.
Il monta dans la chambre qu'avait occupée son frère Raymond. Il y retrouva un peu de cette odeur d'encens et de sacristie qui lui collait à la personne. La pièce était dépourvue de tout ornement religieux. Il traça par la pensée une croix contre le mur, s'agenouilla devant, et pria toute la nuit. Un peu avant l'aube, il se releva, gourd de la tête aux pieds, regarda par la fenêtre vers l'orient où le soleil commençait à luire, entre deux nuées, en direction de Rome. En un instant sa résolution fut prise.
Dans la salle des maîtres, les soupes fumaient.
– Je crois qu'il pleuvra avant ce soir, dit le vétérinaire en versant un peu de vin sur ses trempes.
– Et cette lettre? demanda la sœur. Nous en parleras-tu?
– Il s'agit d'un appel au secours. D'une personne que j'ai connue autrefois et qui, maintenant, est emprisonnée de façon injuste. A Rome. Je veux aller témoigner en sa faveur, essayer de la sortir du château Saint-Ange.
– A moins que tu ne t'y fasses enfermer toi-même.
– Ce sera comme il plaira au Ciel. Mais je dois m'en aller. Il y a grande urgence.
Le beau-frère possédait quelques feuilles de la carte géographique de Cassini, sur lesquelles ils se penchèrent. Christophe désirait passer par Chanonat, afin de revoir son jumeau. De là, à travers les montagnes du Forez, les entours d'Armeville, l'Ardèche, il gagnerait Tournon. Il tâcherait d'y prendre un bateau qui le porterait non loin de Ville-sans-Nom, où il s'embarquerait pour l'Italie. Il dissimula dans ses vêtements la liste des localités, rivières, ponts qui jalonneraient sa route, s'enve-

loppa dans sa houppelande républicaine et partit vers les neuf heures, sans souci de la pluie menaçante. Elle l'atteignit dès Pontgibaud où il se mit à couvert sous un rocher surplombant la Sioule. Quand elle décrut, il reprit son chemin. Elle le rattrapa près d'Olby où il s'abrita sous un arbre. A la nuit noire, à Nébouzat, il demanda l'hospitalité; on le fit coucher dans une étable après avoir vérifié qu'il ne portait dans ses poches aucun briquet. Toute la nuit suivante, l'Être Suprême venta, tonna, éclaira. Au matin cependant, le serein était revenu. Il repartit par les chemins inondés, atteignit enfin Chanonat où Raymond le reçut à bras ouverts, malgré leurs vieux différends.

Ils évoquèrent ensemble le sort des religieux sous le gouvernement du Directoire. Un grand nombre de prêtres constitutionnels, croyant sur la foi des textes à la liberté des cultes revenue, désiraient rétracter leur serment et en donnaient avis à M. Solignat. Mais il ne fallait pas trop croire à ce retour; suivant les circonstances, le Directoire soufflait le froid et le chaud, la liberté ou l'interdiction. De sorte que M. Solignat jugea bon de retourner volontairement en prison avec des dizaines d'autres prêtres pour obliger les maîtres à prendre nettement position.

– Plus que jamais, conclut Raymond, l'heure est à la prudence et à la modestie. Mieux vaut une église sans cloches ni clocher que pas d'église du tout. Sauvons ce qui nous reste.

Christophe expliqua qu'une mission personnelle l'appelait à Rome où il devait secourir une personne en danger de mort. Le curé avait eu vent de cette prophétesse périgourdine à laquelle le chartreux s'était intéressé, et dont tout Paris avait longtemps fait des gorges chaudes.

– Voilà que cette fringale te reprend? Est-ce que vous allez vous marier? demanda-t-il avec mépris.

– Tu te trompes. Geneviève Puyguilhem n'a jamais été pour moi qu'une sœur. Nos rapports ont toujours été empreints de sainteté, autant qu'ont pu l'être ceux de saint François et de sainte Claire.

Il repartit le lendemain, emportant quatre jours de vivres comme un mobilisé.

Il guéa l'Allier en aval de Longues, coucha ce même soir à Herme-la-Montagne, dans une hutte de charbonniers abandonnée au milieu des bois. Le jour venu, il fit toilette dans un ruisseau. En principe, il contournait les agglomérations de quelque importance, se hasardait à traverser seulement les hameaux, demandait le moins possible son chemin. De temps en temps, il lui fallait bien toutefois heurter à quelque porte pour s'enquérir :

– Comment s'appelle cet endroit?

Les gens le regardaient avec surprise, ne comprenant pas qu'on pût poser une question si simple. Ils répondaient quelquefois :

– Il s'appelle comme on veut.

– Mais vous, comment l'appelez-vous?

– Moi, je ne l'appelle jamais.

Savaient-ils s'ils n'avaient pas affaire à quelque commissaire jacobin venu pour contrôler les changements?

Il remonta le cours de la Dolore, puis celui de la Dore. Atteignit le village de Dore-l'Église. Là s'était retiré de la politique un de ses amis et collègues, François (de) Brignon, ex-représentant comme lui du clergé à la Constituante et jureur du serment civique. Originaire de Craponne, il avait repris ses fonctions ecclésiales dans son ancienne paroisse, vivait de son casuel et de petite agriculture. Le chartreux se fit désigner sa maison, à quelque distance de l'église. Elle comportait de plain-pied une étable et deux salles, à l'étage, plusieurs chambres, au-dessus, un galetas sous le toit de tuiles romaines. Il frappa, ce qui déclencha à l'intérieur une furieuse réponse d'aboiements.

Fortunat se fit reconnaître. Brignon apaisa la colère de son chien, puis descendit recevoir le voyageur. Il le fit avec cordialité; ils avaient bu aux mêmes sources, nourri les mêmes opinions, commis les mêmes erreurs.

– Restez avec moi quelques jours. J'ai tant besoin d'un peu d'amitié dans ces campagnes où l'on me supporte mal parce que j'ai défendu la liberté et l'égalité. Votre mission n'en sera guère retardée.

Sa servante, Antoinette Royon, lui prépara un lit. Mais ils veillèrent très tard ce soir-là, autour du quinquet. Brignon expliqua que les paysans de la région détestaient le nouveau régime. Son église était donc peu fréquentée. Quelques paroissiens lui revenaient cependant peu à peu, touchés par l'austérité de ses mœurs, son dévouement aux malades, ses secours envers les pauvres.

– Mais les vrais pauvres, c'est nous : sans respect, sans fidèles, sans pension. On m'a dit que l'évêque constitutionnel de Moulins, Mgr Laurent, ne dispose que d'une crosse en bois doré et d'une mitre en carton. La commodité consisterait à rétracter notre serment, comme font tant d'autres à l'heure présente. Mais je n'aime pas la commodité.

Ils se couchèrent enfin. Or, vers le milieu de la nuit, la servante fut tirée en sursaut de son sommeil par des coups frappés à la porte du midi et par les abois du chien Fido. Elle se montra, vit une ombre :

– Réveillez votre maître. Il y a un malade à Maples qui a besoin de lui.

Elle fait ce qu'on lui commande, le curé se lève, enfile ses bas, sa culotte, sa veste, ses souliers à boucle, enferme le chien dans la souillarde. Mais avant même qu'il soit descendu, d'autres coups, plus violents, lui prouvent qu'on est en train de défoncer la porte. Toinon veut alors appeler au secours; une balle siffle à ses oreilles, s'aplatit contre le mur. Quelques fenêtres s'entrouvrent au voisinage.

– Fermez les volets, crie une voix, ou je fais feu!

Les malfaiteurs – une demi-douzaine – pénètrent dans le presbytère. A la clarté d'une torche, on distingue leurs visages barbouillés de suie, leurs cocardes royalistes, leurs chapeaux ronds cerclés d'un ruban blanc.

– Sais-tu qui nous sommes? Les compagnons de la ganse blanche. Nous avons plus de poudre qu'il n'en faut pour faire sauter la maison d'un régicide.

– Je ne suis pas régicide, puisque je n'étais pas membre de la Législative.

– Tu as renié le Christ et son vicaire, ce qui est aussi grave. Tu as dénoncé les déserteurs et les fidèles du Roi.

– Jamais!

– Tais-toi! Nous savons ce que nous savons! Donne-nous les clés de tes armoires et le produit de tes trahisons.

– Servez-vous.

Ils fouillent toute la maison de la cave au grenier, font le tri des objets à leur convenance; trois couverts d'argent, deux cuillères à ragoût, deux gobelets de vermeil, une montre en or, un chapeau et un manteau neufs. Pauvre butin. Au-dessus, ils découvrent Fortunat debout, en bonnet de coton, près de son lit.

– Et toi, qui es-tu?

– Un ami de Brignon.

Pour toute réponse, ils l'abattent d'un coup de pistolet qui lui perce la tête. Il tombe sur le plancher. Ils poursuivent leur perquisition, s'abstenant seulement de pénétrer dans la pièce où Fido hurle et se démène.

– Ta bourse maintenant! demandent-ils au curé.

Il la leur remet, ils en vident sur une table le

contenu qu'ils se partagent. Ils le poussent enfin dans la grande salle du rez-de-chaussée et l'abattent à son tour d'un coup de fusil.

Éperdue, Antoinette court d'une pièce à l'autre, entre dans la souillarde se mettre sous la protection du chien, d'où elle entend le chef des gansiers conclure :

– Voilà une affaire bien réglée.

Ensuite, la bande disparaît dans la nuit. Lorsque Toinon ose enfin sortir de sa cachette, elle trouve sur les dalles le corps de son maître. Fido se précipite, lèche en gémissant ses mains, son visage, sa plaie. A l'étage, la servante découvre un second cadavre. De la fenêtre, elle hurle sans retenue au secours, à l'aide, à la mort. Mais les voisins restent invisibles derrière leurs volets.

Ce n'est qu'au petit jour, voyant la place déserte, que quelques-uns osent sortir. Fido les tient à distance, fou furieux de douleur. Même les appels d'Antoinette n'ont plus d'effet sur lui; personne ne peut s'approcher. La chose dure ainsi longtemps. Les curieux arrivent, regardent le curé mort, branlent la tête. Quelqu'un dit enfin :

– On ne peut pas laisser durer ces choses plus longtemps. A cette pauvre bête, je vais rendre un dernier service.

Il retourne chez lui, revient avec sa pétoire, chargée de chevrotines. Il tend le canon vers Fido qui en saisit avec rage l'extrémité dans sa gueule. L'homme tire. La tête du chien éclabousse le mur, derrière lui, d'un soleil de sang.

Cela se passait dans la nuit du 28 au 29 brumaire an IV, c'est-à-dire du 17 au 18 novembre 1795, ancien style.

Raymond Fortunat n'apprit l'assassinat de son frère que six mois plus tard, lorsque quatre coupe-jarrets, ramassés par aventure dans les montagnes du Forez, passèrent en justice devant le tribunal criminel de Riom. Faute de preuves suffisantes, ils furent néanmoins relaxés.

A Chanonat, Claude Poudrille ayant eu l'esprit de disparaître corps et biens, la paix religieuse semblait revenue. L'église célébrait de nouveau les dimanches et les fêtes traditionnelles. Y venait qui voulait. A Jussat, en revanche, aucune cérémonie nazaréenne n'avait plus lieu.

Les choses allèrent ainsi deux années. Jusqu'aux lendemains du 18 fructidor an V, ou 4 septembre 1797, quand la Terreur fut rétablie, pour des raisons que l'éloignement de la capitale rendait incompréhensibles. Les prêtres anticonstitutionnels furent tenus de prononcer un « serment de haine à la royauté », faute de quoi ils seraient envoyés en Guyane. Ce qui signifiait à la « guillotine sèche », à la mort rapide sous un climat infernal.

Mgr de Bonal répondit que la haine n'était pas un sentiment chrétien; qu'aucun prêtre catholique ne pouvait, en conséquence, accepter ce nouveau serment. Ayant été couché sur une liste avec cette mention : « Son influence a préjudicié aux progrès de l'esprit public dans le canton », Raymond Fortunat décida de s'enfuir une troisième fois. Ne voulant plus, cependant, recourir à l'hospitalité de Chapdes-Beaufort, il résolut de descendre à Clermont, de s'y perdre dans le troupeau.

Il quitta sa paroisse le 26 octobre, au milieu de la nuit. Or, comme il se trouvait au-dessus de Jussat, surpris par une averse qui le trempa jusqu'à l'os, il se rappela les grottes creusées dans la falaise qui domine le village et eut l'idée d'y chercher refuge. Il se hissa jusqu'à l'une d'elle à la lueur des éclairs. Une cloison de pierres sèches en fermait à demi l'entrée. La caverne s'enfonçait profondément au sein de la montagne. Le sol était jonché de fougères sur lesquelles il s'étendit et s'endormit, songeant que l'Église primitive avait l'habitude des catacombes.

C'est en toussant qu'il se réveilla le lendemain. La pluie avait cessé. Il se sentit le corps brûlé par la fièvre et passa plusieurs heures à tousser encore, ne se décidant pas à se remettre en route. Vers midi, comme il se tenait toujours assis sur sa litière, la tête appuyée à la roche blanche, un jeune garçon parut à l'entrée de la caverne, l'examina de ses yeux vifs et disparut sans mot dire.

Une heure passe. Il entend soudain des exclamations; une horde de Culs-Blancs, sauf votre respect, montent à l'assaut de son refuge, armés de fourches et de piques.

– Fortunat! crie l'un d'eux. On sait que tu es là-dedans! Jette tes armes et rends-toi!

Au lieu de répondre, il s'enfonce dans le couloir souterrain, avec l'espoir qu'il débouchera sur l'autre flanc de la montagne, tandis que ses poursuivants l'appellent encore par son nom et l'exhortent à se rendre. « Pourquoi me rendrais-je? se dit-il. S'ils me veulent, qu'ils viennent me prendre. » Les Jussatois, cependant, ne s'aventurent point à sauter dans la grotte, craignant quelque riposte. Lui, blotti au plus profond de son gîte sans lumière, demeure immobile, récitant à voix basse le *Miserere*.

Tout à coup, les appels cessent. Mais voici qu'une odeur se répand, les démocrates sont en train de l'enfumer comme un renard. Il résiste un peu, puis il doit sortir, pleurant, toussant, suffoquant.

L'idée de la déportation était née dans la cervelle

fertile de Danton. Il proposait de débarquer des cargaisons de prêtres réfractaires sur les plages de l'Italie, berceau du fanatisme. Ysabeau, député de l'Indre-et-Loire, la reprit :

– Déposons-les, munis d'instruments aratoires, sur quelque désert d'Afrique qu'ils fertiliseront.

En fin de compte, on choisit Cayenne, un village de bois entouré de marécages fumants. Pour atteindre cette contrée lointaine, Raymond Fortunat fut d'abord installé, avec trois autres prêtres, dans une charrette tirée par un seul cheval, encadrée de deux gendarmes montés. Au cours de leur voyage à travers le Limousin et le Poitou, ils ne recevaient pas beaucoup de marques de sympathie des populations; les gendarmes racontaient qu'il s'agissait de brigands royalistes. Après huit jours de monts et vaux, ils touchèrent Rochefort, port établi à quelque distance de la mer, à l'embouchure de la Charente. On les mit dans une barque qui les transborda sur un vieux vaisseau à trois ponts, le *Borée,* ancré dans la rade de l'île d'Aix. Le capitaine qui les reçut commença par les insulter sec :

– Scélérats! Misérables! Il me faut avoir une vertu plus qu'humaine pour que je vous laisse vivre!

Il leur ordonna ensuite de vider leurs poches, s'empara de tout ce qu'ils avaient de précieux, livres, argent, chapelets.

– Mais, ajouta-t-il pour les réconforter, soyez tranquilles, nous n'aurons pas longtemps à demeurer ensemble. Dès que nous serons en pleine mer, je vous ferai sauter dans le bouillon.

En fait, ils restèrent immobilisés des semaines dans la rade d'Aix, car la flotte anglaise croisait au large et les empêchait d'en sortir. Plusieurs centaines de réfractaires étaient entassés dans cet ancien transporteur d'esclaves. Parqués la nuit dans l'entrepont sans lumière et sans feu, au milieu des excréments, respect que je vous dois; le jour, par tous les temps, sur le pont. Nourris de pain moisi et de pommes pourries, abreuvés d'eau souillée. Ceux qui se plaignaient étaient mis aux fers. Tous les matins, les gardes-chiourme relevaient et emportaient les morts de la nuit.

Le tour de Raymond Fortunat vint le 8 floréal an VI, ou 27 avril 1798. Il fut inhumé au cimetière sableux de l'île d'Aix. Civilement. Dans le carré réservé aux ennemis de la République.

Au carrefour de Jussat, la Dame se dressait toujours, coiffée de son bonnet phrygien dépenaillé, retenu sous le menton par les deux jugulaires nouées ensemble. Mais avec le temps – ou peut-être parce que les cœurs n'y étaient plus – elle était tombée en négligence. De sorte qu'en cette anglée de terre les ronces avaient poussé et l'entouraient maintenant d'une haie quasi impénétrable. Les enfants n'allaient plus se percher sur son socle, les amoureux ne s'y donnaient plus rendez-vous. Elle avait pris un air farouche qui n'encourageait guère les tendresses. Nul ne se souciait de rendre un culte à une figure si dangereusement environnée. Accessible seulement au prix de cruelles égratignures.

Plus bas, sur les rives de l'Auzon, Chanonatois et Chanonatoises continuaient, en se quittant, de s'appliquer la triple bise; mais au nom maintenant de la Trinité nouvelle : Liberté, Égalité, Fraternité.

Cet ouvrage a été réalisé sur
Système Cameron
par la SOCIÉTÉ NOUVELLE FIRMIN-DIDOT
Mesnil-sur-l'Estrée
pour le compte des Éditions Presses de la Cité
en février 1989

Imprimé en France
Dépôt légal : février 1989
N° d'édition : 5723 – N° d'impression : 11033